「おかえりなさいませ、ヴェルナー様」
えーと……何でリリーさんがお出迎えしてくれているんですかね？

しょうもない事を考えていたら
リリーが扉の向こうから
声をかけて来たんで短く応じる。
夜遅くなのに悪いな。
執事補
フレンセン
モブ貴族
ヴェルナー・
ファン・
ツェアフェルト

勇者の妹
リリー・ハルティング
「ヴェルナー様、お茶をお持ちしました」

「俺の名はヴェルナー・ファン・ツェアフェルトだ」
「予定通りリリーを返してもらうぜ」

魔王と勇者の戦いの裏で

4

ゲーム世界に転生したけど
友人の勇者が魔王討伐に旅立ったあとの
国内お留守番（内政と防衛戦）が
俺のお仕事です

– Author –
涼樹悠樹
– Illustration –
山椒魚

Behind the Scene
of
Heroic Tale ...

4

CONTENTS

プロローグ
006

一　章
（王都多事　～排除と交渉～）
015

二　章
（企む者たち　～陰謀と対応～）
135

三　章
（新たな問題　～謎と疑問～）
238

エピローグ
311

イラスト／山椒魚

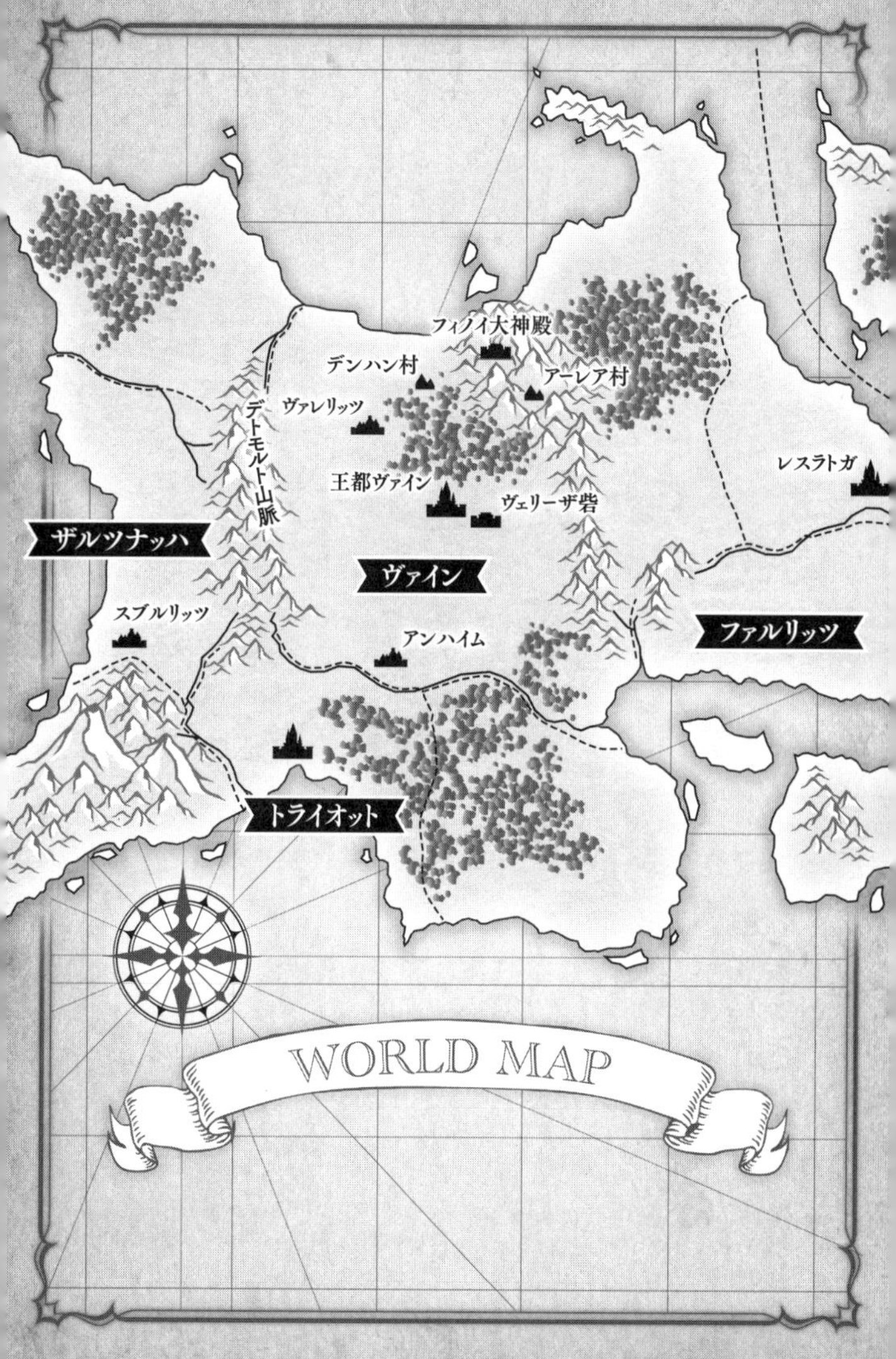
フィノイ大神殿
デンハン村
アーレア村
ヴァレリッツ
デトモルト山脈
王都ヴァイン
ヴェリーザ砦
レスラトガ
ザルツナッハ
ヴァイン
ファルリッツ
スブルリッツ
アンハイム
トライオット
WORLD MAP

Characters

ラウラ

勇者パーティーの一人で聖女。治癒などの神聖魔法に優れている。

リリー

勇者マゼルの妹。宿の看板娘で働き者だったが大きく運命が変わる。

マゼル

勇者。魔王討伐の旅に出る。主人公の親友でお互いに信頼している。

ヴェルナー

本編主人公。前世の記憶を持ち親友である勇者のいない戦場で戦う。

インゴ

ツェアフェルト家当主であり、ヴェルナーの実父。王室からの信頼が厚い。

セイファート

準王族級貴族の老将軍。主人公の才能に興味を持ち見守っている。

ヒュベルトゥス

主人公の所属する国の王太子。主人公を高く評価し引き立てていく。

フレンセン

主人公の部下で執事補。秘書のような役回りで文章業務を補佐する。

マックス

主人公の副将として配下の騎士たちを統率しているベテラン騎士。

ヘルミーネ

伯爵令嬢で女性騎士。主人公の才能に気が付き、注目している。

シュンツェル

主人公の護衛の一人。ノイラートと共に主人公を支える。

ノイラート

主人公の護衛の一人。活発な性格で護衛という今の立場にも積極的。

オーゲン

主人公の部下で幹部の一人。勇敢で率先して任務に向き合う。

バルケイ

主人公の部下で幹部の一人。冷静な性格で補佐的な任務が多い。

エリッヒ

勇者パーティーの一人で武器を使わず戦う修道士。大人びた性格。

フェリ

勇者パーティーの一人。多少生意気だが優秀な斥候で主人公の弟分。

ルゲンツ

勇者パーティーの一人で戦士。冒険者として有名で勇者のよき先輩。

ベルト

貧民街の顔役の一人。高齢の男性だが、どこか油断ならない雰囲気の切れ者。

プロローグ

フィノイ大神殿の防衛戦を終えて王都に帰還の道中、これから起きるだろうことへの対応をしなければならない。という事で、まずうちの騎士団《ツェアフェルト》の首脳陣に招集をかけた。騎乗でやってきたマックスたちが俺の周囲に集まる。今更ながら皆に怪我《けが》がなくて何よりだ。

周りの騎士たちに少し距離を取るように手で合図をしておく。

「ヴェルナー様、お呼びとか」

「ああ、指示することができたんでな」

「何でしょう」

うん、確かに問題発生なんだ。それはそうなんだけど、みんなして何か言いたげな目で俺の方を見ないでくれ。フィノイの前にグリュンディング公爵に連絡もせず軍を離脱したとか、やらかしが多かったのは否定できないんだけどさ。

周囲にマックス、オーゲン、バルケイにノイラートとシュンツェルだけがいる状況なのを確認し、それでも心持ち小声で口を開く。

「戻るとすぐに王都で軍事行動が行われる。直接動くのは騎士団と王都の衛兵だが」

「軍事行動？」

「王都に魔族が潜り込んでいる。ほぼ確定情報だ」

マックスの疑問に対し俺が淡々とした口調を作ってそう言うと、皆驚いた表情を浮かべた。そりゃそうか。とはいえ大っぴらにできる事でもないしな。

「まず何度でも確認するが、基本的に対応するのは騎士団と衛兵。俺たちが横から割り込んで手柄を奪うような真似《まね》はできない」

「それはそうでしょうな」

「すると我々は？」

オーゲンとバルケイのもっともな疑問に対して、それぞれに指示を出しておく。現状では事態がどうしても流動的なのだが、情報不足だからといって何も準備をしないというのも許される事ではない。最悪、大規模市街戦になる可能性もある。現状では一応、備えておかないといけない。

「派手に動くとかえって足を引っ張る危険性もあるんだが、俺の所にも全体の情報が来ているわけじゃない。なので大雑把になるがまずマックス」

「はっ」

「マックスは最精鋭の数人を連れて王城の父の護衛を頼む」

「かしこまりました」

マックスが巨体を折り曲げて一礼。マックス自身は伯爵家の家臣だし、最優先は当然ながら当主である父の身柄。この指示は当然と言えば当然だ。

「オーゲン、何かあった時にツェアフェルトの家騎士団、それに兵士の家族に被害が及ばないように手配を頼む」

「ははっ」

「バルケイは従卒を始め伯爵家《ツェアフェルト》に仕えているそれ以外の人たちの方に備えた手配を。二人は王都に戻るまでに配置を決めて、王都の父に連絡するんで書面で俺に渡せ」

「承知いたしました」

執事や侍女、従僕やメイド、庭師やコック。それに直接伯爵家に仕えているわけではない、騎士に仕える従卒やその親族。一つの貴族家と関係がある人数は結構な数になる。民と同時に家臣団と関係者すべての人たちの身命を預かるのも貴族の責任だ。

貴族家が一つ潰れるという事は、家臣や従者などそういう立場の人間が何十人と一度に職を失う。その家族や親族まで考えるとどれだけの人数の人生をひっくり返すことになるやら。平民を軽く見ている貴族はそういうのを気にしないのだろうが、俺はどうしても気になってしまう。

「ノイラート、シュンツェル」

「はっ」

「二人にはすまないが裏方を頼みたい。前に話したアーネートさんの養護施設の方を警備してもらいたいんだ。場所は解《わか》るか？」

「大丈夫です」

「解りました」

　フィノイ防衛戦でフェリが優秀なのは理解できたからだろう。本来の任務は俺の護衛も含まれるはずだが、二人とも素直に応じてくれた。まあ、フェリが貴族に対して軽いというのは事実だが、アーレアの村長はもっと無礼だったし。より酷《ひど》い方を見ると前の悪い印象って意外と消えるよな。

「ヴェルナー様は」

「俺は伯爵家邸《ツェアフェルト》で館を警備する指揮を執る。何か大きな事態の変化があったらまず王城の父へ指示を仰げ。父に連絡が付かなかった時は館の俺の所に来い」

「承知いたしました」

「この件、伯爵様には」

「今の段階での俺から指示の内容は書状で父に伝えておく。もし入れ替わりで父から別の指示があった時はそっちを最優先にしろ。父の指示で変更したという連絡だけよこせ」

「解りました」

　本来なら人員の配置まで父が指示するべきなんだが、今現在、実働部隊の主力は俺の指揮下にある。そうなると配置は俺がやるにしても、指揮系統の順位だけは明確にしておかないといけない。この辺がごちゃごちゃしていると後で情報の錯綜《さくそう》とか指示の混同とか、ろくでもないことが起きるんだよな。

「王都での手配は父に願い出ておく。オーゲンとバルケイはノイラートの実家を拠点として指示を出せ」

「はっ」

王城の父、伯爵家の館にいる俺、両方と連絡が取れなくなったらノイラートの家が第三指揮所になるわけだ。もっとも、王城の父に連絡取れないって時点で詰んでいるんじゃないかという気もする。

ノイラートの家を選んだのは地理的な問題で、伯爵家邸《ツエアフェルト》とノイラートの実家が一度に戦場になる危険性は低いと判断したから。指揮を出す場所が集中していたりすると、纏《まと》めて連絡が取れなくなるような事故が怖い。

それはともかく、俺が出した指示内容の連絡と各種手配を父に頼まないとな。これは俺が何か言うまでもないと思うが、ハルティング一家への配慮も頼んでおこう。今日中に第一報の書状を出しておかないと。

◆

手配を済ませたりマックスたちと王都での作戦を相談したりしながら行軍を続けた数日後。王都近郊でフィノイから王都に分かれて向かっていた王国軍第一陣と第二陣が合流。この時、やや遅れたがこのタイミングでフュルスト伯爵にフィノイでの部隊配置の件で礼を述べる機会があった。とりあえず無難に済ませておく。父との面会を改めてバスティアン卿《きょう》にも頼まれたんで、王都内の魔軍排除が終わったあたりで父に伝えないといけないなあ。

その後、首脳陣は密《ひそ》かに長時間の打ち合わせを行っていたようだが、そっちには俺は不参加。ただ〝入城時に見苦しくないよう〟、全軍武装を再確認するようにと通達があった。

その次の日にフィノイ大神殿を解放した勝利に伴う凱旋《がいせん》式として、完全武装で王都に入り、王城まではそのまま住民の歓呼の声の中を進む。マゼルの奴《やつ》はヴェリーザ砦《とりで》を奪還した後、この状況で主役を張っていたんだからすげえな。俺は平常心を維持するのが精いっぱいだよ。

幸いというか、今回の主役はグリュンディング公爵と騎士団だから俺はその他大勢という顔をしていられる。こういう立場になると警備の方が楽だったなと思う。時々俺の方を指さしている人がいるような気がするが、気のせいだよな？

不自然にならないように周囲を確認する。凱旋式の交通整理にしては警備の兵士が重武装過ぎませんかねとは思うが、住民の多くは気にしていないようだな。すでにここから作戦は始まっているんだろう。

王城の中庭まで進み、そこで国王陛下がご臨席になって出征した将兵を揃《そろ》えての閲兵《えっぺい》。ここで、戦勝式典は後日に執り行うのでまずは疲労している体をいたわるがよいという陛下のありがたいお言葉をいただき、各貴族家の騎士団には解散許可が出る。

どうでもいいんだが、偉い人の話が長いのは万国どころか異世界でまで共通だったとは。フィノイを無事に守り切ったという事で確かに慶事ではあるんだが、陛下の話の長さにちょっと疲れた。

とりあえずその愚痴は置いておこう。近衛《このえ》騎士団や後宮護衛が専門の白竜騎士団まで完全武装しているのは閲兵式だからという事で理由はつく。ただ王太子殿下ほか、父も含む一部大臣が姿を見せていない。

解散に伴い、貴族家騎士の動きを見ていると国から何も聴いていないのか、朧《おぼろ》げにでも話を聴いているのかがここで分かるな。グリュンディング公爵やセイファート将爵の直属やノルポト、シュラム両侯爵家の騎士団は規律を守って解散ではなく移動だ。魔術師隊もそのままか。市街戦も想定済みのようだな。

いくつかの貴族家騎士は三々五々と解散している騎士団もある中で、うちの騎士《ツェアフェルト》は少数ごとに移動。伯爵邸にも何人かの騎士が同行してもらうことになるほか、遠回りで裏から館に来る人数を別に指定している。俺一人で館全体の警備はできんし。広いんだよ貴族の館って。使用人とかも寝泊まりするからしょうがないんだけどさ。

町中はまだお祭り騒ぎの余韻が残っているが全体としては落ち着きを取り戻してきた、ように見える。重武装の兵士たちも武装状態のまま一旦は持ち場に移動しているようだ。今の段階で館の方には何事もないことを祈る。

ちなみ文官系とはいえ伯爵家《ツエアフエルト》の邸宅も立派に防御施設としての体裁になっていて、一階の鎧戸《よろいど》はすべて金属製だし、二階の窓の横には板を外せば矢を射るための細いスリットとか丸い穴がある。郊外の広い庭とかがある場合はともかく、王都内部の館とかの敷地が限られている場合、塀の高さってこの二階の窓から塀の外に矢が届くかどうかが基準として設定されているのが普通だ。一応は安全なところから外に向けて攻撃できるようになっているわけだな。

ただ、結果的に塀の高さが足りないんで、貴族の館であっても不審者に塀を乗り越えて侵入されたりすることもある。この辺は痛《いた》し痒《かゆ》しだ。一方で、変に塀が高すぎると中で何をやっているのか疑われたりもするらしい。我が家はそういう疑いをかけられた経験はない。ガラスは高価だが窓にガラスがはまっているのは貴族の館ならではだな。

もちろんこの防御施設としての建築様式は反乱のためではなく、クーデターなどの緊急事態には王族を匿《かくま》って戦える施設として頑丈に作ってありますって名目だ。自家のセキュリティより忠誠心の証明ということになる。歴史的には悪い貴族の側が籠城するために使われることの方が多いけど。

とはいえ、よほどのことがないと防御施設として使われることはない。もし今回、何かあったら初めてそういった施設としての役目を果たすことになるだろう。

事情を知っているとどうも落ち着いてもいられないな。ここで落ち着いていないと駄目なんだろうが。そんなことを思いながら久々のツェアフェルト邸の門を潜《くぐ》り、邸《やしき》の中に入るなり、一瞬思考が停止した。

「おかえりなさいませ、ヴェルナー様」

えーと……何でリリーさんがお出迎えしてくれているんですかね？

一章（王都多事～排除と交渉～）

「あの……どこかおかしいでしょうか」

　俺がしばらく絶句していたので不安になったんだろうか。リリーさんがそう聞いてきたが、ここにいることがおかしいとか言ったらさすがに傷付くだろうからそうは言えない。いやまあ、メイド服が似合いすぎていてそういう意味でも反応に困るんだが。

「ああ、いや、別におかしくはないけど何でここに？」

「はい、伯爵様のご厚意で働かせていただいています」

　笑顔でそう答えられた。父上何を考えてるんですか。内心でとはいえ素で突っ込んでしまった。

　貴族の家で働くって実は結構うるさい。身元保証とか何かあった時の責任の所在とか。もちろん、民間からの登用もあるにはある。基本的に労働力として職場を用意し雇用するのも貴族の役割の一環だからな。その辺、皮肉っぽい言い方をすれば肉体労働は下層階級の仕事、上流階級の貴族はそんなことをしないという対外アピールの一面もあるのは否定できない。

とはいうものの、大臣宅で働くともなれば相応の立場が必要になる。実は中級以上の貴族家だと単純な泥棒ぐらいなら財政的にほぼ影響はない。泥棒を雇っていた、人を見る目がないとかの評判が立つことによる名誉の問題は大きいが。

だが大臣としての書類とかが流出するとそれはもう馬鹿にならない騒ぎになる。だから普通は一族の令嬢が礼儀見習いの修行を兼ねて侍女として雇用されたり、親が使用人だった娘がメイドとして雇い入れられたりする。その時点で身元保証が終わっているからな。

まあメイドと言ってもピンキリではあるんだが。ぶっちゃけ掃除とかをやる家女中《ハウスメイド》とか、末端であらゆる仕事をすることになる雑務女中《オールワークスメイド》とかの下級職ならそこまでうるさくもない。けどリリーさんのこの服は上級職扱いだよな？　似合っているのは間違いないんだけど、いいのかそれ。

あとゲーム世界のせいなのかなんなのか知らんが、前世での中世と近世、下手をすると近代さえたまにごっちゃになっている。今目の前にいるリリーさんが就いている接客や給仕を担当する客間女中《パーラーメイド》なんかがそう。

そういうイメージがあるだろう、食事で給仕とかするメイドさんって前世では十九世紀ごろからの話。中世では給仕とか、客の出迎えとかって普通は男性の従僕がやっていた。それどころか、十九世紀初頭でも男性を雇えない貧乏な家が女性にやらせていたんで、女性にやらせるとお里が知れると言われたらしい。

これには中世の男尊女卑思想が影響していた一面はあるだろう。実際男性の従僕と比較して五割から七割ぐらいが女性の給与だったらしいし。例外は乳母とか女性家庭教師とかの次世代育成に関わる仕事だが、その辺は長くなるんで割愛。

ところがこの世界ではもう客間女中《パーラーメイド》とかが普通にいる。女性騎士や女性冒険者もいるし、学園には女性教師もいたな。前世の中世よりも女性の社会進出が進んでいるといえなくもないのか。

さらに前世と大きく違うのは学園の存在だ。王都の学園で家臣を育成する専門学科である家令科をそれなりの成績で卒業していれば、出自こそ平民出身であっても下手な貴族階級出身の人間より礼儀作法は綺麗《きれい》だし、話術も巧みだし色々な仕事もできる。はっきり言えば遊び人の貴族より信用できるレベルだ。家令科を好成績で卒業できれば大貴族の館どころか王城で働く事もできるし、首席卒業ぐらいになれば年の近い王族の側仕《そばづか》えに配属されることさえありうる。平民階級にとっての登竜門の一つといえるだろう。

そもそも学園の存在価値みたいなものがあるから、卒業生にそういう将来があるのも当然といえば当然なのかもしれないが。この世界では必要があってちゃんと社会に存在している学園だという事なのかもしれない。

「外套《マント》をお預かりいたします」

「あ、ああ」

リリーさんがそう言ってくれたんで凱旋式で纏《まと》っていた外套を脱いで手渡す。傍にいるティルラさんが横で見ているのは、ティルラさんが先輩講師役なのかもしれない。

ついでの余談だがメイド服って実は中世後期まで一般的ではない。何度も言うが中世だと服、というか布が高い。だから普段は汚れたり破れたりしてもいいような古くなった服で仕事をすることの方が圧倒的に多くなる。近世の絵画だが、フェルメールの『牛乳を注ぐ女』が着ている服なんかが中世女性が着る普段の仕事着に近いだろう。

貧乏な貴族だと当主一家のおさがりをメイドが着ていたりするんで、どっちが使用人だかわからないなんてことさえ起きたりする。逆に物語のネタになったりもするんだが。来客の坊ちゃんが一目ぼれしたのが令嬢じゃなくて令嬢のおさがりを着ていたメイドだったとかな。

よく物語で前触れなしに客が来て騒ぎになるのは、来客時に着る外向けの使用人服を着ていないんで、普段どんな服を着ているのかという形で来客に内情が見られてしまう可能性があるという面子《メンツ》の問題も大きい。

だが、この世界はどういうわけだかメイド服とか貴族の使用人レベルまではやたら服が充実している。お値段に目をつぶればの話だが。なんでも数代前の王妃が産業としての服飾に力を入れていた名残らしい。自分が一番恩恵にあずかっていたそうだけど、地位的にもそれは当然か。

服職人の傾向として上流階級向けの職人が多いのはいいのか悪いのかとも思うが、結果的に自分が着る服も質がいいのだから、文句を言うとバチが当たりそうな気もする。

ただ、メイドの正装服が華美なのも含めて、前世日本人がイメージするゲーム世界のヨーロッパがそのまま反映されている感じだ。あんまり考えるとこっちの頭が痛くなるから、この世界はこういうものだと気にするのはやめておこう。

とにかく、この世界の貴族が雇う客間女中《パーラーメイド》ってのは前世でいえば大企業の受付嬢みたいなもので、来客対応をする関係上、容姿も重視されるが出迎え時のマナーとか貴族家で開くパーティーでの給仕とか、結構な知識量が必要だし重要な立場を任されることが多いんだよなあ。うーん。

◆

ともかく、突っ込みたいけどリリーさんに言っても仕方がない。熱心に仕事しているんで、ちょっと言いにくいところもあるし。色々言いたいことを飲み込んでおいて、外套をハンガーにかけて丁寧にブラッシングを始めているリリーさんを横目で見つつ、リリーさんを指導していたティルラさんに声をかける。

「鎧《よろい》を脱ぐのは後だ。ノルベルトは？」

「現在は自室で作業をしておられます」

「解《わか》った。俺の執務室に呼んでくれ」

「かしこまりました」

うん、同じ聴くなら父本人か父の執事でもあるノルベルトの方がいいだろう。そう思いながら俺が預かっている執務室に入るとフレンセンが頭を下げてきた……のはいいんだが、何だこれ。

「ご無事のお戻りをお喜び申し上げます」

「ありがとう。で、これは何だ」

俺が指さしたのは机の上。なんか色々書類が積んであるんだが。というか、よくこれ崩れないな。積んだ奴《やつ》のバランス感覚は褒めていい。

「こちらの書類は釣書《つりがき》と似姿《にすがた》の束、こちらの束は商業ギルドや衛兵隊からの提案書や要望書、こちらは報告書で試作品のサンプルが別にあります」

「釣書と似姿にも突っ込みたいが、提案書や要望書ってなんだよ」

「提案書は商業ギルドの関係者からで、あれほどの武具類に関する情報を得ていたヴェルナー様にご意見をうかがいたいとの要望がきております」

「俺は商業方面にこれ以上手出しする気はない」

そもそもあの装備品に関してはゲームの知識なんだよ。貴族として経済を理解しておく

必要はあるから基本的な流通状況は知る必要があるけど、商売ができるほど詳しくないっての。

それに商売に手を出すと絶対にコンスタントに手を入れつつ長期的な改善も必要になる。少なくともしばらくはそんな暇はない。魔王が討伐された後なら考えてもいいけど。

「要望書のほうは水道橋巡邏《じゅんら》の手順書に感銘を受けた方々が、他の職場でも同様の手順書作成を希望しておられるとの事です」

「なぜ俺に言う!?」

いやフレンセンに言ってもしょうがないんだが。というか自分たちで作れ。場所によって必要条件が違うだろうが。本当にそういう技術継承のノウハウが〝見て覚えろ〟状態なんだな、この脳筋世界。手順書を作る手順書が必要なのかひょっとして。

「そのほかに面識を得たいという方からのお誘いなども」

「まにあってる」

思わず棒読みで反応してしまった。確かに俺の交友関係は広いとは言えんけど。貴族としての顔繋《かおつな》ぎならまだ父がツェアフェルト家の当主だし、一応俺は学生の年齢。そんな状況で俺を目当てに、っていうのは最初から下心満載の相手だろう。そんなのに割く時間はないんだよ。俺を踏み台に王太子殿下に近づこうってやつも多いだろうし。

思わずため息が出てしまった。なんでこんなことになっているのやら。頭を抱えこそしなかったが、内心で愚痴を言っていたらドアのノックの音がしてノルベルトが扉の外から声をかけてきた。すぐに入ってもらう。

ひとまず積んである書類の山から頭の中を切り替える。聴きたいこともやらなきゃいけないことも山積みされているが、まず直近の問題だ。

「ご無事で何よりでございます、ヴェルナー様」

「ああ、ありがとう。それはそれとして父からこれからの事は？」

「大筋では伺っております」

「なら話は早いな。本日は館の人間は外出を禁止する。使用人の家族の所には手配が済んでいるはずだ」

「はい。伯爵様も王都に残っていたツェアフェルト家の関係者や傭兵《ようへい》まで手を回して対応済みでございます」

さすがにその辺はそつがないな。ゲームや小説では騎士や衛兵は主人公の引き立て役でしかないが、本来、彼らは戦闘と治安維持の専門家だ。任せておいても問題はないはず。とはいえ警戒を緩めるわけにもいかないんだよなあ。

机上の書類の山を横目で見て内心ぐったりしながらロビーに椅子を持っていかせた。落ち着くまではロビーで警戒しつつ非常時に備えることにする。そう思いながらついでに確認しておく。

「ハルティング一家はどうなっている？」

「伯爵様のご指示でご家族そろって当家の住み込みとして働いてございます」

よし、後で父を問い詰めよう。

◆

ヴェルナーが邸内で決意を固めていた時間帯。王都の一角では、ある傭兵団が定宿にしている『青刻亭』が密《ひそ》やかに囲まれていた。表側には王都の衛兵隊、裏を固めているのは勇名を馳《は》せているクレッチマー男爵の率いる隊である。

クレッチマー男爵は貴族ではあるが、武人として戦場で武器を振るうことを最も好む。勇猛であると同時に部下にも慕われているため、セイファート将爵からの信頼も厚く、難民対応の際にも一手の将として参加していた。だがフィノイ防衛戦ではセイファートの役目が補給部隊ということもあり、王都で留守を任されてしまったため、少なからず戦意を持て余していたのも事実である。

そこに王太子からの内密の指示があった。王都内に魔族が潜んでおり、応援部隊としてではあったが、それに対するための部隊指揮を任されたのだ。男爵にしてみれば、戦意を持っていく場ができたというところであったろう。

「周囲の住人は大丈夫か」

「はっ。皆、表向きはパレードの見学という事で家を出、現在は衛兵隊第八詰所で安全確保済みと連絡が」

「ならば良い」

衛兵隊からの使者に質問をしながら、男爵は建物の陰から青刻亭の裏口を眺めやった。

傭兵の定宿ともなると一般の民衆が住む地域とはやや建築様式が異なり、必然的に空気も異なる。とはいえ貴族の館とはまた違い、その外観は実務一辺倒と表現するのが一番正確であったろう。

「調査結果はどうだった」

「宿の主《あるじ》はここしばらく姿を見ておらぬとのこと。出入りの食料品を扱う商人も不思議には思っていたそうです」

「中にはどれほどの数がいる」

「およそ十三体。他に三番区の『鷲巣亭《わしす》』と五番区の『酒飲みの風』にもほぼ同数」

「承知した。我々はここの奴らを逃さなければよいのだな」

「はっ。死体でよいとのことです」

男爵は獰猛《どうもう》な笑みを浮かべた。だが、宿に直接踏み込むのはあくまでも王都衛兵隊の仕事であるという事も理解している。ひとまずその戦意をひっこめると、重々しく頷《うなず》いた。

「わかった。卿《けい》らの武運を祈る」

「はっ、それでは」

男爵は使者を見送ると部下を差し招き、裏門の左右のみならず少し離れたところにも別部隊を配置する。万が一の逃亡を阻止するためだ。やがて正面の方から喚声《かんせい》が響き渡り、建物内部から喧騒《けんそう》とそれ以外の音が外にも漏れ始めた。

一般的に兵士というとあまり装備に変更がないように思われがちだが、任務や配置されている役職によってそれぞれ装備が異なる。

門を守る衛兵はだいたい長柄《ながえ》武器を持っているが、これは馬で強引に突破しようとする相手に対し、馬を攻撃する形で強制的に相手を止めなければならないからだ。同様に街中を警備・警戒する巡邏を担当する衛兵が持つ剣は、騎士が装備しているものよりも心持ち短く、鍔《つば》も小振りなものが多い。周囲の通行人の存在や建物の中に入っての戦闘も想定されているため、取り回しの良さを優先しているためである。

こういった兵士の訓練は斬るより突きの方が優先されるのも、建物の中などに強制捜査に入った際に備えてのものだ。通常、一般的な建物や犯罪者の拠点《アジト》などは大きく剣を振るえるような高さや広さはない。

したがって、このような建物内に踏み込むのは騎士や貴族家騎士よりも専門である王都の衛兵が担当することが普通である。少々不謹慎ではあるが、男爵は彼らが全員を鎮圧してしまわないように祈るしかなかった。

　祈りが通じたのか、あるいは敵のほうが一枚上手であったのか。しばらくすると二階の窓から、木製の鎧戸《よろいど》というよりも薄い板と表現するほうが正しいだろうそれを突き破り、人だったものの影が何体も路上に飛び降りた。そのシルエットが人狼《ワーウルフ》や人虎《ワータイガー》であることを確認すると男爵が声を上げる。

「撃てい！」

　数十本の矢が路上に降り立った人狼や人虎に向かって降り注ぐ。何本かは直撃し、その場に倒れた魔物《モンスター》もいるが、一方でその爪で矢を切り払い逃れようとするものもいる。矢を腕で薙《な》ぎ払うとはなかなか器用だと感心をしながらも男爵は獰猛な笑みを浮かべた。

「逃がすな、続けい！」

　今日の男爵の武器は長刀《グレイヴ》という、日本の薙刀《なぎなた》のような片刃の大きな刀が先端についたような長柄武器である。乱戦には強いが残念ながら屋内のような戦場ではあまり向いているとは言い難い。だがそれも踏まえて屋外で待ち伏せていたのであり、死体でよいとわかっているのだから遠慮をする必要もない。男爵は一気に距離を詰めると躊躇《ちゅうちょ》なくそれを振り下ろし、一体の人狼を切り倒した。

　男爵の部下も男爵の兵にふさわしく訓練と実戦を重ね武勇に自信がある一団である。主将の突進に応じて全員が接敵距離に踏み込み、その場で激しい乱戦が繰り広げられた。

戦いの時間は短かったが、密度は決してフィノイの戦場に引けを取るものではない。その短いが激しい戦いの末、建物内部も含め、魔物側はすべてが物言わぬ骸《むくろ》となった。

「表側はどうか」

「こちらは王室から提供された魔除《まよ》け薬がありましたので」

「ならばよい」

欲を言えば裏門の分もあれば楽であったのだが、と思いつつも、男爵からすれば接近戦が行えたことで満足している一面もある。部下がどことなく困ったような顔で返り血を浴びている男爵の顔を見やった。その表情を見て男爵が話を変える。

「他のところに救援に向かう時間はなさそうだな」

「取り逃がしでもしていなければ問題はないでしょう」

部下の返答に頷きながら、男爵は王城の方に視線を向けていた。

◆

ほぼ同時刻、『酒飲みの風』でも壮絶な戦闘が発生していた。

衛兵隊と共にここに向かったのはドホナーニ男爵である。ドホナーニ男爵は武断派の一人であったが、魔物暴走《スタンピード》の際に急進した結果負傷し、部下の犠牲もあってその場を逃れることはできたものの、自身の療養と家臣の再育成を優先していたため、魔物暴走《スタンピード》後、一時的に軍務からは遠ざかっていた。

　男爵は顔に大きな傷がある。魔物暴走の際についた傷だ。上級ポーションを使えば傷も残さず治療することができるし、上級魔法でも同様に傷を消すことはできるのだが、男爵は傷を消すことをしなかった。予算を家臣の再育成に割いたというのが本人の言い分だが、傷を誇りに思うような性格であったことも否定できない。

　そのような性格の男爵であるが、緊急発令が出た直後に別件を指示されてしまい、フィノイの戦場に派遣されることがなかったため、今までずっと王都に待機していたのだ。

　これには王太子ヒュベルトゥスの意向がある。王太子《ヒュベル》には今後に備え、話のわかる武断派貴族や、比較的小身の貴族をフィノイには送り出したくないという理由があったのだが、結果的には個人武勇に自信のある貴族も多数王都に残っていたことになる。魔軍側にしてみれば迷惑な話であったかもしれない。

「突入！」

　本来なら衛兵に任せる立場になるはずだが、男爵は自ら率先し、最精鋭の兵を率いて建物内に突入した。『酒飲みの風』は傭兵や冒険者が泊まることの多い宿ではあったが、宿としては普通の作りである。魔族や魔物《モンスター》が相手では窓どころか板壁さえ突き破って逃げられかねない。そのため、数の多い衛兵隊には周辺を十重二十重《とえはたえ》に囲ませて逃亡を阻止する態勢を作り、自らは敵を屋内から追い出すための猟犬役を引き受けたのだ。

とはいえ、男爵はまず自分が武器を振るいたかったという本心を隠すまでには至っておらず、自身が突入するので逃亡を阻止する側に回れ、という指示を受けた衛兵隊の隊長が建物の陰で頭を抱えていたことは、衛兵隊の兵士をはじめ複数の目撃談が残っている。

突入した男爵は左手で魔除け薬を部屋に撒《ま》くと同時に右手の剣を振るい、驚きかつ苦痛を堪《こら》えるように立ち上がった傭兵風の男の腕を問答無用で切り飛ばした。悲鳴を上げることもなく、男が反対側の手で殴りかかってくる。その腕が人ならざるものになっていることに気がついた男爵は、とっさに受け止めるのではなく頭を下げてその一振りを躱《かわ》し、そのまま剣を持ち直して相手の腹を刺し貫いた。

「敵は人間ではない、遠慮は無用だ！」

男爵の声に応じて突入した兵士たちが、得体の知れぬ何かを飲み食いしていた傭兵風の男たちに斬りかかる。兵の剣が魔物《モンスター》の足を薙ぎ、振り下ろした刃が相手の頭を叩《たた》き割る。短い手槍《てやり》を使う者が巧みに剣で戦う兵を後方から支援し、一対一にならないようにしながら、相手を傷つけ追い詰めていく。

魔物側とて一方的にやられているわけではない。正体を現し獣の腕で反撃し時に兵の喉笛に食らいついてその肉を食いちぎる。個々の戦闘力でいえば突入してきた兵士よりも強かったであろう。だが機先を制されたという状況は否定できず、更にはなぜ自分たちのことが発覚したのかという疑問を持ったまま混戦になったことが災いした。

数体の仲間が斃《たお》された時点で魔物《モンスター》側は逃亡を開始した。とはいえ背中を向けたものは躊躇なく振り下ろされた刃で重傷を負い、やむなく向き直ったところで複数の剣と槍に鏖殺《おうさつ》される。突入した兵士たちの足を止めたのは敵の抵抗ではなく、斃れた魔物の死体が行動を阻害したためである。

狭い場所での戦いでは常に足元に気をつけないと自分の命を失う。笑えない話であるが、市街戦で逃げた敵を追跡した兵士が、急に石畳になったところで転んでしまい、追っていたはずの敵兵に逆に斃されたなどという逸話も残っている。そのため、突入した男爵とその兵の足が遅くなったことを責めることはできないであろう。

建物の壁を突き破って外に逃れた魔物側の生き残りであったが、結果的にすべて衛兵隊に殲滅《せんめつ》された。衛兵隊の隊長は個人対個人では敵のほうが強いということを理解しており、飛び道具や長柄武器を使って接近戦以外の方法で相手を倒すことを優先したためである。

それでも無傷というわけにはいかず、怒号と悲鳴が市街に響き、屋内突入を敢行した兵士を含め、十数人の死者を出した。

◆

　王都郊外に兵を展開させていたのは、ヒルデア平原においてシュラム侯爵指揮下で左翼第二陣を指揮したミューエ伯爵である。決して目立つような外見の持ち主という訳ではないが、歩兵や騎兵の指揮のほかに政治的な活動も柔軟にこなす堅実型の人物で、シュラム侯の信任厚い人材であった。その戦歴を買われ、騎士団がパレードで入城し人目を集めている間に、自分の家騎士団を率いて別の門から王都の外に移動し、王都城外で遊撃兵力として展開していたのだ。

　文武の才があると評価される伯爵であったが、奇妙なことに何故《なぜ》か動物からは嫌われる体質をしており、伯爵を乗せられる馬がほとんどいないという欠点があるため、機動戦ではまず出番がない。そのため、拠点防衛や政治的配慮が必要とされる場面での役目が多く、世間一般でいえば地味で知名度が低い人物である。本人に言わせると馬が悪いので自分は悪くないという事らしいが、不遇といえば不遇であろう。

「閣下」

「来たな」

　二頭立ての馬が引く戦車の上に立ちながら、伯爵は王都から駆け出してきた二つの人影を眺め、小さくうなずいた。服装を一見すると王都の衛兵のようだが、身のこなしや走る脚の速さは明らかに普通の人間ではない。

「押し包め！」

王都から脱出した者を逃さないのが伯爵隊の役目である。二体という数が多いのか少ないのかは伯爵には判断が難しかったが、何体でも役目を果たすだけだと割り切った。伯爵隊は一斉に集団となって衛兵の鎧《よろい》を着たままの相手に襲いかかる。

人狼《ワーウルフ》の姿を現したその魔物《モンスター》も抵抗してくるが、ミューエは前後左右から包囲して相手を叩くように指示をして、自分の隊から損害を出さないように確実に相手を斃していく。その魔物は王都内での戦いを避けていたためここまで無傷ではあったが、数の上で勝負にはならなかった。

「門番の証票を持っていたようです」

「捕縛は無理だったか。まあ仕方があるまい」

「逃さないことが最優先ですからな」

「とはいえ、どうせならもう少し数を倒したいものだ」

伯爵家騎士団の従卒が魔物の死体から魔石を取り出す作業を見ながら、ミューエ伯爵は呟《つぶや》いた。一瞬だけ王城の方に視線を向けたのは、何か物音が聞こえたような気がしたためである。だが結局、伯爵の目には何も映らなかったため、王城からの使者が来るまで再び遊弋《ゆうよく》し王都城外の警戒・遊撃兵力としての任務に戻った。

魔除け薬を門の周囲に撒くと、敵が逆に城門から出てこなくなってしまう。そのため、伯爵の隊は城門を出て来る相手を一人一人確認するしかなく、地味でしかも効率の悪い作業に従事せざるを得なかった。

伯爵はその後事情を知らぬまま王都を出ようとする問題のない旅人や行商人に混じり、散発的に魔物が王都から逃亡してくるのに合わせて忙しく対応を迫られることになる。

◆

「鷲巣亭《わしす》、クフェルナーゲル男爵と衛兵隊により鎮圧。〝荒野の双子〟団と称する傭兵《ようへい》団が魔物となっていたようです。こちらの死傷者は七名」

「エッゲルト伯爵邸に向かった第一騎士団第五分隊より報告。伯爵の騎士に化けていた魔物を捕捉討伐した模様」

「シュタール男爵邸、第二騎士団第三分隊が制圧。死傷者八名。男爵の姿をしていた魔物も捕殺成功との事です」

王宮の大会議室では忙しく使者が出入りし、会議用の大テーブルに広げられた王都の地図の上で駒が忙しく動かされる。王太子をはじめ各大臣がそれらを眺めやりながら、時に意見を交換し改めて指示を命じる。だが明らかに先手を取ったことがわかっているため、緊張はしていても悲壮感はない。

立て続けにいくつかの指示を出した王太子ヒュベルトゥスが、父王のそばにいるツェアフェルト伯爵に笑顔を向けた。

「伯爵のご子息は優秀だな」

「恐れ入ります」

ヴェルナーと違ってインゴは宮廷歴も長く、簡単に内心を表情に出したりはしない。だが、見るものが見れば苦笑を隠し切れていないことが明らかであっただろう。

「まったくですな。努力家とは聞いておりましたがここまでだとは」

反対側から声をあげたのは軍務大臣であるシュンドラー侯爵である。事実、シュンドラーからすると最初にヴェルナーが持ち込んだ高性能の装備がもし無かったらと思うと冷汗が出る思いだ。フィノイ防衛戦での騎士団の死傷者が少なかった件といい、現在の魔族掃討戦といい、王国騎士や兵士の損害が少ないのは間違いなくあの装備類の賜物《たまもの》であったであろう。魔物暴走《スタンピード》の直後に装備の刷新を提案したヴェルナーの先見の明は評価に値する、というのがシュンドラーの見解であった。

「それにフィノイの敵に気が付いた件もだが、王都にも敵が侵入していることを看破した点も素晴らしい」

「あまり褒めすぎると調子に乗りますので、本人の耳には届かないようにお願いいたします」

フィノイ防衛戦の功労者、とヴェルナーを称賛していたグリュンディング公爵の発言にインゴが応じる。今度ははっきり苦笑していたのは表情を隠しきれなくなったからだけではない。それとなく公爵と侯爵が自派閥に取り込もうとしている雰囲気を感じ取ったからである。大きく分ければ武断派、文治派と分けられるが、その中にさらに大小さまざまな派閥がある事もまた事実だ。セイファート将爵が軽く肩を竦《すく》めた。

「それにしても、卿《けい》の子息はどこであのような魔法具の事を知ったのだ？」

「どこで知ったのかは臣も存じませぬ。あれで武技のほか学問も手を抜いていなかったようで」

「有望だの」

機嫌よさそうに国王が口を挟み、インゴが軽く頭を下げる。

ヴェルナーからフィノイで魔将を孤立させるために提供された魔法薬の存在を知らなければ、貴族や騎士に化けていたり、王城に潜り込んでいたりした敵を見分けるのにより苦労を強いられていたであろう。

公爵からフィノイ防衛戦顚末《てんまつ》の情報がもたらされた直後から、王国では内務関係者に可能な限り迅速に魔法薬の数を揃《そろ》えるように指示を出していた。敵がどこに入り込んでいるのかわからず、察知される危険性もあったため、充実した数にならなかったのは惜しまれるところではある。

それでも一定量を確保した国の上層部は決断した。まずは排除できる相手だけでも可能な限り排除すると。単純に時間をかけると被害が大きくなる可能性もあったし、凱旋《がいせん》式と閲兵式の名目で城内の騎士や兵士を疑われずに完全武装状態にする口実などそうは作れない。討ち漏らしも出るであろうがそれは順次対応していけばよいのだ。まずは排除できるものを排除する、ということで王家と各大臣の意見は一致した。

王城の各所にそれとなく魔除《まよ》け薬を散布して、ことさらにそこを避けるそぶりをするものを洗い出し、避けたものが接触している相手をさらに尾行追跡する。宮廷内部から出入りする者を中心に怪しい人物を探り当てると、更にその評判を周辺に聞き取り、疑わしい人物と手が延ばされていない人物をより分ける。

こうして政務の内部査察部門や国の影を司《つかさど》る隠密《おんみつ》調査機関、近衛《このえ》騎士団や後宮親衛隊である白竜騎士団の斥候《スカウト》部門などが総動員されながらも、外部には一切漏れることはなく、魔軍側の先手を打つことができた。フィノイに向かっていた騎士団の帰還までに担当部門の責任者たちは文字通り寝る間も惜しんで自分たちの役目を果たしたのである。

「あの移動用魔道具《マジックアイテム》の方が問題ですな。まさかあのような物であったとは」

「今後、発掘された際に他国への流出を止めねばなるまい」

「遺跡が残っておれば、ですがな」

思い出したように口を開いたアウデンリート内務大臣とファルケンシュタイン宰相が難しい顔で会話を続ける。

飛行靴《スカイウォーク》に関しては軍部を中心に激震が走った。実のところ、飛行靴がヴァイン王国内で販売されていないのは、かつて王国内で発掘された分も隣国の商人が買い占めていたからである。古代王国の遺跡が多い他の国々では何らかの理由で知られていたのであろう。それぞれの国で機密扱いにされていたことも疑いようはない。

何より、ここ数年ヴァイン王国では新たな古代王国の遺跡は発掘されていないのだ。国内発掘分が全て流失してしまっていたのは痛恨の極みである。

それでも今回、魔法薬を購入するために飛行靴を使うことができたのは、王都に残っていたフレンセンが、フェリと同行した商隊の護衛であった傭兵隊のオリヴァー・ゲッケが保持している可能性をインゴに具申したためである。

その結果、王国としては多額の代金を支払うことになったが、ゲッケが所有していた飛行靴を使い、飛行靴の補充と魔除け薬の購入とが可能になったのだから、無駄ではなかったであろう。なお、ゲッケになぜ飛行靴を購入していたのか、と王宮の使者が聴いた際の返答は、『あの商隊の計画を立てた子爵が、わざわざ購入を指示していたということは何かあると思ったからだ』というものであった。

「恐らく、我が国に配属されている外交官らはあれを保持しておるでしょうな」

「フィノイの件でも随分反応が早いと思ったがそれが理由であったか。結果的にはフィノイの方が短期間で済んでよかった」

ラーデマッハー工部大臣とシュンドラーの会話にエクヴォルト外務大臣と王太子が顔を見合わせて目だけで苦笑する。フィノイ防衛戦の最中、他国からの干渉をのらりくらりと躱《かわ》していた二人の苦労は決して楽なものではなかった。お互いに自分の労力の方が大変だったと思うのは軍務と政務の間での見解の相違と言えるかもしれない。

「いずれ国内の遺跡の再調査なども必要となるであろうが、先の話だな」

「その際はヴェルナー卿《きょう》にもぜひ参加していただきたいものです」

王太子がちらりとセイファート将爵を見てから口を開き、遺跡管理も業務に入るラーデマッハーが応じる。工部大臣であるラーデマッハーは水道橋建設の一件でヴェルナーの名を意識したのだが、その後の工事現場の巡邏《じゅんら》手順書を見て驚いたのである。工事そのものの準備を手順書のような形で落とし込むことができれば、労働者の管理や資材運搬の手順などが容易になることに気が付かないほどラーデマッハーは鈍くなかった。

また内務大臣であるアウデンリートも国債という案や難民の治安維持と逃亡監視体制として打診された五戸《ごこ》制に驚かされた側である。民衆に民衆を相互監視させるという発想はこの世界ではあまりにも突飛であり、なれ合いが発生するまでの短期間しか有効ではないという条件を付けてきた点も含め、民政家としての手腕を認めていた。

どちらも前世の知識から引っ張り出して来ただけのヴェルナーからすれば過大評価だと悲鳴を上げたかもしれない。事実、中途半端な記憶から出した案を実務に落とし込んでいる時点で各大臣やその下の担当者たちは極めて優秀である。

ただ、ヴェルナー自身の評価に関する点は、実は新装備購入の際に王太子に提出した提案書から始まっている。提案書という形で提出されれば、国の上層部なら誰でも目にすることができる。そして貴族家の嫡子《ちゃくし》とはいえ、普通、学生の年齢ではわざわざ提案書を作成して国の上層部に提出するような真似《まね》はしないのだ。

ヴェルナー自身は提案するなら当然のことだと思いながら作成した書類なのだが、本当に提案書として提出されれば同年代の中ではどうしても目立つことは避けられない。そして提案に基づき実績を出したことにより、自然と周囲の目が向けられ、その後の動向はそれとなくにしても繰り返し評価判断されることになる。

ヴェルナー自身は目的が先にあったため、行動の結果にまでは頭が回っていなかった。学生としてではなく、前世の会社員としての知識で動いたヴェルナーの認識のずれと言えるかもしれない。

更に誰かが口を開こうとした時、大会議室に小さく、だがはっきりとした振動が響いた。皆が沈黙する。やがてしばらくしてから駆け込んできた騎士が声を上げた。

「申し上げます！　魔術師隊の研究棟で戦闘が勃発！　ただの魔族ではありません！」

「落ち着け。そこで戦闘が起きることも想定済みだ。フィルスマイアーに指示を出し騎士団と魔術師隊を動員せよ」

「はっ」

インゴとグリュンディング公爵が何やら別の話をしているのを横目に見つつ、王太子《ヒュベル》が冷静に指示を出す。念のため王城を含む王都の中枢には被害が出ないように二重三重に手は打ってある。ヒュベルの頭の中では既に掃討戦終了後の政治問題に思考が移っていた。

味方の側に想定外の事態が発生することまでは予想できなかったのは、神ならざる身の限界というものであっただろう。

◆

フィノイ防衛の凱旋式と王都内部における魔物《モンスター》排除作戦が同時に行われたこの日、父が伯爵《ツェアフェルト》邸に戻って来たのは深夜になった。それまでに何度か遠くの方で小さな振動のようなものを感じることはあったが、問題発生の報告もなかったし、館の方で何か騒動とかいうこともなかったんで、俺としては一安心である。

後で知ったが相当大規模に騎士団や衛兵、一部の貴族の私兵までが動いたようだ。市民への被害は最小限で済んだのが救いか。流石《さすが》に王都の衛兵、質が高い。

ただ事後処理やほかにも潜り込んでいる魔族がいないかとか、しばらく騒動は続きそうな気配である。とはいえそれは担当者や専門の人間がやることだ。何でも俺ができるわけじゃないし、やる必要もない。

それはそれとして戻ってきた父とはいろいろ話をしなきゃならん。いやほんと報告する内容がありすぎだわ。

「戻ったか、ヴェルナー」

「父上もご無事のお戻り、何よりです」

「うむ。本日はもう大丈夫であろうよ」

「解《わか》りました」

リリーさんに上着を預けつつ俺に声をかけた父に応じ、父の後ろから入ってきたマックスにも軽く頷《うなず》く。どうせ父はこれから屋内着に着替えるのだろうから、その間、時間がある。屋敷の奥に向かう父を見送ってからマックスに向き直った。

「ご苦労だった。王城の方は」

「詳しくは申し上げられませんが問題も発生いたしました」

マックスの返答に軽く眉をしかめる。どうやら貴族家騎士団長あたりには緘口令《かんこうれい》が敷かれるようなことがあったようだな。後で父に聞けばいいか。

「解った。町の方はもう落ち着いているのか」

「おおよそは」

「よし、オーゲンたちにも警戒態勢の解除を通達。気が付いたことがあれば明日以降、三日以内に連絡を。書面での提出も許可する」

「はっ」

その他こまごまとした指示を出しながらも半分は先送りだ。電気のないこの世界、夜間にできることなんかどうしたって限られるし。夜の街を行き来するだけでも前世とのリスクの差は大きいからな。前世日本の治安はこの世界から見れば異常。非常時ならともかく、一応の事態収拾が見えたのであれば無理に何かをやる必要はないだろう。

「マックスも最低限の処理が終わったら休んでくれ。ご苦労だった」

「はっ、ありがとうございます」

細かいことはマックスに任せる。つまりマックスはもうしばらく休めないって事なんだが、細部の処理とかは慣れている人間に任せた方が早いのも確か。半人前が口出ししてトンデモ指示になるよりよほどいいだろう。俺としては父にはいろいろ聞きたいこととかあるし。

◆

一旦俺も自室に戻り、従僕を呼んで鎧《よろい》を脱ぐ手伝いをさせつつフレンセンにハルティング一家のことを聞いてみる。予想通りというか、貴族家に保護されているだけという状況に耐えられなくなって自分たちの方で手伝いを申し出たらしい。気持ちはわかる。

「最初は裏庭での力仕事などをやらせておりましたが、王家からの事情聞き取りが終わってからは伯爵様がそれぞれに仕事を割り振っております」

「なるほど」

さすがにいきなりリリーさんに館の中で客間女中《パーラーメイド》をやらせたりはしないか。まあ納得のいく話だな。

これは前世の中世というより近世における貴族の館に近い話になるんだが、この世界でも貴族の館にある庭って大きく四つの区画に分けられる。一つは正門に入ってすぐの館の前にある中庭で、来客の馬車とかが停《と》まる場所。多くの場合花ではなく樹木が植わっている。前世ではクリスマスツリーなどに代表される樹木信仰の名残で、もともとは大きな樹木の下で集会を開いたという古代ギリシャ時代からの伝統だった。

庭のうち前世の日本人が一番イメージしやすいのは花園だろう。普段は貴族本人が散歩をしたり客が来た時に通したりするための場所で、一定以上の家格がある貴族家では庭師を雇って管理しているのが普通だ。

花園って薔薇《ばら》が植わっているイメージが強いかもしれないが、薔薇ってたくさんの肥料と手間暇をかけないと綺麗《きれい》に咲かないので、貴族や金持ち御用達《ごようたし》の花である一面がある。そういう花を多く植えておくのは貴族の面子《メンツ》という面も否定できん。ちなみに庭師のトップになる園丁長《えんていちょう》って実は執事より高給取りだったりする。時には植えてある花の事を貴族に説明する必要があるなど、専門知識が必要とされるためだろうか。

そんな花園と隣接していることが多いのは奥庭とでも訳せばいいのかな、とにかく広場になっているスペースだ。貴族本人やその貴族家に所属する騎士が武術や乗馬の訓練をする場所になる。弓矢を練習する広さがあるから、前世日本人の想像する庭よりもはるかに広い。

前世における中世という言葉が示す、九〇〇年以上という長い期間と、欧州と一言ですますのは誤解を招くほど広い地域という問題があるので、いつでもどこでもそうだったという訳ではないが、中世貴族の女性も奥庭で武芸を磨いていた時代もある。

実際、貴族の令嬢や夫人が貴族本人と一緒に馬に乗って狩りに参加していたり、戦争に参加して籠城戦の際に城壁から矢を放ったりというような話は意外なほど残っているんだよな。ドレスを着ておしとやかに振る舞っているのは中世というより近世の話だ。この脳筋世界も普段はどっちかというとそういう中世の女性に近いんだが、それはまあいい。

奥庭のさらに奥には裏門があり、こっそり訪ねてくる客とか、貴族家の子弟が夜遊びに出歩いたりする際は大体こっちの門を使う。公的業務で使用するのが正門なら、私的な際に使うのが裏門という感じだろうか。

そして中庭、花園や奥庭といった場所が貴族のスペースだとすると、使用人が使う場所が裏庭になる。館の使用人が汚れ物を洗った後の洗濯物を干したり、食事の際に彩《いろど》りを添えるためのハーブなどを育てたりする家庭菜園がここにあるわけだ。裏庭には貴族が足を踏み入れることはない、というのが一般的。

貴族邸宅の庭といっても家庭菜園などがないわけじゃない。男爵クラスだと花園も奥庭もなくて小さな家庭菜園と洗濯物干し場しかないなんてことも珍しくないし、逆に公爵級貴族になれば家庭菜園の敷地だけでテニスコートが余裕で入るような広さがあることも。伯爵家《ツェアフェルト》の場合はそれほど広くない、と思う。多分。広さに関するかぎり俺も基準があやふやだ。

この家庭菜園の維持も庭師の担当。貴族家の庭師は花園ばっかり弄《いじ》っている訳じゃないという事だな。館を出て裏庭を通った先には使用人だけが使う粗末な脇門があるという位置関係になる。

現実問題として俺が生きているこの世界は中世同様の階級社会。爵位を持つ貴族が使う門に薪《まき》や食材を納品に来た商会《ギルド》の労働者を通すわけにはいかない。そんな理由もあって、彼らはこっちの勝手門から館の敷地に入り、館の勝手口や倉庫に薪や食材などの直接貴族が確認しない品を搬入する。この辺は前世と同じだな。

「それと、執事長がリリーを褒めておりました」

「ノルベルトが?」

ノルベルトはどっちかというと褒めて伸ばすタイプだから褒めること自体はあんまり珍しくないが。

「試験的に来客時の花籠《はなかご》飾りを任せたところ、ほとんど手を入れる必要がなかったようです」

「そりゃ凄《すご》い」

花籠飾りというのは食卓の上に飾る花のこと。籠という呼び方をしているが、花瓶や銀器を使う事ももちろんある。

ビニールハウスとかがないから生花が高価なこともあり、来客時のもてなしの際に花を飾ることは珍しくない。一方で食卓の場の主役は来客であり、話題にするべきところは来客のドレスや宝飾品、次に料理や食器。花はあくまでも脇役になる。

料理や食器の邪魔をしないように、それでいてもてなしの意味を込めて存在感を出さなきゃならないのでバランスが難しく、不吉な花言葉の花とかも使わないように普通は芸術系の教育も受けている貴族家出身の侍女なんかが花を選び飾りつけをすることの方が多い。その花籠飾りを任されて伯爵家の執事であるノルベルトに褒められたというのだから、これは結構凄いことだ。

そういえば星座の話をした時にもセンスがいいなと思った記憶がある。どうやらリリーさんはそういう美術方面全般に関する感性が生まれつき高いのだろう。芸術方面は『よく言って基本に忠実』レベルの俺からするといっそ羨ましい。

「それでリリーさんを客間女中《パーラーメイド》に抜擢《ばってき》か」

「それだけでもないようです」

他にも何かあるのか。そのあたりは父に聞いたほうが早いだろうかと思っていたら、ティルラさんがやって来てその父からの呼び出し。どうやら父も一服が終わったらしい。

フレンセンに机の上をあけておくように言いのこし、鎧の手入れを任せるように指示すると父の執務室に向かった。

◆

「まずはご苦労だったな、ヴェルナー」

「ありがとうございます」

入室後の第一声がそれだった父上も多少はお疲れのようで。まあ今日は公的な立場の人間は仕事の嵐だっただろうからな。軍務の人間は当然だが、典礼大臣の父だっておそらく外務大臣と一緒に対外処理をやるようなこともあっただろうし。

「先に言っておこう。翌日は早朝から登城せよ。王太子殿下がお前にいくつか話があるらしい」

「私にだけですか」

「先に個別に話をするとのことだ」

「解りました。では私の方で起きた事から簡単にご報告いたします」

「うむ」

父はその王太子殿下がするだろう話の内容も当然知っているだろうに、ここでは言わないのか。つまり機密に近い話をするから王城の奥でやるということだな。なんかまたろくでもないことになりそうだなあ。

ひとまず頭を切り替えてヴァレリッツの状況、アーレア村での事件、フィノイでの戦況と経緯を報告する。この間一月程度なのに密度濃すぎ。何で苦笑しているんですかね、父上。

「グリュンディング公爵はじめ、何人かから優秀な嫡子がいて羨ましいと言われたよ」

「お世辞でしょう」

俺の場合は前世知識というインチキに近いものだから。戦闘力だとマゼルどころか王国騎士団所属の騎士も及ばんし、地頭《じあたま》だと王太子殿下を始め俺より頭いい人は数えきれないと思う。俺にあるのはゲームを含む前世の知識だ。作業効率がいいのも前世の知識や経験の産物だし。

というか公爵の無茶ぶりを体験した俺としては、あの方にはできればお近づきになりたくないです。そう思っていたがふと気が付いて疑問を口にする。

「えーと、いつからそんな話が」

「フィノイで勝利の策を立てたのがお前だというのは戦況を伝えた使者から聞いた」

「あの釣書と似姿はそれからですか」

「そうなるな」

なんて余計なことを言ってくださったんですかねその使者さん。報告を上げる必要はあったんだろうけど内心で文句を言いたくなる。王都襲撃の前にやることが多いんだよ。ご令嬢のお茶会招待への対応とか、そんなことをしている時間はないぞ。

「やりたいことが多いので可能な限りお断りしたいのですが」

「工房から試作品とやらが送られてきた時点で、何かほかにやることがあるであろうことは解《わか》っている。何をする気だ？」

「口では説明が難しいので、実物は近日中に王城に持ち込みます。その際、父上にもツェアフェルト家当主として同席していただければ」

「解った」

ゲームなら明日持ち込みますと言う所だけど、現実には城に得体のしれないものを持ち込むためには第三者による調査と許可が必要だ。暗殺者とかが武器を持ち込んだりできないようにしてある規則だから仕方がない。

もっともその手順自体は騎士とか役人レベルがチェックするだけではある。むしろ問題なのは時間がなくて俺自身が試作品を確認できていないんだよ。偉い方々の前に出せる水準なのかどうかわからないのが困る。

「それと、フュルスト伯爵が父上に一度お目にかかりたいと」

「先ほどのトイテンベルク伯爵の件だな」

「はい」

俺自身の無断離脱の事も含め、マックスから聞いた話とヘルミーネ嬢の事も全部説明したからか、父も頷《うなず》いてくれた。後の日程調整などは父とノルベルトがやってくれるという事なので全てお任せしますとお願いしておく。

その後に今度は父からの王都における状況説明があった。何せこっちは緊急出動令をうけてほとんどすっ飛び出していくような状況だったから、その後の王都における情報は不足している。

「王都ではお前たちがフィノイに向かっている間に流入する民が増えた」

「え」

なんでまた、と思ったが、魔王復活後の魔物《モンスター》出没状況の変化によるものが大きいという事だ。

「地方の村落の中には恐ろしくて村に住んでいられない、というものが村を捨てて逃げ込んできているらしい」

「王家直轄地の民ならともかく、各貴族家の領民は領都に行くのが筋では」

「本来ならそうだが、魔軍との戦いで余裕のなくなった貴族家もあるからな」

「……なるほど」

あれか、前世の日本で言えば大規模飢饉《ききん》とかが発生した時に江戸に流入する人間が増えたのと同じような状況か。大きな町に行けば何とかなると考えるのは異世界でも変わらん、というか人間の本質のようなものかもしれない。下手をすると当主親子が揃《そろ》って戦没しているトイテンベルク伯爵みたいな例もあるし、貴族家の領都よりも王都の方が目的地になりやすいというのはまあ理解できなくもない。

もともとこの世界は脳筋世界だ。平民が貴族に従っているのは危険な魔物《モンスター》から生活を守ってくれるから、という一面がある。その貴族家が魔物暴走《スタンピード》やフィノイ攻防戦で魔物に斃《たお》されたと聞けば民の側は不安を持つのも当然だろう。

更に言えば、魔物暴走《スタンピード》で勝利したことで王都なら安全だと思っている民が多いという面もあるはずだ。ゲームのシナリオ通りだったら騎士団も壊滅していたから王都に逃げるという選択肢を考えず、生まれた町や村で怯《おび》えつつ生活していたのだろうが、現状は王都に騎士団が健在だ。王都《ここ》の方が安全だと思う気持ちは理解できる。これもゲームのシナリオを逸脱した結果になるんだろうか。

「国の方は大丈夫なのですか」

「治安面ではお前が以前提案した五戸制を基本にして流入者を管理監督してはいる。王都の城壁外に住まわせているが」

「魔物《モンスター》の襲撃や食料面、治安面での問題は出てきそうですね」

「どうしてもな」

旧トライオット王国が滅んだ直後はむしろ人頭税《じんとう》のことも考えて難民を引き取りたいと言っていた貴族家が、一転して領民の安全すら確保できなくなりつつあるという事になるんだろうか。ゲーム上の魔王復活と異なっているのは当然かもしれないが、現実では国の負担がでかいなあ。王太子殿下がフィノイの戦場に来なかったわけがわかるわ。

「当面は食事を与えつつ可能な限り仕事を与えているという状況だな」

「仕事といってもそんなにないでしょう」

「むしろ何かをさせておくことで暴動抑制の方が近い」

身も蓋もないな。とはいえ逃げてくる方は王都にたどり着けばどうにかなるに違いないと考えているのだろうし、押し掛けられた王都の側からみれば着の身着のまま押しかけて来て何とかしてくれと言われても困るだけだろう。

かといって問答無用に切り捨てることができるわけじゃない。人道というよりも政治的な問題だ。一般論で言えば貴族というものは民があっての貴族であり、あの貴族は民を見捨てたなんて評判が立てば回り回って自分たちの統治に影響してくる。物語なんかでは阿《あ》呆《ほう》貴族が民衆を軽んじる描写があるが、現実にはそんなことをしているとフランス革命一直線だ。

「ツェアフェルトとしてはどうするのですか」

「今の段階では特に何もしない。内務の仕事だ」

「解りました」

当たり前か。それぞれの役職にそれぞれの責任がある。典礼大臣の家としての仕事は当然だが、こんな突発事項に近い仕事を好んでやる必要は今のところはないからな。

◆

父の話は国で起きている現在の状況説明から、伯爵家での件に移った。前置きなしに話が切り替わるのはやめてほしい。

「ツェアフェルトが行っている養護施設などでは今のところ問題は起きていない」

「教育の方は進んでいますか」

俺としてはそっちの方が気がかりではある。フェリの養護施設でもあるし、マゼルにも頼まれている事だしな。

「教育を引き受けてくれる人間も見つかっている。心配はない」

「よく見つかりましたね」

「現状、貴族家から解雇された人間がいる」

ああ、と思わず納得。魔物暴走《スタンピード》やフィノイ防衛戦で当主や家騎士団に損害が出た家では経費削減や立て直しのために人件費を削るところもあるだろう。そしてそういう時に解雇されるのは貴族出身ではなく平民階級出身の人間だ。

だがこの世界では平民階級出身でも学園に通った経験があれば一定の学問は身につけている。貴族階級出身で養護施設の教員をやろうという考えの人間はレアだろうが、平民出身なら折り合いがつけば見つけることはできるだろう。伯爵家の雇用となれば結果的に以前より出世したことになる場合さえあるはずだ。

「稀《まれ》に貴族階級出身でも引き受けたいと言ってきた者もいたが」

「うちに関係した貴族ならともかく、今まで交流のない家だったら逆に胡散臭《うさんくさ》いですね」

「お前に近づくのが目的だからな」

解っちゃいたけど聞きたくなかったです。特に対魔軍戦で貴族社会にコネのある父親を失った家の娘とかはなりふり構わなくなっているんだろうな。

「そういうのを相手にする気はありませんよ」

「養護施設の子供に教育をさせるのは慈善事業ではない。伯爵家のために役立つ人材を育てもらうのが目的だ。自分のやるべきことを理解できぬような人間を雇う気はない」

さすがに伯爵家の当主というべきか。父は優しい所もあるが甘くはない。下心を隠して養護施設の教員という職務を真面目にこなしていればまだしも、最初の段階で見破られるような水準の相手に用はないという事らしい。

しかし、そうすると、だ。

「それはそれとして、なのですが。ハルティング一家の件でお伺いしたいことが」

それである。そういう判断をする父が平民階級であるマゼルの家族をわざわざ伯爵家の一角に住まわせてまで面倒を見ているというのは何らかの理由があるんだろう。いやまあ、マゼルが勇者ってだけでも十分に理由になりそうではあるが。

「なぜ我が家にいるか、か。端的に言うのであれば王太子殿下のお声がかりで預かった」

「殿下の？」

アーレア村の件に関して、王家が直接使者を派遣してマゼルの家族から事情聴取も行ったらしい。その後、ツェアフェルトで当面は預かることになったのだそうだ。

「政治と外交的配慮が背景だ」

「政治と外交的配慮」

オウム返しにそうつぶやきちょっと考える。なるほど、そういう事か。

ゲームだと勇者《しゆじんこう》の行動に政治は関係ない。国境もなきゃ他の国の城にもフリーパスで入れるし、ミッションを終えたら黙ってその国を出て行っても文句を言われることもない。考えてみればいくら中世風社会でも普通ならありえん話だが、ゲームじゃそんなところまでメモリは使えないのも解る。

だが実際はそう単純な話でもないだろう。第一、魔物《モンスター》に苦労している国であるほど、目の前に勇者なんて存在がいたらどうするか。可能ならずっと自国のためだけに働いてほしいはず。

その際、脅迫というのはさすがに悪手だ。ましてパーティーにヴァイン王国《わがくに》の第二王女であるラウラもいるんだから、実力行使なんかしたら誇張抜きで宣戦布告に等しい。今のマゼルならそこらの衛兵や騎士程度、十人単位を相手にしても勝負にならんだろうし。

強要も脅迫もできないとなれば次にやるのは報酬で釣るやり方だ。たとえ本心があからさまでも表向きが好意だとなかなか断りにくい。だが家族がヴァイン王国にいるという事なら、どんな報酬でも家族に相談します、とそれを断る口実になる。

と、それだけで済めばいいんだが、問題になるのはどこの世界でも一定数おバカさんがいることだ。もしマゼルの家族を王家が預かっていたらどうなるか。ヴァイン王国は勇者の家族を人質にしている、とか言いだす輩《やから》が出かねない。

そして笛吹きゃ踊る奴《やつ》も出てくるんで、これがまた問題に発展する可能性もある。むしろ、それを口実に「誤解を招かないためにも勇者の家族をこちらで預かりたい」とか言い出す奴さえいるかもしれん。実のところ教会とかもやりかねんし。この世界でも王権と神権のせめぎあいは珍しい事ではないから、勇者《マゼル》を神殿所属という立場にする機会を失いたくはないだろう。

だが、預かっているのがうち《ツェアフェルト》だとするとどうか。一貴族に勇者を縛らせるなんていうのは無理だし、何よりマゼル本人が俺の家がマゼルの家族を人質にしているなんて発言を聴けば怒るだろう。程度はともかく怒ってくれるんじゃないかな。流石《さすが》にその場でぶち切れたりはしないと思うけど。〝マゼル個人の知人〟が好意で家族を保護し預かっている、という形式がこの際は重要だということだ。

同時に、王家としては万一マゼルが他国に亡命するような気配があれば、一カ所にまとまっているツェアフェルトとマゼルの家族を纏《まと》めて捕縛監禁なりなんなりすることも当然視野に入れているはず。家族と友人をすべて見捨てる気か、と問われればマゼルの奴ならそんな選択肢は取れなくなるのは間違いない。

そもそもマゼルが亡命するような考えを持つとは思えんけど、それに備えるのが国というものだし、国の権益を最大限に考えるならその考え方のほうが自然だ。

要するにマゼルを他国に利用されたり取られたりしないために、俺との関係を徹底的に利用しているって事になる。最初からここまで想定されていたんだとすると王太子殿下、容赦ねえなあ。貴族社会はそんなもんだ、とは解《わか》っているけど。

いやほんと、政治の世界って黒いわ。思わずため息をついてしまった。

◆

「なんというか、申し訳ありません」

深々と父に頭を下げてしまう。家を巻き込む事態になるのは多少想定してはいたが、まさかこんな形になるとは。だが父はむしろ平然……というよりも冷静に俺の申し訳ないという思いを切り捨てた。

「覚えておくがいい、ヴェルナー。宮廷貴族として大臣になるのであれば、この程度の事はいつ起きてもおかしくないと覚悟しておくことだ」

その、この程度の中には万が一マゼルが亡命とかしたら家どころか命もなくなることもあり得るんだけどな。意外と父の肝がすわっていて失礼ながら驚いてしまう。大臣になるぐらいだから当然だというべきか、脳筋世界のせいなのか。むしろ俺としては大臣になんぞなりたくないという気分だが。

「それにお前はマゼルを信じているのだろう」

「それはもちろん」

そこは自信を持って言える。よほどヴァイン王国側が問題を起こさなければマゼルの方から国を見捨てることはない。もっとも、魔王討伐後もあちこちの国を冒険してまわる可能性ぐらいはあるだろうけど。

　俺が断言したせいか、父は軽くうなずいて「ならばよい」とあっさり話を打ち切った。が、俺の方は気になったことがあるんで確認をしておきたい。

「もしかして、伯爵邸の周囲には」

「向かいのシュトローマー伯爵邸と右隣のユーネル子爵邸には騎士団の人間が常時詰めているほか、裏向かいの旧ディール男爵邸は男爵が内務大臣補佐を拝命したため転居し空き家となった。現在は空き家扱いでゴレッツカ殿が預かっている」

「……泥棒が入る余地は全くありませんね」

　伯爵邸の周囲、がっちりガードされているじゃんか。ゴレッツカってゴレッツカ近衛《このえ》騎士団副団長殿ですか？　旧ディール男爵邸、数人程度じゃない人数が詰めているだろ。他の貴族や商業ギルドとかが逆に羨むレベルだぞ。

　我が家《ツェアフェルト》が何もしなければ万全の警備だともいえるし、仮に何かを企《たくら》めば即座に武力鎮圧されそうだ。周辺どころか邸宅内でさえその空気をまったく外に見せなかったあたり、父もさすがに貴族だな。

「門番も数人増やしているがな」

「勇者の家族がいるのだから増えていないと不自然だという理屈ですね」

演出を兼ねているのは事実だろう。一方でその門番は国の紐《ひも》が付いているような相手であることも間違いはない。ま、反乱する気なんぞないから別に邸内に国の間者《スパイ》がいても問題はないか。

「国の予算で館が警備されていると思っておけばよい。アリーとアンナは貴族の料理人などの仕事を学ぶ事になるだろう。リリーにはしばらく礼儀作法を学ばせる」

「承知いたしました」

その警備に関してはわざと秘密に近い形にしているみたいだけどな、と思いながら応じる。まあ一貴族家の周囲だけ妙に警備が厳しかったりすると貴族街ではかえって悪目立ちする。知っている人間は知っているが知らない人間は知らない、そのぐらいに抑えておく方がちょうどいいとはいえるだろう。

マゼルの両親は学園に行ってないから貴族式のアレコレを今から覚えるのは正直ちょっときついだろうからそれはわかる。それに貴族の料理人は重職だ。料理人は毒殺防止も兼ねるから信頼されてないと務まらないし、それだけに給与も高い上級職扱いになる。

実は料理人は匿名であることが多いのもこの毒殺に関する問題が影響している。家族を人質に取られて毒を盛ることを強要されたりしないように、料理長以外は顔も名前も伏せるのが普通だ。極端な話、宰相邸や有力貴族の料理人から病人が食べるような食事が増えたって情報が洩《も》れるだけでも宮廷内のパワーバランスが動き出す事がある。そう考えると、貴族社会では名前さえ秘密にするのが普通である料理人って職は、身を隠すのにはちょうどいいのかもしれない。

リリーさんの方は年齢的には学生になっても問題はないが、学園の方が半分閉まっている状態だしな。貴族家で働きながら礼儀とかを学ぶのは、手段の一つとしてはありふれているともいえる。

ただ、マゼルの家族は王都襲撃前に避難させる予定だったんだけどなあ。これどうしよう。王太子殿下のお声がかりとなると簡単に移動させるわけにもいかん。予定通りいかないことはよくあるが、ちょっとこれは想定外だ。

とりあえずここで考えていてもしょうがないので、一礼して父の執務室を下がり自分の執務室に戻る。さっきは気が付かなかったが窓際に花が飾られている花瓶があるな。派手じゃないのは悪くないけど俺の部屋に花って似合わない気もする。

とりあえず机の上が片付いていることに一安心。何かの書類が積みあがっている脇机なんてない。ないったらない。

そっちを見ないようにして試作品の入った二つの箱を机の上で開けてみる。見た目は期待通りっぽいな。ちょっとチェックしてみるか。その後で別の奴の依頼書を書かないとやること多いな。

◆

ヴェルナーが試作品を取り上げてチェックを始めたころ、フュルスト伯爵は出兵中の事後処理とその間に発生した様々な問題の書類作業に一応の区切りをつけていた。

フュルスト伯爵家の当主であるバスティアンは無論のことながら書類業務も水準以上にこなすことはできる。だが得手不得手という観点で見れば得意とは言えず、目元をもみほぐしながらの作業だ。

「お疲れさまです、父上」

「ミーネか、お前もご苦労だった」

室外からのノックに応じて返事をすると、娘であるヘルミーネが入室してきた。そして父親の顔を見ての第一声がそれであったため、思わずバスティアンも苦笑交じりに返事をすることになってしまう。

父親が書類に向き合っている間、王都内に潜入していた魔軍の排除作戦と、それに伴うフュルスト伯爵家関係者への対応に奔走していたミーネの顔には多少の疲労が浮かんでいるが、被害が出なかった事もあり、暗い表情ではない。

なお長男のタイロンはフィノイ防衛戦のために動員された伯爵領の兵を率いて領地に戻っていたため、王都の魔族掃討に関わることはなかった。本人は悔しく思うだろう。

「それにしても、王都の中にまで魔族が入り込んでいたとは思いませんでした」

「被害が出なかったわけではないが初期段階で済んだのは幸運だったな。だが……」

そこまで口にしてバスティアンは不意に口を噤《つぐ》む。

「何か？」

「魔軍がわざわざ人間のふりをして王都に潜り込むような真似《まね》をしたのだ。このまま諦めるとも思えぬ」

バスティアンの発言にミーネも難しい表情を浮かべる。確かに父の懸念は正しいと思われるが、魔軍が何を企んでいるのかなど想像もつかない。

「今の段階では注意するしかないかと思いますが」

「その通りだが、何かあった際に対応できるようにしておきたいところではあるな」

父の発言にミーネも頷《うなず》いた。一方で何をするべきか、という事に関しては判断が難しい。そのミーネに視線を向けつつバスティアンが口を開いた。

「さしあたり、失った戦力の補充だな」

「確かにそれは重要です」

魔物暴走《スタンピード》、ヒルデア平原の戦い、ヴェリーザ砦《とりで》奪還作戦、フィノイ防衛戦と繰り返し戦場に立ってきたフュルスト伯爵家の騎士には多数の損害が出ている。失われた人的損害を回復するというのは貴族家としても必要なことだ。

だがそこで問題になるのは、数を集めればよいというものではないという事であろう。魔軍が凶悪でしかも手ごわいという事はフィノイ防衛戦で王国軍の多くが実感している。表面だけ人数を揃《そろ》えても意味はない。

「当主を失った貴族家で解雇された騎士に話をつけては……」

「他に方法はないかもしれんな」

そう言いながらもバスティアンは難しいだろうという表情を浮かべた。この世界では勇敢さが一つの美徳であるが、対魔軍戦ではそれが悪い方に出ているといえる。魔王復活後、単に魔物《モンスター》討伐をしていた頃とは状況が変わっているのだが、どうしても武勇自慢の人間が突出してしまうのは避けられない。相手を恐れずに立ち向かうのは勇敢と言えるであろうが、実力以上の相手と戦い、命を落としてしまう騎士が多かったのだ。

騎士や兵士は訓練もなしにすぐに増やせるような存在ではない。そして、壊滅的な被害を受けた貴族家騎士団の騎士や従卒は負け癖がついてしまっている可能性が高い、とバスティアンは判断している。優秀な戦力になる人間をそうそう集められるはずもないのだ。

「ひとまず、タイロンやミーネも知人の……」

バスティアンが言いかけた所で扉がノックされた。許可を出すとフュルスト伯爵家の執事がやや困惑したような表情で入室してくる。

「どうした、何があった」

「はい、小耳にはさんだことがあり、ご報告に上がったのですが」

バスティアンとミーネがその次の発言を聞いて困惑した表情を交わし合った。トイテンベルク伯爵家に嫁いだフュルスト伯爵家の長女、ジュディス・マレン・トイテンベルクがトイテンベルク伯爵邸から出て、別邸の方に移ったというのである。

「別邸？」

「トイテンベルク伯爵が別邸を持っていたとは聞いておらぬが」

驚きの声を上げたミーネに続いたバスティアンの疑問に執事が答えた所によると、伯爵夫人の縁戚であるガームリヒ伯爵の持ち家なのだという。

「伯爵夫人と姉上の関係がよくないとは聞いておりましたが」

「そうらしいな」

嫁姑《よめしゅうとめ》問題というよりも、もっと根源的な部分で伯爵夫人とは合わなかったようだとバスティアンは聞いている。虫が好かない、気に食わないという感性の問題は一度拗《こじ》れるとどうにもならない。

「……ひとまず、ジュディスに一度話を聞かねばなるまい」

バスティアンの孫にもなるダニーロがどうなったのかも確認しなければならないだろう。ジュディスにフュルスト伯爵家に顔を出すようにと使者を送ることにしてひとまず執事を下げさせたが、ミーネは執事の背を見送りながら漠然とした不安を覚えていた。

そして、その日の夜、ガームリヒ伯爵家別邸に人目を避けるように馬車が停《と》まっていた事を、フュルスト伯爵家の人間は知ることもなかったのである。

◆

俺の執務室に運び込まれていた試作品の動作チェックを済ませると依頼書類作成の番なんだが、うーん、うまくいかない。ペンを持っていない反対側の手でがしがしと頭を掻《か》きむしってしまう。ノックに対してうわの空で返答をした。

「失礼します、ヴェルナー様。お茶をお持ちしたのです、が……」

俺の返答を受けてお盆にティーセットを載せて部屋に入ってきたリリーさんが絶句している。うん、俺でも他人の部屋に入ってこの様子を見たらそうなるかもしれない。足の踏み場がないもんな。

「あの、これは」

「あー、見苦しくして申し訳ない。ちょっとうまくいかなくてね」

苦笑してペンを立てる。床の上に丸い物体が無数に散乱しているのを確認して我ながら恥ずかしい。集中していたんで、書き損じた失敗作を丸めてその辺に放り出してしまっていたようだ。昭和のダメな小説家かよ。

客用のテーブルにお盆を置いたリリーさんがそれらを拾い集め始めたんで、慌てて俺も片づけを手伝う。貴族らしくないと言われるかもしれんが、これは全面的に俺が悪いんでやらせるだけだとさすがに気が引ける。

二人で全部を拾い集めて部屋の隅にまとめておく。一応部屋に用意されているゴミ箱に入らないぐらいになってしまったんでしょうがない。それにしても、いくら安い魔皮紙であっても随分な扱いだと反省してしまう。そもそも平民階級から見れば魔皮紙だって高級品だしなあ。

「悪いね」

「いえ、お気になさらないでください。あの、お茶をお持ちしたのですが」

「ああ、そうだね。一休みしようか」

うまく行かなくてイライラしていたのは確かだ。俺がそう応じると安心したようにお茶を淹《い》れ始める。手際はなかなかいいな。宿屋という接客業をやっていたんだから、ただの村人よりは慣れているのかも。

「どうぞ」

「ありがとう」

一口飲んでみるとちゃんと茶葉の香りもするし濃さも程よい感じだ。さすがにティルラさんには及ばないが、十分に淹れ方はうまい。

「美味《おい》しい。ありがとう」

「はい」

ほっとしたように笑みを浮かべる。学生時代もどっちかというと男の友人とつるんでいることが多かったから、女の子にこんな近くで笑顔を向けられると困る。ティルラさんたちみたいに見慣れてればともかく。

とりあえず聞きたいことがあったからその辺は意識から追い出した。

「そういえばリリーさんは」

「あの」

呼びかけたら困ったように声を上げた。はて。

「お立場もありますから、呼び捨てにしていただけないでしょうか」

「あ、あー」

確かに。マゼルの妹を呼び捨てにするのは気がひけるんだが、貴族が使用人にさんをつけるのは問題だわ。ノルベルトあたりが先にリリーさんに指導していたのかもしれん。納得もしたし理解もしたが、呼び捨てにするのは意外とハードル高いな。

「わかった。……リリー」

「はい」

うぐ、笑顔の破壊力がでかい。とりあえずなんとか話をすすめる。

「ここで働くことになっているみたいだけど、いいの？」

「はい。こんな立派なお屋敷で働けるなんて思っていなかったので、伯爵様からお声がけしていただけたのは嬉《うれ》しかったです」

「そ、そう」

「それに皆さんお優しいですし、勉強や礼儀作法も教えていただけているので、やりがいもあります」

「あ、いや、いいならいいんだけど」

　普通、貴族の家で働けるのって平民階級から見ると名誉なことになるんだが、表向きの理由だけじゃないからこっちの内心は複雑だ。ただリリーさんは素直に喜んでいるっぽいんで、俺も気にするのはやめておこう。

「ヴェルナー様は何をしていらっしゃったのですか？」

「ちょっと図を描きたかったんだけど」

　机の上には複数の金属の玉と一部を改造した魔道ランプ、そして紙とペン。とりあえずこれをなんとか図にしたかったんだが、イメージ画レベルでもここまで複雑だとなんというか俺の手には余る。

「ご覧の有様なんだよ」

「ええと……」

困ったように笑われてしまった。うん、四角とか三角とか曲線がごちゃごちゃしているだけだよな。描いた俺ですらそう思う。苦笑いしていたらリリーさんが意外なことを言い出した。

「あの、よろしければ少し紙とペンをお借りしても……？」

「え？　いいけど。座る？」

「はい、ではあちらで失礼します」

気分転換と軽い冗談のつもりだったんだが、リリーさんは躊躇《ちゅうちょ》なく魔道ランプも持っていき、来客用のテーブルの上に俺が丸めた紙の反古《ほご》を広げた。そこでサラサラとペンを走らせ……え？

「上手《うま》い……」

「宿だと文字の読めないお客様もいらっしゃるので、食事の内容とか、村のお店の場所とかを絵にしていたんです。両親にも褒められました」

理由は理解したがこれは絶対そんなレベルじゃない。センスがいいなと思っていたが、多分リリーさんは絵画か何かの芸術系スキル持ちだ。アーレア村では宿は焼け落ちていたし、その後もいろいろあったしでそんな話をしていなかったのもあるが、全く気が付かなかった。まさかこんな才能があったとは。

「これでどうでしょう？」

「正直驚いた」

リリーさんの見た目からのイメージとは違い、レオナルド・ダ・ヴィンチのスケッチを彷彿《ほうふつ》とさせるリアル寄りの絵だが、ものすごく上手いし見やすい。これは詳しく説明して、ちゃんとした紙に清書してもら……いやちょっと待てよ。

「リリー……は文字の読み書きできるよね」

「え？　はい、宿帳の代筆とかをすることもありました」

「計算もある程度はできる？」

「宿代とか、お食事代の計算とかぐらいでしたら。今はもうちょっと複雑な計算を時間があるときに勉強させていただいています」

待て待て待て。この世界で平民出身なのに文字の読み書きができて、足し算引き算レベルでも計算の基礎ができていて、絵も上手いだと？

ひょっとしてこの子かなり貴重な人材なんじゃね。

◆

「あの、何か……？」

「ああいや、こっちのこと」

まじまじと顔を見ていたんで赤面されてしまった。いやごめん、その顔は俺のほうがダメージでかい。

慌てて視線を外すとちょっと考える。これひょっとしてリリーさんに手伝ってもらえればあれの開発は途中経過とかすっ飛ばせるんじゃないだろうか。時間が足りない今、その分の余裕ができるのは正直有り難い。

「リリー」

「は、はい」

「悪いんだけど、これから厨房《ちゅうぼう》に行って柔らかいパン生地をこのぐらい貰《もら》ってきてくれないか。できれば盆に載せて」

「パン生地、ですか？　承知いたしました」

なんだかわからないという顔はされたが、俺の顔色を見て冗談とかではないと理解してくれたんだろう。すぐにリリーさんは部屋を出ていった。

俺の方も戻ってくる前にさっさと仕上げてしまおう。試作品を入れた箱を客用のテーブルに移動させてから執務用の席に座ると、上に載っていたものをひとまず押しのけて、ペンをがりがり走らせる。ちょうど書き終わった時にもう一度ノックがされてリリーさんが戻ってきた。

「お待たせいたしました」

「ああ、ありがとう。リリーはまだ礼儀作法とかいろいろ勉強中だよな」

「え？　は、はい。あと計算とかも……」

「悪いとは思うんだけど、勉強の合間に描いてほしいものがあるんだ」

「はい……？」

小首をかしげて頭の上に疑問符《クエスチヨンマーク》を浮かべているんで、盆ごとパン生地を受け取る。こいつは粘土がわりだ。貴族の執務室にパン生地を持ち込むのもどうかと思うが、粘土を持ち込むのはもっと問題である。っていうか必要もないのに貴族の館の中に粘土なんかあるはずもない。

そして俺の場合、画力的に図に描いて説明できない以上、模型を見せるのが一番手っ取り早い。手が汚れるのは仕方がないだろう。部屋の隅には汚れを拭くためにちょうどいい紙が大量に転がっているしな。

まず一部を盆の上に薄く広げて板状にし、指で一部を凹《へこ》ませていく。上から見れば多数の点で描いた※マークのような形に位置を調整。

続いて穴に入るぐらいの球体を作り、穴の中に入れていく。穴の深さは球体がちょうど半分ぐらい顔を出す感じだ。

「これは？」

「こうやって」

最初にティーセットを載せてきてくれた盆をパン生地で作った模型の上に載せる。盆を人差し指だけで軽く回すと盆そのものがくるりと回った。材料が材料なんでスムーズとは言えないが、小型ターンテーブルの完成だ。

「わ……」

「本当は金属の球を使うのと、さらに中央に軸を差し込んで横にずれないようにする。そうすればこれを土台にすると重い物でも簡単に回すことができるようになるんだ。ただ口での説明が難しくてね」

試作品として送られてきたゴルフボールサイズの鉄球を見せて机の上で軽くごろごろ回して見せると、興味深げにリリーさんがのぞき込む。近いって。

「持ってみる?」

「い、いいんですか?」

「重いから気を付けてね」

両手の上に載せてあげると、きゃ、とか小さく声を上げたが落っことしたりはしなかった。そのまま両手の上で転がしたり高く持ち上げて下からのぞき込んだりしている。何だろう、子犬が珍しいおもちゃを貰って遊ぶ前に前足とか鼻で突っついて確認しているみたいだ。思わず和むんだけど和んでいるわけにもいかん。

実は前世でターンテーブル状の物に関する歴史は古い。ローマのネロ帝が作成した『回転する食堂』は水車の力で床面《フロア》全体が回転し、ローマの全景パノラマビューを楽しみながら食事をしたらしい。伝説じゃなくて実際に遺構も残っている。金属製のボールを入れた穴には滑らかに回転させるための潤滑剤として使われた粘土の跡まであるぐらいで、相当に計算されていたんだろうな。

ところで、ローマ史でネロ帝は暴君とか言われていたが、実際はどちらかというと改革派の皇帝で、記録を書き残せるような学識がある保守派エリート層やキリスト教との関係が悪化していた結果、あることないこと書き残された結果の〝作られた暴君〟と言う方が正しく、名君とは言えないかもしれないが暴君と呼ばれるほど酷《ひど》くもない。前世の日本でも小説家の創作物が史実の人物像を駆逐してしまったことがしばしばあったが、ネロ帝もそういう被害者の一人かもしれん。

それはともかく、そのネロ帝が作ったものは部屋の床全体が回転する物だが、ボールで回転させる原理としてはターンテーブルとそれほど変わらない。というか、回る食堂を作りたいわけじゃないんで、サイズはそんなでかくなくてもいいんだ。

リリーさんの手から鉄球を受け取り、もう一度ターンテーブルモドキに目を向ける。

「俺は明日、城に出仕しなきゃいけないんで、その間にこの板を図にしてもらえないかな。球体が凹みの中で回るのが解《わか》るような図で。その分の時間を取ってもらえるように母やノルベルトには言っておく」

「はい。ええと、大きさは書き込んだ方が……？」

「それは作成者に依頼するときにこの試作品を見せて、比較しながら説明するから大丈夫」

試作品の箱を開けて中に入れてある金属球を見せる。これも実物大じゃないけどそこは口頭で説明すればいいんだしな。

「解りました」

「それとさっきのランプの図もきれいな紙に書き直してもらえると助かる。その時に、この柄の部分を太めに、頑丈そうに。それからここを三角形になるように……」

「はいっ」

ターンテーブルと一緒に上にある本体の図も頼んでしまう。説明が細かい上、仕事を増やして申し訳ないと思ったんだが、リリーさん、何でそんなに嬉しそうなのかよくわからん。

「この分は別にお給金を出すから」

「い、いえ、そんな、いりません」

「これは払わないと駄目なんだよ」

メイドに限らないが館内部の仕事は伯爵夫人で女主人《マダム》になる母の管轄になる。だがこれはメイドとしての仕事じゃないから別の業務だ。それはそれで払わないと統制が取れなくなる。その辺りをいい加減にしている貴族家もあるだろうが、ツェアフェルトでは厳格だ。そういう所をしっかりしていないと大臣とかやってられんか。

それにリリーさんの絵、金取れるレベルだし。こういう世界だから専門家に頼んだらいくらかかるやら。更に秘密保持の問題だってあるしな。

「うう……」

そのリリーさんがなんか小さく唸《うな》っている。いや働きにお金を払うのは当然だから。そのぐらいなら子爵としての俸給からでも出せるし。

「後、ノルベルトには俺から言っておくけど、描いたものは秘密にしておいてくれると助かる」

「も、もちろんです」

言うまでもなかっただろうか。とはいえ仕事を増やすだけなのも何なので、とりあえず紙に書いておいたものを差し出す。

「あと、これなんだけど」

「数字がいっぱい……表ですか、これ」

「えーっと」

さっきターンテーブルの説明で使ったパン生地の小さい球を二つ取り出し盆に載せる。その隣にもう二つ。さらにその横にもう二つ。

「これで何個？」

「六個ですね」

「うん。で、その表の縦の二、横の三の重なるところは」

「六で……あ」

　前世で見慣れていた掛け算九九の表だ。ただこの脳筋世界、この程度のものもなかったんで、学生時代に驚いた記憶がある。もっとも俺自身は今更九九でもなかったから使わなかったが。ちなみにマゼルは一度聞いただけで覚えてしまうので表を作る必要さえなかった。前世、あいつの記憶力の半分でいいからほしかったなあ。

　余談だが、掛け算九九の表に最も近いものは前世だと古代中国の物がある。秦《しん》の始皇帝より前の話だ。なぜか日本の表とは逆に【九×九】から始まっているのはでかい物が好きな民族性なんだろうか。当然俺は日本風の【一×一】からの表を書いたけど。

　こんな物でも勉強の足しにはなるだろ……。

「凄《すご》いです、これ、解りやすい。ありがとうございます」

「あ、うん、参考にして」

　食いつき気味にやたら感謝された。うっかりしていたが識字率とかその辺が基本的に低いから村人にはこの程度でも立派な教材なんだ。むしろ平民の中でも文字も数字も読めないのが普通って世界なんだし。ただこのレベルでそこまで感心されてしまうと俺の方が居たたまれない。

「こっちも面倒なこと頼んじゃったし。大変だと思うけどよろしく頼むね」

「はい、一生懸命やらせていただきます！」

助かるんだが、この基本ポジティブ思考なのはハルティング家の遺伝なんだろうか。とりあえずリリーさんにはパン生地とかを片づけてもらって、俺は床の上のゴミを拾いながら今後の予定に修正を加え始めた。

整理中、ひょっとしてアバカスというかそろばんを作ったら売れるんじゃねとか思ったが、手が回らんのであきらめよう。万年筆とかと一緒に生き残っていたらやろうリストに加えておくとするかね。

なお、後日ノルベルトからリリーさん経由で知った九九の表に関して、他の使用人に教える際にも使えるのだから、こんな便利なものはもっと早く教えてほしかったと母が文句を言っていたと伝えられた。そんなに大層なものじゃないんだが、数字と計算結果を一目で見ることができる表なんてものは確かにこの脳筋世界では珍しいのか。

この世界で二〇年近く生きてきたこの歳《とし》になってカルチャーギャップを体験するとは。

自分が知っているからといって他人が知っているわけでもないよな。反省。

翌朝は朝一で王城に出仕。驚いたのは王城に入った後だ。なんかあちこちに戦闘の跡がある。これだけの戦いが起きていたことも驚きだが、それが王城の城壁一つ跨《また》ぐとほとんど感じられないのもまた驚きだ。誰が主導しているのかわからんが、情報統制力というか統率力すごいな。

いつもの手順をややハイペースで進めて王太子殿下の執務室に入室。殿下もこの後予定が詰まっていたりするんだろうか。そう思いながらいつものように礼をする。


「ヴェルナー・ファン・ツェアフェルト、参りました」

「よく来てくれた、ヴェルナー卿《きよう》。そしてよくやった」

第一声がお褒めの言葉とは驚いた。恐縮しておく。

「恐れ入ります。ですが、私一人の成果ではありません」

「フィノイの件ではない。アーレアの件だ」

予想外の発言を受けて、表情だけで意味を伺うと、落ち着いた表情のまま殿下が説明を続けてくれた。

「まず、勇者《マゼル》の家族を守った点、これは称賛に値する」

「恐縮です」

「それと、彼の妹が拉致されかけたときのことをおぼろげながら覚えていた。卿《けい》が家族を先に王都に送り届けてくれていたのが大きい。事情聴取の際に彼女から詳しい話を聴いていなければ、被害はもっと大きくなっていただろう」

「それほどの話がありましたか」

〝何か〟を飲み込まされそうになったリリーさんは『素体』『復活』という単語は覚えていたらしい。素体という言葉の意味は解らなかったそうだが。記憶力の良さも兄譲りかね。

そしてあの黒い宝石には何らかの、見る者を魅了するような得体の知れなさがある、ということも魔術師団長からの報告にあった。専任で調査をしていたピュックラー卿の様子がおかしい、という疑いもある。

そして王都にあるはずの黒い宝石の一つがアーレアで回収された。もう一つも無事かどうかはわからない。それらの情報を集約した王太子殿下の回答は一つだったようだ。

「おそらくあの黒い宝石は魔族の核《コア》のようなものなのだろう。素体と言うからにはあの黒い宝石は犠牲者の肉体を乗っ取るか、操ることができるとみてよい。そして一つが持ち出されていた以上、最低でも誰かが既に魅了されていると判断できる」

「なるほど……」

「それに、卿の調べていたマンゴルトの件も参考になった。卿の情報を基に調査をしたところ、マンゴルトと接触していたフードの男がピュックラーだということが判明したので、すべてつながった」

納得するしかない。そしてゲームで魔軍三将軍が復活してきた理由もわかった。核《コア》を破壊しないと復活してくるタイプの敵だったってわけ……ん？

ちょっとぞっとした。もしも肉体を乗っ取るような形で三将軍が復活してきたんだとすると、アーレア村でリリーさんが食わされそうになっていたのはドレアクスの本体だったのか。

もしそうなったらフィノイかどこかでマゼルが妹の身体を奪った魔将《ドレアクス》に襲われるとか、マゼルが結果的に妹の体に剣をむける羽目になっていたかもしれないとか、冗談じゃ済まんぞ。間に合わなかったらと考えたら今更ながら冷汗がでてきた。

黒い宝石の危険性は説明する必要があるからマゼルに話すのはしょうがないが、リリーさんには言う必要のないことだな。黙っておこう。

それにしても、だ。ゲームで復活し最後に登場した三将軍の肉体は誰の体だったのだろうか。ひょっとしたら魔物暴走《スタンピード》で戦死したことになっている王太子殿下や騎士団長とかだったんじゃないか。実は死んだんじゃなくて捕虜にされていたのだとしたら。

この想像が正しいとすると魔物暴走で王国軍大敗、騎士団壊滅なんて事態にならなかったことでこのストーリーの変化が始まっていたのかも。考えると色々怖い感じもする。

さらに別の疑問が浮かぶ。王都襲撃の内容だ。仮にピュックラー卿が俺と会ったあの時には既に魔族に乗っ取られていたのだと仮定してみる。時間軸でいえばまだラウラが勇者パーティーに参加する前からだ。

ゲームであの黒い宝石は出てこなかったが、魔物暴走を操った魔族がいた場所を王国が調査すればマゼル以外の誰か調査員が拾うこともあっただろう。もしそうなら実はゲームでも早い段階で魔族は王都の中に入り込んでいたということになる。

四天王の王都破壊イベントは外からの襲撃だけかと思っていたが、実は城内でも魔族が暴れていたのかもしれん。だがそうなると何のためにという疑問が湧く。

ゲームではマゼルの国王即位のための都合《シナリオ》だろうと思っていたが、そんな早くから魔族が襲撃を考えていたのだとすると別の目的があってもおかしくない。もし別の目的があったとしたらそれは何だ？

思わず考え込みそうになったが意識的にその疑問を頭から追い出す。今考える事じゃない。王太子殿下の話が続いているし。

「ピュックラーと接触した相手を丹念に追うことで王都内にいた怪しい者たちを選別することもできた。その結果、昨日のうちに衛兵や騎士団の働きによって城下の方は大体片付いたのだが」

「何か問題がありましたか」

「ピュックラー、いや、ピュックラーの身体を乗っ取っていた魔将ゲザリウスと名乗った相手には恐らくだが逃げられた。包囲が完成する前に功績争いから先走る者が出たのは痛かったな」

自分が現場で直接指揮を執るべきだった、と殿下が自嘲していたが俺はそれどころじゃない。ゲザリウス？　誰だそれ!?　そんな名前の敵はゲームに出てこないぞ。

俺の知っている魔将軍はドレアクス、ベリウレス、それに後半に出てくるアバドラスの三将軍だけだ。ゲームにはそんな名前の魔将は間違いなく出てこない。

いやちょっと待てよ。

魔王城の最終決戦前、ボス連戦マップで四つの扉を守るのは復活した三将軍だった。単に扉と扉の間にある部屋を守衛しているのかと思っていた。けど本来は文字通り門番だったのだとしたら。四つの扉をそれぞれ守る魔将軍だったのか？

メモリの都合でもあったのかゲームではカットされた四人目の魔将が現実には存在していた、というのならその部分はひとまず納得はできる。できるんだがそれでもいろいろ疑問はあって頭の中がぐちゃぐちゃになっているが、ひとまず全部後回しだ。情報もなしに考えてもしょうがないんで、今は説明してもらえる内容の方が重要。

「おそらく、というのはどういう事なのでしょうか」

「魔術師隊や近衛《このえ》、城の衛兵らが囲んで致命傷かそれに近い傷を与えたのは確かだ。だが相手は王城の城壁を越えた後に姿を消し、あの黒い宝石も見つかってはいない。卿はどう見る」

「あまり想像したくありませんが、人の姿に戻ることもできる事を考慮すべきかと」

「私も同感だ」

もし人間の姿に戻れるとなると王都の人口の中から一人を探し出すのは流石《さすが》に骨だ。魔除《まよ》け薬も魔将クラスには効かないだろうし。っていうか魔将ってゲームだとそもそも避けられないボスキャラなわけだが。

それにしてもゲームじゃそんな設定、聞いたことがない。それともそれはそのゲザリウスとかいう奴《やつ》が持つ特殊能力か何かだろうか。いずれにしても考えなきゃいけないことが増えたな。

「こちらにも損害が？」

「死傷者や行方不明者も相応に出ている。関係者にはピュックラーが怪しいとまでは周知していたし、警戒もしていたが、魔将クラスが問答無用で研究所内で正体を現し暴れだすのは流石に想定外だ」

だろうな、と俺も思う。ごまかし一切なしでいきなり暴れだされたんじゃ兵士に被害が出るのも避けられないだろう。フィノイ襲撃に失敗したということが分かった時点で向こうも警戒していたのかもしれない。

しかも詳しく話を聴くと、内側からピュックラー卿の身体が膨らむと破裂するように魔将が現れたらしい。目の前でそれを見たら普通は思考停止するか。冒険者とかでも驚くかもしれん。

それにしても、ある程度準備が整っていれば騎士団や魔術師隊でもゲームのボスクラスと戦えるのか。この辺もゲームとは違うな。それが再確認できたのはむしろ良かったと思おう。

ふと気が付いたのは、ボスなら取り巻きが周囲にいてもおかしくないはずだということだ。ひょっとするとゲザリウスとかいう奴は逃げたのではなく、あの黒い宝石だけを取り巻きが持ち逃げしたのではないだろうか。

初めから計画していたとまではいわないが、そのぐらいの保険はかけてあっても不思議じゃない。だとすると行方不明者の中に変装した魔族がいたのではないかとも思うが、これは後で確認すればいいだろう。

そういえば何で魔王が復活したのかも謎といえば謎なんだよな。もし魔王も同じように何者かの身体を乗っ取る形で復活したのだとしたらどうなんだろうか。いやだからそういうのを考えるのは後だ後。

「対範囲魔法研究の方への影響は大丈夫でしょうか」

「幸か不幸かまだ研究中だったのでな」

実害はなかったという事か。研究者が無事なら問題なしと考えていいんだろう。逆にいえばあんまり進んでないともいえるのかもしれんが、被害が軽微ならまあ良しとするべきだろうな。下手に進んでいたら逆に魔族に警戒されたかもしれんし。

「そういえば、魔将はどのような外見でしたか」

「外観は人間と獅子《しし》を合わせたような姿で動きも素早く力も強かったらしい。だが何より面倒だったのは跳躍力が高くてな」

獣化人系《ライカンスロープ》か。そういえばゲームでは不死人《アンデッド》、爬虫人《レプタイポス》、巨人《ジャイアント》にはそれぞれ将軍がいたが、獣化人《ライカンスロープ》にはいなかったな。

あれ、ということは。

「……旧トライオット方面が危ないでしょうか」

「よく気が付いたな。いや、卿はそれも調査済みだったか？」

殿下が驚いた表情を浮かべている。ゲームだとトライオットがあったあたりのフィールドで人狼《ワーウルフ》とか人虎《ワータイガー》とかが出没するのを覚えていただけです。とはいえなんか誤解されたみたいなんで、失言だったかもしれない。

「トライオットの難民たちから人狼などに襲撃されたという話は私も調査済みだ。もし奴が健在なら、卿が危惧したように、奴がそちらに逃れて戦力を整えていると考えてよいだろう」

「そうなると、トライオットに隣接しているクナープ侯の領地がまず危険では」

「その通りだが、貴族家領だけにうかつに兵力を増強するわけにもいかないからな」

面倒なことだ。今のクナープ侯が独力だけで守り切れるかというと無理だろう。だが王家が勝手に防衛施設などを作ると、その地域を接収するのかとか、ぎくしゃくする問題が発生してしまうし、兵力を込めると誰が食料等を手配するのかという問題にもなる。事情を説明して理解できたクナープ侯が助けを求めてきたとかいう状況になれば別だが、それをクナープ侯や家臣団が納得するかねえ。

どっちにしてもややこしいのは施設建造にせよ兵力の増強にせよ、予算を出せるとも出せないとも簡単に言えないことだ。だからといって一貴族家に丸投げは無理だと解《わか》っているだけに対応が難しい。貴族にはしがらみが多いな。

◆

王太子殿下が気分を変えるような口調で笑いかけてきた。

「トライオット方面に関して、卿《けい》も何か良い案があれば申し出てくれ。そういえば卿は何か職人を必要としているそうだな」

「はっ。新しいと申しますか、改良版の武器と道具を少々構想中でして」

トライオットやゲザリウスとかいう奴の件に関してはその場ですぐ回答を求められなかったんで、ひとまず安心。さすがに情報を整理してから考える時間も欲しいし。ただこの件ではゲームの知識をあまり当てにできない気がする。

その辺りも全部ひっくるめて考える時間が欲しいけど、とりあえず後回しだ。なんせ今は俺のメモリがいっぱいいっぱい。取り急ぎ、改良に関する方から順番に処置していかないと、俺の頭の方が混乱してわけがわからなくなる。

「その件に関しましては、後日お時間をいただければと思います」

「解った。三日後に時間を作ろう」

「ありがとうございます」

ちらりと王太子殿下が傍《そば》に視線を向けてから頷《うなず》く。スケジュール管理する側近とかに指示したんだろうな、あれは。それはそれとして気になっていた件も確認させてもらおう。

「ところで、アーレア村の村長の件なのですが……」

「ああ」

殿下にしちゃ珍しい苦笑交じりの表情。思わず問い直してしまう。

「何かありましたか」

「村長から弁解の書状が来たそうだ。見てもいないがな」

ま、まあいちいち地方の村レベルの問題対応を王太子殿下がしているはずもないか。法務の下部組織あたりで処理したんだろう。

「その件に関しては妹《ラウラ》からも書状が陛下宛に届いていてな」

訂正。逆に話がでかくなってないか。村でのトラブルなんて普通はその地域の貴族領で代官あたりが処理するレベルだぞ。今回は勇者の家族とか王家の面子《メンツ》も絡んだ内容だから王都で処理するのはしょうがないけど、本当に国王陛下の耳にまで届いちゃいましたか。こうなると逆に軽い処分は下りないだろう。なお同情はしない。

「ラウラは普段礼儀正しいが、あれで気さくなところもある」

「あの中庭でご一緒させていただいた時にそう思いました」

正確にはゲームで知っているんだけど。親しみの持てるお姫様キャラだったもんなあ。

「そのラウラから、外交文書のような最初から最後まで礼儀正しく書法と文法に則《のっと》った長文の書状で、〝丁寧かつ徹底した調査〟を希望された。陛下が熟《う》れすぎた果実を口に入れたような顔をしておられたよ」

「うわ……」

非礼にも思わず声が出てしまったが、そこは殿下も聞き流してくれた。申し訳ないです。

それ、怒り狂っての詰問状とか、そういう空気の書状ですよね。行間から怒りがにじみ出ているような。そこまで話が大きくなっているのに俺が口を挟むと逆に面倒な事になりそうだ。

「お手を煩わせてしまい恐縮です」

「国にも隙と非があったことだ、卿が気にすることではない。それはそれとして、卿は留守の間、養護施設や難民に王都で何をさせていたのだ？」

うぐ、そっちもお見通しですか。フィノイから王都に戻ってくるまでの数日で王都内の魔族を洗い出しているぐらいだし、調査能力が相当に高いから当然か。隠すような事でもないんで、むしろここで説明して内々に許可をいただいておこう。タイミング的にはちょうどいいしな。

「実は、少々考えていたことがございまして……」

◆

王太子殿下への説明を終え、俺の執務室でノイラート、シュンツェルと合流。ノイラートにはお使いを、シュンツェルには後刻に訪ねる相手に先触れを頼んでから、ちょっと予定を変更して魔術師隊の建物に向かった。

魔術師隊の研究所が目に入ると、外壁に巨大な穴が開いていて思わず声を上げてしまう。ゲームだと外壁を破壊することはイベント以外では無理だが、あれをゲザリウスとやらがやった事だとすると結構な攻撃力というか馬鹿力がありそうだ。

建物の周囲にいる警備兵に質問をして目的の相手がいないことが分かったため、魔術師隊の建物ではなく城内の治療施設に向かう。入り口で手続きをしてから入場だ。

この治療施設での手続きは、騎士や貴族が怪我《けが》や病気で肉体的にも精神的にも弱っている時に変なのが近づいて来ると困ったことになることもあるため、割と厳重だったりする。時には立ち合いという名目で監視が付くことさえあるらしい。セキュリティも大事。

とりあえず俺は身元もしっかりしているので普通に許可を貰《もら》い、少し歩いてから目的の部屋にたどり着く。

「フォグト卿《きょう》、お見舞いに伺いました」

「これはヴェルナー卿、わざわざありがとうございます」

ベッドの上でやや退屈そうにしていた魔術師隊のフォグトさんが迎えてくれた。一礼して相手の様子を見るとそれほどひどい怪我ではなかったようだな。一安心だ。

「いや、酷《ひど》い目にあいましたよ。いきなり建物全体が揺れたかと思うと棚から一斉に物が落ちてきまして」

「それはご愁傷様です。ですが大怪我ではなかったようで安心いたしました」

ノイラートに手配してもらったお見舞いを差し出しながら応じる。外壁をぶち破られたら建物も揺れるわな。しかしあの建物の外観と内部で、壁が壊れたら建物全体の強度は大丈夫なんだろうか。ファンタジーだから大丈夫だろう。うん。

「私はいいのですがポーション系の研究者はだいぶ酷い事になったようです」

「瓶は危ないですからねえ」

ついでに言えばガラスは高価だ。けどむしろ割れた瓶の中身が床の上で混じって妙な変化が起きなくてよかったなと思うが、ひとまずありきたりな返答をしておく。怪我の程度や世間話をちょっと挟んで、本題。

「ところで、怪我をされているところで恐縮なのですが」

「何でしょうか」

フォグトさんもただの見舞いだとは思ってなかったんだろう。俺の発言にすぐに応じてくれた。

「例えば発熱とか、送風とかの魔石を暴走させるって事はできるのですか？」

以前セイファート将爵から魔道ポンプの暴走って話を聴いたときから気にはなっていた。ポンプの暴走ってのは機構面の暴走なのか、魔石の魔力が暴走しているのか。

もちろん普段使う魔石サイズの魔道具《マジックアイテム》が暴走したって大したことにはならないかもしれないが、方向性はつかめるかもしれない。俺の問いにフォグトさんは不思議そうな表情を浮かべた後、顎に手を当てて考え込んだ。

「……わざと暴走させたことはないのですが、可能ではあるかと」

「ほう。だとしたら、こういうことはできますか？」

次の俺の質問にフォグトさんだけでなくノイラートやシュンツェルにも何を考えているんだこの人はって表情をされてしまった。だけどこいつはいざという時に有効になると思うんだよな。変な顔をされつつもとりあえずその方向性での研究をお願いしておく。

フォグトさんの見舞いを済ませた後に今度は近衛《このえ》の執務棟に向かい、あらかじめ時間を取ってもらっていた近衛団長とゴレッツカ副団長に顔合わせを兼ねてのご挨拶。なんせ今まで縁がなかったというか、ほとんど知り合う理由がなかった相手だからな。向こうも快く応じてくれたのはいい人たちだと思う。

いくつか話をさせていただく。俺のフィノイでの働きをえらく称賛してもらったが、むず痒《がゆ》いのでほどほどにしてもらう。その後、王都内部での魔軍の排除作戦についてお話を伺わせてもらった。

表情の選択に悩んだのは魔将戦で先走った連中が「ツェアフェルトにばかり手柄をあげさせるな」と言っていたらしいという事を聴いたときだった。お二人からは『卿に責任はない』と言ってもらえはしたが、何というか複雑である。手柄なんか欲しきゃくれてやるって気分なんですよ、こっちは。

それらの挨拶と雑談のついでに、未完成段階ではあるのですが、と前置きしてある一覧表を手渡しておく。この表は使われなければそれに越したことはないが、使うときには役に立つだろう。副団長にやたらと興味を持たれたが、まだ実験中ということで早々に逃げ出させてもらった。それやこれや午前のうちに済ませて執務室に戻る。無駄に広い城内が恨めしい。

◆

執務室に戻り、書類整理の内、最優先で済ませなきゃいけないものを手早く済ませる。今日は寄りたいところがあるのでさっさと退去させてもらおう。むしろ寄りたいところの場所確認の方が大変だ。

論功行賞《ろんこうこうしょう》とかの書類業務の合間に、ミミズがのたくったような字で書かれている養護施設からの日報を苦労しながら読み進めて必要なところだけを確認する。目的の相手はやっぱり裏街《スラム》の近くにいるっぽいな。

ちなみに王城の大臣とかは昼飯は軽めの物を執務室でとるのが普通。なんだかんだ忙しいから。同僚とか他の貴族のお誘いがあった時は別だけど、その場合は複数ある専用の昼食室を使う。会議室との違いは主に広さと壁で、昼食室には風景画とかが飾ってあり、多少なりともリラックスできるような配慮がされている。王家とか貴族とかが芸術品を抱え込んでいるのはこういう所の壁に飾るためでもあった。大人数が集まると会議室で、ってこともなくもないのかな。

西の二番昼食室は何とか伯爵のお気に入り、なんて不文律もたまに発生するのは、打ち合わせの多い貴族が移動しやすい部屋を事実上独占することがあるから。あと外務大臣は専用の昼食室があった気がする。扉や窓が二枚重ねになっている防音室が。

そのため、昼飯時は各大臣の執務室近辺とか昼食室付近ではメイドさんとか使用人が昼飯を載せたワゴンをそれぞれの執務室とかに運んでいるから、廊下に出ると腹を減らす匂いがすることになる。

普通、厨房《ちゅうぼう》は地下か半地下にあるから俺のいる三階の廊下までは人力の食品用エレベータでワゴンごと持ち上げる。魔石を使わないのか、と思ったが、そういう所に第一線を退いた衛兵とかが再就職している例もあるらしい。なるほど、力はあるだろうし。

王城って働いている人がたくさんいるなと思うだろうが、単純に広くて部屋が多いって理由のほか、各大臣の部屋ごとに担当が複数いるからどうしたって人数は増える。ただこれはセキュリティの面もあり、大臣の執務室ぐらいになると器物管理の責任者とかまでいて、棚のカギとかも壊れていないかなどを毎日チェックされている。なんにでも一応理由がある。

余談だが年を取った軍務経験者が役所的なところに再就職する例は結構多い。軍務は意外と出会いの機会がないから、ある程度の年齢、下手をすると五〇代半ばぐらいの定年まで独身の人も珍しくないからだ。皮肉な事だが軍ってのは健康管理がしっかりしているんで、中世では例外的に寿命が長い。

で、兵士や衛兵は宿舎で担当の人間が準備していた飯が出るから軍にいるうちはいい。

入隊してから五〇代まで、遠征を除いてほとんど食事を作ったことがない男性がいきなり定年で街にほっぽり出されると、まず何を食べるのかを決めるところから始め、それを自分で準備するという生活にショックを受ける。そういう人が飯の出る仕事に再就職を求めてくるわけだ。

中世舞台の物語で結構老人の兵士とかが登場するのは、別に定年がないわけじゃなくて、一〇代前半で軍務に就いて、そういう所でしか生活できない人生だった人もいるということ。貴族って貴族に生まれるだけで恵まれてるよなあ。

なんとなくそんなことを考えつつ、書類はやれる範囲でやることを済ませ、父にあらかじめ断りを入れて早めの退去。いつものじゃなく一般兵が使うような鞘《さや》を選んで腰に下げる。今日は理由があって財布が重い。伯爵家の予算も借りているんで父の目が痛いぜ。

あまり遅くなるなと釘《くぎ》を刺されたが子供じゃあるまいし。早く見つかれば寄り道はしないで帰る予定だが。軍務だけじゃなくて領内の見直しもしないといけなくなったから、明日からも忙しいのはしょうがない。アーレア村みたいな事態がうちにあ《ツェアフェルト》ったら笑えないからな。査察・監督をしている人材の配置を少し見直そうと父にも提案中。こういう時は伯爵家代官としての子爵の肩書きが重い。はあ。

どうでもいいんだが、王城で時々すれ違う貴族や使用人やメイドさんがこっちを見てひそひそ話しているのを横目にとりあえず知らんふりをしておく。陰口って感じではないのが救いだが胃が痛い。

俺、マゼルが魔王を倒したら領地に引きこもろうかなあ。

◆

冒険者ギルドまでは同行してもらったノイラートやシュンツェルを入り口で帰らせて、中に入ったら喧騒《けんそう》が凄《すご》い。いや違うか。静かな王城で書類仕事していたから、ギルドの内部に入った時のギャップに耳が慣れていないんだろう。オフィスから居酒屋に入った時みたいなもんか。

「おうっ、子爵様じゃないですかい。ご無事を祝って乾杯しましょうや」

「またの機会にな。そん時は奢《おご》らせてもらうよ」

「お久しぶりです、子爵様。お噂《うわさ》は聞き及んでますよ」

「勘弁してください本当に」

早速いろんな人に声をかけられた。荒っぽい祝いの言葉はともかく、露出高めのおねーさんが撓垂《しなだ》れかかってきそうになるのを避けつつカウンターに向かう。それでも話しかけてくる人が多いなあ。

「さすが子爵様。すっかり有名人ですね」

「フィノイのあれはマゼルの戦功だから」

「いやあ、子爵様の知人として鼻が高いですな」

「そりゃよかった」

マゼルの功績なのは事実なんだけど、こういうのはなかなか聞き入れてもらえない。あとどうでもいいが友人知人が急に増えるのは勘弁してくれ。冒険者グループ〝鋼鉄の鎚《アイアン・ハンマー》〟の連中ならともかく、俺はお前さんのことを顔と名前ぐらいしか知らんっつーの。

中にはこの時間に既に出来上がっている奴《やつ》もいるが、とりあえずその辺をあしらいつつカウンターに到着。

「早速ですが仕事を頼みたいんです」

「いきなりですねぇ」

受付のお姉さんに苦笑されてしまった。いやまあ俺も結構疲れていまして。それに移動も考えるとちょっと時間が微妙だし。

「斥候《スカウト》を十数人、二人一組で行動してもらい、調査を頼みたいんです」

「今度は何をさせるのですか？」

「まだなんとも言えないんですよ。なので調査要員です」

いくら自国の事だといっても他の貴族領なんてそんな詳しいわけじゃない。もともとクナープ侯とうち《ツェアフェルト》の関係は悪くないという程度でお世辞にもいい関係ではなかったし。

ただ、直近での王都の危機は一旦排除できているとしても、第四の魔将が生き残っていたり復活してきたりしたら、王都だけではなく旧トライオットの獣化人《ライカンスロープ》がどう動くかわからないんで警戒しておきたい、っていうのが理由だ。本来は王家が動くんだろうけど、良い案があれば、とか王太子殿下にも言われているしなあ。

最低限、とりあえずは地理と人口というか人心の赴く方向を調査しておきたい。とはいえ、伯爵家《ツェアフェルト》の関係者が行くと政治的に色々ややこしいんで、代わりに冒険者に調査に行ってもらうという計画を立てている。

「地理、ですか？」

「山とか丘とか、あと窪地《くぼち》とか。とにかく地形が知りたい。ただあんまりツェアフェルトとして調べていると知られたくもない」

「今更では？」

「……そうなんですかね？」

綺麗《きれい》なお姉さんからの鋭いツッコミにグサッと来た。俺、そんないろいろ企《たくら》んでいるように見えるんだろうか。死にたくないから備えているだけなんだけどなあ。なんかえらい不本意だ。

とにかく別に政治闘争したいわけじゃないんで、むしろそっちには近づかないように頼む。もっとも冒険者ギルドもあんまり政治的に過ぎるようなら断ってくるはずだ。

後は商業ギルドの方にも話を聴きたいのだけど、絶対に長くなるのが解《わか》っているので、今日は止《や》めることにした。俺の方は話を聴きたいだけなのだが、ギルド側から色々な相談なり質問なりがあることは確実だ。館の執務室に積んである商業ギルド側からの提案書やら要望書やらの書類を思い出して内心でため息。

この点、前世の知識なんてこの世界の流通状況やギルドの立場を考えると大して役には立たないんだよなあ。当然ながら独占禁止法なんてものはないし、トラックや列車による大量輸送もない。一方で強力なギルドの裏には実力者の貴族がいて、商業イコール政治になることも珍しくなく、そんなところまで首を突っ込んでいたらキャパオーバー間違いなしだ。

そんな事を考えつつもう一つの事を聞いてみる。残念ながら冒険者グループの鋼鉄の鎚《アイアン・ハンマー》は留守か。まあしょうがない。その後、小さな陶器の壺《つぼ》で酒を買うと傭兵《ようへい》ギルドにもちょっと顔を出してゲッケさんに伝言を頼み、ギルドを後にした。ゲッケさんがいればよかったんだが、そう何でも都合よく一度には終わらんよな。

◆

冒険者ギルドまで行った後に今度は鍛冶師ギルドに足を運び、鎖帷子《くさりかたびら》を作るための職人と話をする。ちなみに鎖帷子は太めの針金のような金属線を作ってからそれを同じ長さに切ってたくさんの輪を作り、それを組んでいくという作り方をする。前世の中世に作られていたものと同じだな。輪の数は輪の大きさや組み方、着る人の体格などによって異なるが、数千から三万個ぐらいが普通。密度の細かいものは輪の数が十万を超えているものもあるらしい。その数をリベットや溶接で服のように着る形に繋《つな》ぎ合わせていくのだから手間のかかることだ。

俺が今回相談した物は作ったことがない、前例がないと言われたが挑戦はしてみるとも言われたんで、ひとまずよしとするべきだろう。無理だと断られる可能性も想定していたしな。

相談と質問をしていたらだいぶ日が暮れてきた。そろそろいいだろう。伯爵邸に帰るような態度で鍛冶師ギルドを離れ、途中で古着屋に寄って古着一式に古いマントと、ふと思い直してボロ靴も購入し、店で金を払って着替えさせてもらう。貴族がお忍びで夜遊びすることもあるらしく、好色そうな笑顔で着替えの場所を借りられた。複雑な気分だ。ともかく顔を含む全身を隠し、裏街《スラム》方面に足を向ける。

書類の記録だけで顔を知っているわけではなかったから少し探すことになったが、どうやら目的の相手を見つけることができた。道に座り込んでいる物乞い風の男に近寄る。ちらっとこっちを確認した目はぼさぼさの前髪に隠れているが、気配は明らかに警戒しているな。こういうのに敏感になったのは戦場経験の賜物《たまもの》だろうか。

「旦那、お恵みをいただけませんかい」

「ああ、かまわないぞ」

銅貨を数枚渡すと、その横に座り込む。ちょっと臭いがするけど戦場の血煙に比べればたいしたことはないので気にならない。

「……何です」

「俺はヴェルナー・ファン・ツェアフェルトって言うんだ。お前さんたちの顔役に会いたいんだが」

名前を聴いたあたりからあからさまに警戒を始めた。当然だろうな。こういうのは普通合言葉とか符丁《ふちょう》があるもんだ。その辺を全部すっ飛ばしているから警戒されない方が不思議だろう。

「何のことだか」

「そういうのはいいから。俺は大体把握している。あんたや焦げ茶色の髪の奴とか、普通の物乞いなら毎日同じところに座っているだけなんて効率悪すぎだろ」

子供は残忍だね。ゴミ拾いでこの辺りを担当していた養護施設の子たちの書いた日報にはいつも同じ汚いおじちゃんが座ってる、とかそのあたり遠慮なく書かれている。そしてこいつらもゴミ拾いで小銭を稼いでいるらしい子供までは警戒しなかったわけだ。

そいつに用意しておいた酒を渡しながら言葉を続ける。

「どうしても聞きたいことがあるだけだ。それだけ聞けば全部忘れる。あんたたちに迷惑はかけないし金も出す。何なら剣を預けてもかまわない」

「……ついてこい」

俺の足元を見てから立ち上がった男に大人しくついて行く。少し歩くと意外なほど小奇麗な建物に案内された。入り口に座っていた別の男が、案内してくれた男と少し話をすると、視線だけで人を殺せそうな表情を浮かべてこっちを睨《にら》んでくる。おお怖い。

「剣を預かるぜ」

「ああ」

槍《やり》じゃないから持っていてもしょうがない、とまでは言わんが、実際、武器を持っていても疑われるだけだしな。中は一見すると酒場風になっているが、客はいないようだ。そこで少し待たされたのは中で相談でもしていたんだろう。やがて中から出てきた男が厨房《ちゆうぼう》に向かう扉を開けると、俺の後ろに二人ついた。少しは殺気隠せよ。

更に中に入り廊下を少し進んで奥の扉を開けると、結構年齢の行った老人が机越しにこっちを見てきた。ごついおっさんを想像していたんでちょっと意外だ。この爺《じい》さんが裏街《スラム》の顔役というか、情報屋ギルドの顔役の一人ってわけか。

「おぬしがツェアフェルトの若いのか」

「ヴェルナーという。まず時間を取ってくれた事に礼を言わせてくれ」

「どうやって儂《わし》らを知ったのじゃ？」

「そいつは悪いが秘密だ」

半分は前世の知識だけど。盗賊とか物乞いとかも大きな街だと組織化されて相互扶助組織になるのはどこの国でもおなじ事。テーブルトークRPGなら盗賊ギルドとかになるんだろう。この世界でもこいつらの子孫というか後継者がそのうちヤクザとかギャングとかみたいになるのかもしれんなあ。

「それにしても、俺が言うのも何だがよく会ってくれる気になったな」

「フェリから名前を聞いておった。それにうちの若いのの中にはお主に世話になった者もおるでな」

水道橋工事の時とかで難民や裏街《スラム》の住人にも仕事を回していたし、前から俺の名前を知っていたってわけか。フェリも含めこういう所出身の冒険者や斥候《スカウト》もいるだろうからな。どうやら俺の事を褒めてくれていたらしいフェリが紅茶に砂糖ドバドバ入れるのは黙認することにしよう。本当はこのためじゃなかったんだが布石が生きたようだ。

「それにお主は素人《しろうと》ではないようでもあるしの」

俺のボロ靴を見ながら爺さんが独《ひと》り言《ご》ちる。ここまで案内してきた男もそうだが、マントだけでなく靴まで偽装していたのが評価されたらしい。まさか前世のドラマで靴から怪しまれたシーンを見ていたのが役に立つとは。何が役に立つやらわからんもんだ。

「それで、何が聞きたいんじゃ」

「人を探していてね」

　ピュックラーの外見を詳しく説明し、王城内部で騒動を起こした人間だと説明する。どうせそれ以上は向こうで勝手に調べるだろう。全部話す方が信用されるかもしれないが、逆に口が軽い奴だと思われる可能性もある。このあたりは正直判断が難しい。俺の外見年齢的には相手を警戒しているような態度ぐらいがちょうどいいだろうという判断だ。

　そして木を隠すなら森の中だし人が隠れるなら裏街《スラム》。人の姿、というべきだろうか。裏街に姿を見せていないなら部下が黒い宝石だけ持って逃げたと考えていいだろうから、まずは可能性を潰していく。

「死体なら死体でもいいし生きていても追跡なんかもする必要はない。ただ、放置しておくと王都全体に影響が出かねない相手だ。足取りだけは確実に追いたい」

「今すぐには答えられぬ」

「当然だ。わかったら伝えてくれりゃいい。冒険者ギルドにも顔は利くんだろ？　そっちから伝言を回してくれ。報酬は先払いさせてもらうよ」

　用意してきた結構な金額を積む。それを黙って見ていた爺さんが口を開いた。

「受けるとも受けないとも言っておらぬぞ」

「受けないなら持って帰れというだろ」

「変わっておるな、お主」

「よくいわれる」

いや面と向かって言われた経験はあまりないが。先に金を払ったのはそっちの方が信用されるからだ。貴族って存在が彼らから見れば信用しがたい相手であるということは理解しているつもり。もっとも貴族の側でもこういう人たちを胡散臭《うさんくさ》いと思っている人間がいるからお互い様か。

「そこまで儂《わし》らの事を見下さぬ貴族というのも珍しいの。よかろう。儂はベルトじゃ」

「ヴェルナー・ファン・ツェアフェルトだ。よろしく頼む」

「二人とも、ヴェルナー殿を送っていけ。妙な真似《まね》をするでないぞ」

一応信用されたと思っていいのかねこれは。ちゃんと剣を返してもらって外に出る。顔は平然としていたつもりだが胃が痛い。この空気に耐えられたのは戦場帰りのおかげかもしれん。少なくとも学生の頃だったら無理だっただろうな。

そしてその日の夕食後。

リリーさんが描いた図を見ながら、細かい部分の調整、修正とかを相談していたら、なぜか俺だけではなくリリーさんまで一緒に、父から来客があったので顔を出すようにとの呼び出しを受けた。

思わず二人で顔を見合わせてから資料の整理をフレンセンに任せ、来客とやらのいる応接室に入った、のはいいんだが。

「大変申し訳ありませんでした」

「謹んで子爵、そしてハルティングご一家にお詫《わ》びいたします」

えーと。俺はこちらのご当主とお会いするのは初めてだったな。確か父とは派閥も違うし。同行している騎士さんもだがご当主様も結構なナイスミドルだ。顔面偏差値以下略。

思わず現実逃避してしまった。

父や俺、それにハルティング一家の目の前でビットヘフト伯爵と、同行してきたらしいビットヘフト家騎士団長という人が頭を下げていらっしゃる。

「ええと、まず頭を上げてください」

マゼルの両親とかリリーさんが狼狽《うろた》えまくっているじゃないですか。話が進まないから頭上げて。

◆

「エルドゥアン卿《きょう》、まずは説明をしてもらえぬかな」

「う、うむ、そうさせていただこう」

あちらの当主はエルドゥアンってのか。父が声をかけたところでようやく二人とも頭を上げた。というか、父や俺相手ならまだしも、平民のハルティング一家に頭下げたあたりで用件の予想は大体ついているが。

そして父上、今の口調だと大体事情は理解しているだろ。わざわざ相手に説明させるあたり強《したた》かなことで。

ちなみに座っているのは父と俺、来客用テーブルを挟んで向かいにエルドゥアン卿とその家の騎士団長。リリーさんを含むマゼルの家族が立っているのは謝罪される側だけど平民だから。うーんこの何とも言えないもやもや感。

「アーレア村は我がビットヘフト《ビットヘフト》家の領地にあってな。だがかなりの間、代官に任せきりになっておった。結果あのようなことになってしまい、子爵や勇者殿のご一家に大変なご迷惑をおかけしたことをお詫びしたい」

エルドゥアン卿が口を開く。いい年したおっさんが汗を流しながら弁解しているのは何というか反応に困る。しかもれっきとした貴族がだ。マゼルの両親なんか思考停止していないだろうか。

貴族が平民相手にここまで平謝りしているってことは、相当上の方からのお叱りがあったんだろうなー。考えたくないわー。思わず俺まで現実逃避したくなる。平然としているのは父だけという、ある意味奇妙な室内の空気だ。

「ええと、その代官があの一件を？」

「いや……」

俺の問いに口ごもったエルドゥアン卿が視線を向けると、代わってビットヘフト家騎士団長という人物が口を開く。年齢はこの部屋にいる中で一番上ぐらいか。精悍《せいかん》な顔つきで何というか、イメージは騎士というより格闘技経験者とか冒険者だな。ただ、その顔つきで奇妙に身を縮めているんで、前世で騒動を起こしたスポーツ選手の謝罪会見を見ているような気分になってしまう。

「実は、アーレア村の村長は私の父なのです」

驚きの発言。ふとマゼルの家族の顔を見るとリリーさんは初見みたいだが、両親の方はこの家騎士団長と面識があるようだな。何ともいえない、居心地の悪そうな顔をしている。

話を聴いてみるとこのビットヘフト家の家騎士団長、ハイナー卿という人は父親が村長という事で当然ながらアーレア村の出身。マゼルの両親であるアリーさんたちとも面識はあったらしい。若い頃にアーレア村を出てビットヘフト家に奉公したんだそうだ。

「自慢をする気はありませんが、多少は武芸に才能もあったようでして。騎士として機会もあり栄達することができました」

多分、なんかのスキル持ちだったのだろうな。とはいえ平民出身で貴族家の騎士団長とは異例ともいえる出世だ。それ自体は努力の賜物といっていいだろう。むしろ世間一般から見れば褒められたり羨ましがられたりする話だし。

「ただ、その事が父と代官の関係を微妙にしてしまいました」

それは恐らく代官が忖度《そんたく》したんだろうなあ。平民出身で貴族家の家騎士団長になるということは、ハイナー卿はエルドゥアン卿か、年齢的に先代伯爵であるエルドゥアン卿の父親のお気に入りだったに違いない。代官の方が当主のお気に入りで家騎士団長のハイナー卿の父親にあたるアーレア村の村長に強く出られなくなっちゃったわけね。

あるいはハイナー卿自身も、直系ではないにしてもビットヘフト一族の女性と結婚している可能性ぐらいはある。そこまで他家の内情に首を突っ込む気はないけど。

そして父親である村長の方は貴族家直属の代官ですら自分には強く出られないことで完全に勘違いしたと。その結果があれか。

「父……村長も税収を滞らせたりはしなかったので、恥ずかしながらこのような状況になっていたとは気が付きませんでした」

「代官に任せっぱなしだった我らにも非があるのは事実。申し訳ない」

と、揃《そろ》ってもう一度頭を下げる。大体状況は解《わか》った。マゼルの両親の顔を見る限り、ほかにも何か因縁がありそうだが、少なくとも今ここでは聞かない方がいいだろうな。

「これはご迷惑をおかけしたお詫びになります。お受け取りください」

ハイナー卿が持ってきたらしい箱を机の上で開けると、袋と筒状に丸めた紙が入っていて、まず紙の方を俺に差しだしてきた。

これは別に謝罪の品物を用意してないわけじゃなくて、貴族の俺には直接金品を差し出すなんて下品な真似はしない、ということ。書状の形にすることで謝罪証明書代わりの意味もある。

一方、平民相手には物を出すのに抵抗はない。物というかあれ袋一杯の金貨だろうけど。平民はありがたく実物を受け取りたまえ、というわけだ。これはまあこの世界の貴族だから普通と言えば普通か。

「こちらはヴェルナー卿への目録になります。袋はハルティングご一家に」

「村長や代官殿への処罰はどうなっているのです？」

受け取る前に確認する。というかそこは確認しないと気が済まん。村長って立場は貴族から見れば小物だと思ってはいるが、だからといってなあなあで済ませる気はないぞ、と視線で語って見せる。答えたのはエルドゥアン卿だ。

「無論、厳しく罰する。王室への不敬と取られる発言もあった前村長はマクデア鉱山の労役補助役に転属。代官は厩番《うまやばん》に格下げにする。どちらも長期位認定だ。それ以外に暴力を働いた村人にはしばらく安全保持に従事させる」

おやおや、そりゃまた。考えようによってはこいつらのやらかしで頭を下げる羽目になったのだろうから、エルドゥアン卿も相当にお怒りなんだろうが、実父が問題を起こしたハイナー卿の立場よりビットヘフト伯爵家の立場の方を優先しているともいえる。上の方からお叱りを受けた以上、どんな処罰をしたのか報告を上げる必要もあるのだろう。

　長期位認定っていうのは最低でも数年間はその職から動かさないという意味になる。特に決まりはないが大体十年ぐらいが平均期間で、五年以下って事はまずない。しかもこの場合、退職も認められないんで、転属先にもよるが事実上の奴隷扱いに近い。というより、この世界だと役割の決まっている奴隷の方が扱いがいいかもしれん。

　鉱山の労役補助役っていうのは直接鉱石を掘り出すわけじゃないが、その労働者の身の回りの世話、炊事掃除洗濯、その他もろもろの作業をする。一応は下級役人だが、立場でいえばそうだなあ、村長から呼び出されたらすぐ行かなきゃいけないぐらいの立場か。

　それにマクデア鉱山って確か山賊とか重犯罪者の送られる先だったような。そこでそういう仕事を最低数年間って、下手をすると追放された方が楽なんじゃなかろうか。殺人の前科持ち囚人、もとい労働者から小突き回されるのが目に浮かぶ。あの性格でどこまで耐えられるか、はたまた労働者との関係で〝事故死〟するのが早いか。

　代官から厩番に、というのも凄《すご》い降格だ。前世で言えば支店長あたりから一般社員への格下げとかに近い。いや扱いとしてはそれよりひどいか。代官って付け届けとかの副業的実入りも多いし。

　厩番は大体において馬小屋で寝泊まりすることになるし、立場的には御者《ぎょしゃ》の下にまで地位が下がる。平民出身の人物が人生の目標とする地位の一つが代官であるとしたら、平民が貴族家に仕えて最初に就く仕事の一つが厩番、という方がわかりやすいだろうか。

なんとなくエルドゥアン卿の八つ当たりを感じる。前世だったら労働基準監督署が立ち入りをしそうな恣意的人事だな。それが許されちゃうのが貴族なんだけどさ。

村民が従事させられる安全保持、というのは言葉だけ聞くと割と微妙な表現だが、要するに村の周囲にある道の維持とかそういう仕事だ。倒木とかが道を塞いでいたら責任を持って片付けないと処罰される。

けど最大の問題はこの世界、野生動物どころか魔物《モンスター》が歩き回る世界である。その道の安全保持の中には当然というか、魔物への対処まで含まれてしまう。だが一般人が魔物と戦えるかというと、王都周辺の最弱な魔物ならともかく……という訳で、下手をすると命さえ落としかねない。

通常、村民に被害が出るのは避けたいから、魔物が出たりしたら領主に訴えるか、村で冒険者を雇うわけだが、今回は処罰を兼ねているからどんなもんかね。村じゃなく安全保持従事者が自腹を切ることになるか、最悪の場合、危険であっても自力で駆除することになるんじゃなかろうか。言葉の印象と裏腹にこの世界ではかなりの重罰になるんだよな。

「また、ハルティング家の皆様に関してだが……」

意味ありげに視線を俺たちの後ろで立っているマゼルの家族に向けると、エルドゥアン卿がにやりとでも表現するしかない表情を浮かべて口を開いた。

「アーレア村はビットヘフト家の領地であり、ハルティング一家はアーレア村の住人であることも確かだ。騒動の責任もある。ツェアフェルト伯爵家にご迷惑はおかけできぬ。ご家族が王都にいる間は我がビットヘフト伯爵家でお預かりしようと思う」

……そう来たか。

◆

一応、理屈は通っている。前世だと人頭税の関係があるんで移住はいろいろ面倒だったが、この世界は冒険者とかが普通に存在している世界であることもあり、前世の中世よりも移動の自由度は高い。たまに冒険者が村人といい関係になったあげく、突然終《つい》の棲家《すみか》と決めての居住をすることもあるから、ギルドによっては居住と移住のためのノウハウができあがっていることさえある。

また、強力な魔物《モンスター》が出没した結果、村全体が損壊してしまうこともないわけではないため、多くの場合は多少の手続きを済ませ移住税という税金を支払えば移住も可能だ。同じ貴族家の領内なら口頭による申告だけで済んでしまうことさえある。

そんなわけでこの世界、平民に移住の自由がないわけではないが、移住することはどっちかというと珍しい。魔物《モンスター》に襲われた村とかはともかくとして、普通ならそんな必要はないから。それこそこんなことでもない限りはな。

ただ、この提案は責任と言いながら明らかに別の意図がある。責任を口実に勇者《マゼル》の家族を手持ちのカードに加えようという魂胆が。転んでもただでは起きないのが貴族という存在だが、またぬけぬけと言ってきやがったな。

俺の後ろでマゼルの家族の誰かが息を呑《の》んだ気配がした。

「我が家では頼りになりませんか」

「そのようなつもりはないよ、ヴェルナー卿《きょう》。あくまでも同じ伯爵家として騒動の責任を取ると言っているだけだ。問題はこちらにあったのだしな」

いい笑顔でございますねえ、この野郎。そもそもそっちの管理不行き届きが問題だったんだろうがよ。

貴族がそんな村の方までいちいち目を向けてられないのは解る。なんせ前世の俺が生きていた時代とは情報伝達速度が全然違う。山の中の村とか、道の利便性の低い所だと貴族の本拠がある領都に行くまで数日かかるなんてことも珍しくはない。前世の中世同様、そのために町に代官がいるんだしな。

だがそれとこれとは別だろう。ひょっとすると貴族とかってこのぐらい面の皮が厚くないと務まらないんだろうか。それともこの図々《ずうずう》しさはビットヘフト領の共通意識か何かなのかね。しかしこの様子だと伯爵邸《ツェアフェルト》の警備体制の状況はかなりのトップシークレットになっているのか。

「まあ、本人たちに訊《き》くのが一番良いだろう。ハルティング家の皆様はどうお考えかね」

ここで貴族らしさを出してきやがった。平民が貴族の『好意』にノーと言えるワケがないだろうが。貴族らしいと言えるがやり方が汚い。話の持って行き方もだが、何よりそのにやけ面が気にくわん。イラっとして何か一言言ってやろうかと思ったその瞬間、ここまで沈黙していた父が口を開いた。

「エルドゥアン卿、それを提案するのは相手が異なるな」

「……どういうことですかな、インゴ卿」

エルドゥアン卿が睨《にら》むような視線を向ける。だが父は澄ましたものだ。平然と紅茶を一口飲んでから口を開く。

「ハルティング家はツェアフェルトで預かるように王太子殿下から依頼されておる」

「その件ならばビットヘフトから王太子殿下に願い出ましょう。同じ伯爵家、本人たちが反対していなければ問題はありますまい」

「話は最後まで聞かれよ」

父が俺の方を一瞬見たのは余計なことを言うなと釘《くぎ》を刺したんだろう。とりあえず大人しく座りなおす。

「確かにツェアフェルト家で預かるように殿下から依頼されておる。だがハルティング家が王都に居住している間の担当責任者は、我が家ではなくセイファート将爵だ」

「……は？」

「卿《けい》の耳には届いていなかったか。本来はセイファート将爵が預かるはずだったのだが、将爵はフィノイの戦場におられたのでな。当面は将爵の代わりにツェアフェルトで預かってほしい、と殿下に依頼された」

一気にエルドゥアン卿の顔色が悪くなった。マゼルの家族をツェアフェルトから移すだけなら、信用できる・できないではなく、ただ保護者担当の交代という理屈がなんとか成り立つだろう。

だが担当責任がツェアフェルトでないとなれば話は別。『責任者である将爵の代理としてうち《ツェアフェルト》に預かって貰《もら》っているのだが、王家が選んだ代理人の人選が信用できないという事か？』という話になるわけだ。これは保護者担当交代を願い出るのとは別の問題になる。というか、セイファート将爵が担当責任者って俺も初耳なんですけど。

「先日、グリュンディング公爵にもご助力を願い出た。我が家だけではいろいろ不都合もあるかと思ったのでな。公爵にはツェアフェルトなら何の問題もあるまいが、何かあった時には喜んで相談に乗ろうと快諾していただいた」

あ、勝負にならん。現王妃様のご実家当主が問題ないと断言した相手と担当を交代したい、なんて無理がありすぎる。エルドゥアン卿にも何か王太子殿下を説得するネタがあったのかもしれないが、そこに公爵まで承認しているとなると王族でも簡単に手は打てないだろう。

というか、今ここでの会話自体が『うちより《ツエアフエルト》ふさわしい家があると言われました』と公爵に〝相談〟するような内容だ。うちで問題はないと断言した公爵がどういう反応をするかは容易に想像できる。そうなれば今度は〝王家が選んだ代理人《ツエアフエルト》〟に横槍《よこやり》を入れた、というか、事実上否定する形となったビットヘフト家の評判に直結することになるだろう。

そこまで考えてようやく気が付いた。この一件、ある意味で計画通りなのか。

国は将爵が責任者だということは間違いなく公表していない。いくら大臣級貴族であっても伯爵家《ツエアフエルト》程度ならごり押しできると考える貴族家もいるだろうからな。フィノイでラウラに下心を持っていた貴族を篩《ふるい》にかけたように、ここで勇者《マゼル》を利用しようと考える貴族を洗い出すつもりだ。リリーさんを目立つ客間女中《パーラーメイド》に抜擢《ばってき》したのも、ここに勇者の家族がいますよ、というアピールが目的か。

安全と保険は手配してあったとはいえ、リリーさんはいわば囮《おとり》として利用されたことになる。こういうやり方、国としては必要なのも理解はできるがなんかすげぇ腹が立つ。

さらに別の事にも思考が向く。さっきエルドゥアン卿が〝してやったり〟という表情を見せてきたからついかっとなってしまったが、冷静に考えれば挑発の面もあっただろう。

そこは乗りかけた俺が悪い。

一方の父は裏の事情を隠し、公爵という保険まで用意しておいたうえで、エルドゥアン卿が貴族家の立場を盾に、王家の指定した代理人から平民を奪い利用しようとする、いわば失言を待ちそれを引き出したうえで、あえてそれ以上突っ込まず、公爵家に〝相談〟できるネタという弱みを握った。しかも近衛《このえ》まで絡んでいる、つまり国が伯爵邸《ツエアフエルト》で勇者の家族を守る意図を示しているという警備体制の件については一言も口にしていないんで、更に別の手も残している形。これは貴族としての戦い方《やりかた》だ。

エルドゥアン卿も今になってしてやられたって事には気が付いたんだろうが、責任者を確認していなかった自分の失態を悔いるしかないだろうし、交代を申し出た事を公言もできないだろう。将爵が責任者であることも含めて黙るしかない。

王太子殿下が用意した舞台の上で、父という振付師の予定通りにエルドゥアン卿は踊ったわけだが、それを俺の目の前でやって見せたということは俺に対する実地研修か。エルドゥアン卿は俺の貴族教育用教材として父に利用されたということになる。確かにこんなやり方は誰からも教わったことはない。こういうことも今後必要になるぞ、と言いたかったわけか。

それにしてもこれ、公爵はフィノイの、というかラウラの件の恩返しだろうか。確かに保護担当を外されたとかになったら、平民の保護さえ満足に行えないとか、伯爵家《ツエアフエルト》の名誉に関わる問題になったかもしれんけど。それとも逆か。公爵が俺を褒めていたって事を父がうまく利用したのかもしれん。前に褒めてすぐ駄目だとは言いにくいだろうからな。

公爵が持ちかけたのか父が働きかけたのか知らんが、間にいるのが俺なのは間違いないだろう。父も大臣になるぐらいだ、そのあたりは容赦ないことで。

その後エルドゥアン卿たちは何かもごもご言っていたが、結局それ以上は何も提案できずに引き上げていった。詫《わ》びの品は置いていったが、下手をすると別にまた何か贈って来るんじゃないかとさえ思えるな。

そんな事を思いつつ室外で待機していたノルベルトたちと一応の礼儀で館の扉を出るところまでは見送る。俺たちの後ろからリリーさんだけついてきていたのは客間女中《パーラーメイド》として。今のアリーさんご夫婦はお見送りさえできない立場だ。

「……申し訳ありません、父上」

相手の馬車が視界から消えた所で一息ついて、相手の挑発に乗りかけたのは事実。釈然としていないが謝っておく。

「ヴェルナー、貴族にとって怒りもまた武器だ。だが感情のまま発する怒りは刃の側を素手で持つことに等しい。感情を抑えろ」

「はい」

内心で憮然《ぶぜん》としつつ、ひとまず応接室に戻るとアリーさんご夫婦がなんともいえない微妙な表情で待っていた。

「伯爵様、この度は……」

「気にする必要はない。が、お前たちがエルドゥアン卿の方が良いというのであれば配慮はしよう」

「いえ、ご迷惑でなければこのままでお願いいたします」

アリーさんが即答する。まあ、うちは貴族家としてはうるさい方になる。この場合のうるさいというのは人の使い方に関してだ。

貴族も様々だ。乱暴な雇い主ってのもたまにはいるが、うちのように典礼大臣という儀典・儀式を担当する役職の家で無作法とかあったら恥だし、面子《メンツ》とか名誉とかの問題にもなる。そのため上役が下の人間を必要以上に過酷に扱うような真似《まね》はしていない。

大臣でもある父は財政面でも余裕があるはずだから、給与も悪くないはずで、居心地はそんなに悪くないだろう。さっきの様子を見るとハイナー卿との関係も割と微妙だったっぽいしな。

ふと思ったのは、ひょっとするとあのハイナー卿も魔物暴走《スタンピード》の際に戦死していたのではないかという可能性だ。そして貴族家騎士団団長である息子という後ろ盾を失った村長は立場を失い、順番でいえばフィノイでラウラを救ったマゼルの家族に対する態度を手のひら返しした結果があのゲームのアーレア村だったんじゃないかという気もする。これはただの想像でしかないが。

「そうか、エルドゥアン卿が謝罪として持ち込んだ物は受け取っておくが良い」

「そ、それなのですが、このような大金は……」

前世でいえばいきなり目の前に札束を積まれたようなもんだろうから、気持ちはわかる。けど迷惑料込みとしては安い気もする。このあたり価値観とか色々違うからなんとも言えんが。あるいは引き取った後でもっと大金を渡して完全に首根っこを押さえるつもりだったのかもしれないな。

「そうか。ではヴェルナー、お前が代わりに預かるといい」

「はいっ？」

変な声が出た。いやいや、なんで俺。が、父は特に気にもしていない様子だ。

「マゼル君と改めて相談するまで預かっておけばよかろう」

「承知しました」

そう言われると反論できん。確かにマゼルも含めて相談するところだな。別に使い込むつもりもないし、一時預かるのは仕方がないか。

でもゲームだと終盤になると、勇者パーティー《プレイヤー》は宿代ぐらいしか使う所がないから、所持金はあり余っているんだよなあ。マゼルが戻ってきたときにはこのぐらいの金額、はした金になっていたりしないだろうか。

「それでいいか？」

「はい、お願いいたします」

確認したら一家揃《そろ》って頭を下げられた。それにしても前世の記憶がある俺としては、友人の父親にこういう上から目線の言い方をするのは内心で気が引ける。考えてみればこの世界での友人の家はだいたい貴族だったから普通に敬語だったしな。

どうやら父はハルティング一家をサンプルに平民階層への接し方を実地訓練するつもりもあるようだ。それだけではないだろうが、確実にその狙いもあるはず。

確かに俺の金銭感覚は貴族基準だ。だが、領主という立場になったときに感覚がずれていると馬鹿げた開発計画とかを立てかねない。あとマゼルは変にそのあたり平然としていたというのもあるか。大物だったな、あいつ。

そういう意味では金貨いっぱいの袋を見て戸惑うというのが大多数の生活なのだから、それを頭の片隅においておく必要はあるだろう。まったく父も機会を無駄にしない人だ。

「では俺が一時預かる」

「はい、お願いいたします」

俺がそう一家に宣言するとむしろ安心したような返答があった。この人たちは何でこう無条件に俺を信頼してくれるんですかね。微妙な胃痛を覚えつつ執務室に戻る途中、後ろから追ってきたリリーさんがそっと声をかけてきた。

「ありがとうございました、ヴェルナー様」

「いや、結局何もしてないからな」

事実、というかむしろ挑発に乗りかけてしまったんで失態といえなくもない。だがリリーさんは小さく微笑《ほほえ》んで言葉を続けた。

「それでも、嬉《うれ》しかったです。怒ってくださった事も、あちらの貴族のところに行かずに済んだ事も」

「あー……」

どう反応していいのかわからん。居心地がここよりは悪くなりそうな気はするけどね。アリーさん夫妻のあの様子を見れば、少なくとも以前に何かあったんだろうしなあ。その辺を聞く気はないけど。

「ま、まあうん、これからもよろしく」

「はい」

満面の笑顔で頷《うなず》かれた。……ここまで懐かれているんじゃ俺も覚悟決めてやるしかないな。

◆

「いかがでしたか、旦那様」

「リリーまで利用したことを珍しく怒っておったわ」

客が帰り、私室で軽装に着替えたインゴは、妻であるクラウディアの質問に軽く笑って答える。一方のクラウディアはため息をついた。

「あの子もああいう風に育ってしまって苦労いたしますわね」

「ああいう育ちもたまにはあることだ。我が家でそうなるとは思っていなかったがな」

事実、貴族の家にはヴェルナーのような人物もたまにいる。奇妙に自分の出世や評価に淡白で、好事家《ディレッタント》と評するほうが近い性格をした人物が。

本来、貴族は統治者であり政治行政に携わる立場である。その分野に淡白な人物は変わり者として見られるが、そのような人物もある程度の見識や理解力があれば芸術家のパトロンとして存在価値がないこともない。王宮での評価は高くならないが。

「ある意味で不運な子ではあるな」

「ええ……」

二人とも難しい表情にならざるを得なかった。ヴェルナーを補佐役として評価するならば、当主長男に対する補佐役の次男としてむしろ理想的な関係であったかもしれない。だが、兄なき今、ヴェルナーは伯爵家の次期当主である。

欲がないのは個性、あるいは美点かもしれないが、貴族家の当主としてはそれで済むような状況ではなくなってしまっているのは不幸とさえ言えるだろう。

と同時に、親から見たヴェルナーの評価は、能力と結果に対し、評価と自意識にある落差が極端に大きいということに尽きる。

貴族としていろいろな人物を見てきたインゴにもヴェルナーの発想力は理解できないが、その発想力を生かす実行力まで持ち合わせているにもかかわらず、自己評価が低く対価を求めない姿勢が理解に苦しむ。ましてあの年齢であればもっと誇ったり驕《おご》ったりしてもよいはずなのにそれもない。ある意味で作品を完成させたら満足してしまうタイプの芸術家に近いとさえ思っている。

実のところ、ヴェルナーが欲のないように見えるのは、魔軍による王都襲撃イベントが発生した際に死ぬかもしれないという考えがあるためである。中途半端な地位や金銭などそこで失敗したら意味がない、と考えているのは否定できない。

だが、その前提を誰にも話していないために、どうしても他人からの評価とヴェルナー自身の意識にずれが生じている。しかも貴族的な野心を持たないヴェルナー自身がその認識のずれを理解できていないのだから、他者に理解できるはずもない。

もっとも、インゴはそのヴェルナーにも例外があることも気が付いていた。

「とはいえ、あれは他人《ヴェルナー》のためになら努力もするし本気にもなる。勇者《マゼル》に対してもそうであるがな」

事実、好事家型の貴族もそういった人物が多い。素質のある画家や優秀な音楽家など、その芸術にではなく、才能があると判断しかつ好みの作品を作り上げる芸術家個人に資金援助をするのだ。生活に困らなくなることで才能が花開いた結果、作品が時代の流行となり、結果としてその芸術家個人が始めた流派が一時代を作り上げることも珍しくない。

ただ、インゴの見るところ、ヴェルナーには芸術方面の才能は全くないので、そういった芸術家のパトロンになるのには向いていないだろうとも判断している。

何よりこの世界では文官系の家はどうしても評価が低い。エルドゥアン卿《きよう》がこの日見せた、同じ伯爵家でも自分の方が上位でツェアフェルトの側が遠慮しろと言わんばかりの態度も、武官系の家が文官系の家に対するよくある反応とさえ言えた。

ヴェルナー個人は武人としての評価は低くないものの、個人が家の評価を改めるには十年、あるいはそれ以上の時間がかかることも珍しくない。その間ずっと格下に見られ、かつ欲のないヴェルナーは他家に都合よく利用されてしまう可能性すらあった。

その意味でヴェルナーに必要なのは、政治行政に関わる立場になる際に、自分自身で本気になるための理由だ。インゴはそれを理解したからこそ、王家の提案したリリーを利用するやり方をあえて受け入れることにした。

そのために選んだ手段が貴族的な面があることは事実だが、変化をもたらすためには、地位と無関係にヴェルナー個人を見る存在と、それが与える影響が必要であろうと考えている。同時に嫡子に次期伯爵となるのに必要な経験を身につけさせるために、あえてその提案に乗ったのだ。

ヴェルナーは年齢不相応なほど自己に対する反感に対しては鈍く、嫌うことはあっても怒ることはほとんどなかったのだから、今回、怒っていたのをむしろ良い方の変化ととらえてもいる。

「私はマゼルを最初に連れてきたときは何を考えているのかと思っておりましたわ」

いくらスキルとして《勇者》を持つとはいえ、相手は平民である。最初に友人として連れてきたときには自家の騎士にでも招聘《しようへい》する気なのだろうかと思っていたほどだ。知己になったのは魔王復活よりも前だったのだから、伯爵級貴族家の妻としてはそう思っても当然である。

現在の状況になると、その勇者に最も影響力を持つ貴族家ということで、クラウディア自身も社交界で引っ張りだこになってしまっているのは皮肉であるが。もちろんその裏に万一の際、自領の魔物《モンスター》討伐に勇者の手を借りたいという下心があるにしても。

「あれにはそういう人間関係の運があるな。上に立つ者が王太子殿下でなければ危険視されていてもおかしくないだろう。そういえば、ハルティング一家はどうだ？」

「まだ慣れているとは言い難いですけれど、真面目に取り組んでおりますわね」

貴族家の館の中では時として当主より発言力と権限があるのが女主人《マダム》である。使用人は基本的に女主人の指揮下にあると言ってよい。同時に使用人に対する教育などの責任もある。その立場でクラウディアはハルティング一家に向き合っていた。

ただ教育の内容が使用人としてだけではなく、使用人を使う側の心得などに及ぶことに関してはクラウディアもやや不思議に思っている。

「引き続き頼むぞ」

「もちろん、伯爵家の名に懸けて教えることは教えますけれど、そこまでする必要がありますの？」

悪意や嫌みはではなく、クラウディアは本心からそう問いかけた。それに対しインゴが小さく笑う。

「忘れておるな。叙爵《じょしゃく》や陞爵《しょうしゃく》に関する儀礼は典礼省の管轄だぞ」

平民が叙爵されたらその家族にはどのような扱いをするのか、前例を調べておくような指示があればそれは典礼大臣であるインゴの耳にも入ってくる。その意味でインゴは王家からのハルティング家を預かる立場や、勇者を狙う貴族を洗い出す役目を無償で受け入れたわけではなかった。魔将二人を討ったマゼルが叙爵されるであろう地位、王宮に他に伝《つ》手《て》のない新興爵位貴族ハルティング家がどの貴族家を頼るだろうかとの将来まで考えれば、伯爵家《ツェアフェルト》にとっても好機とさえ言えるのだから。

良人《おっと》の返答にクラウディアが軽く苦笑した。

「旦那様もお人がお悪い」

「人の好《よ》い大臣なぞ我が国の歴史上存在せぬだろうよ」

その人の悪さが息子《ヴェルナー》には欠けているのだがな、と言ってインゴは笑った。

二章（企む者たち～陰謀と対応～）

翌日と翌々日は王城で書類業務を担当。父の方は大臣としての職務が忙しいらしく、もっぱら軍務関係の事は全部俺が担当することに。今更ながら俺、学生なんですけど。

先日の今日で典礼大臣に仕事があるのかと思う向きもあるかもしれないが、事件が事件なだけに、現場ごとに前世でいう所の厄払いというか浄化の儀式みたいなものを執り行う予定らしい。役に立つかどうかは知らんが人心の安定という意味では必要かもしれん。

そんなわけで早朝の内から典礼大臣である父のもとには儀式を行う神殿関係者が頻繁に出入りしており、父はそういう国務に携わっている。結果として必然的に先のフィノイ防衛戦で出陣した件の伯爵家内部に関する事務処理業務が全部俺に振られることに。いや、爵位を名乗れるってのはそういう立場であるということなんだけどね。

業務のうち、フィノイでの軍務に関係するものは半分ぐらい他の者に担当させることにする。オーゲンとシュンツェル、バルケイとノイラートを組にして1日交代だ。オーゲンやバルケイにはノイラートたちを育成してもらう意味もある。1日交代なのは休養も兼ねて。何分フィノイやアーレア村での超過勤務があるんで、休みを作らんとなあ。

俺自身はマックスを補佐にしての作業。わからんことはとにかく聞くか投げる。自力でやることにこだわっていると終わらない。時間ができてから再確認すればいいんだよ。

書類整理で優先的にやるのは死傷者に対する一時金の支給や見舞金の処置、功績を上げた騎士に対しての報酬など。信賞必罰《しんしょうひつばつ》はどこの世界でも重要だ。単純な報酬のほか、負傷した個人所有の馬に対する治療費とかと相殺することもある。

次いで消耗品の支払いなんかだが、出入りの商人だと今後の付き合いも考えているから書類偽造とかはあまりない。書類が見やすいかどうかは別だが。一方で戦場での購入品はぼったくり価格になっていることもあるんでチェックがひたすら大変。

ここで面倒なのは、ぼったくり価格でも支払いをしないと貴族のくせに支払いがせこいとか言われかねないんで、どう折り合いをつけるかが重要になる。大抵、一度やらかした相手はブラックリストではないが要注意リスト行きにするけど。

「あー……めんどい」

ただ、戦場での買取りってとっさの判断での購入もあるから、フォーマットが一定ではない。その結果、書式の違う書類を何枚もチェックしなきゃならん。今回は俺も布切れを使って飛行靴《スカイウォーク》使用の簡易許可書を書いたが、買い付け書類にもあんなのがあるからな。

ちなみに一番面倒になるのはその日の購入担当者が戦場から帰ってこなかった時。本当に購入したのかどうかの証拠も証言もなくて、売った側の言い分が正確かどうかの調査から入らなきゃいけなくなる。一件の対応に数日かかったりすることも珍しくない。書類の山と格闘しながら仕事を進めた。

◆

昼は王城で公務というべき仕事を続けていたが、館に戻ると今度は領務とでもいうべきだろうか、伯爵領から送られてきた書類の内容を確認する作業の番だ。

情報通信手段が限られているこの世界、前世と異なり一つの指示に対する報告でもタイムラグが発生する。一か月前に指示をした調査に関する報告がやっと来る、なんていう事もざら。内容によっちゃ一か月でも早いぐらいだ。なにせ指示書を領地に届けるだけでも日数がかかるのだから、リアルタイム何それって感じ。必然的に、予測できることは可能な限り先に手配を済ませる必要がある。

代官の見直しもあるし、領内の安全管理とか税収確保とか裁判結果の確認とかもいろいろ地味で面倒だが、やらないわけにはいかない仕事だ。

このあたり、父が大臣職だというのもあるんだが、貴族には国に関わる仕事と領に関係する仕事の両方がある。どちらも公務といえば公務なのだが、昼と夜でまるで違う業務をこなさなきゃならないのは結構大変。一般的には王城で行う業務は国務というか国全体に関わる仕事で、館で行うのが領務というかその貴族家の統治に関わる仕事になる。

とはっきり分けられればいいんだが、例えば街道の整備や橋の改築などになると近隣領の貴族と打ち合わせをしたりするのは必須。また、領の産業物搬出に関しても他の貴族領を通るのであれば輸送路の安全確保とか、途中、他の貴族領で輸送隊の宿泊がある場合はその場所などのすり合わせも必要になる。結果として、王城だと他の貴族と顔を合わせやすいため、そっちでやることになる仕事も多い。

現実問題として輸送もほぼ人手で行う以上、生産物を載せた馬車の列とその御者や護衛の人数は数十人以上にもなる。それらの人数がどの町に泊まるか、というのは町の代官にとっては重要だ。隣領の人間にあの町は食うものがなかった、なんて評判を立てられたら、代官の問題どころか主家である貴族家の面子《メンツ》にも直結してしまう。

だからそういう大規模な輸送隊が移動するときは相手の貴族家に予定表を提出し、予定表を預かった貴族家はそれにあわせて町に物資を準備する。必要以上に飾ることはしないが、足りなくなるという事態だけは避けないといけない。

お互い様というか、こっちが他の貴族家領を通ることもあれば、他の貴族家がうちの領を通ることもある。前世の中世同様、税の輸送中にその輸送隊が山賊に襲撃されたりすると、襲撃された領の統治者の責任になるから治安は重要だ。

そして、たまに税を勝手に値上げしたり恣意的運用している奴《やつ》とかがいたりするので、その確認もしないといけない。そういうチェックは本来なら代官の仕事だが、その代官の見直しも目的だからしかたがない。仕事をさぼったりごまかしたりしている奴がいないか確認しないと。本当に面倒だな。

ちなみに俺はそれなりの年齢なので父の領務に関する事務作業補佐をやっているが、子が小さい家では当主の兄弟や貴族夫人がその職務を代行する。逆に言うと貴族の妻には最低限の行政処理に関する知識が必要になる時期があることになるわけで、前世で言われていたように貴族女性は政務に携わることがほとんどなかった、なんていうことはない。

前世の誤解の一つに中世の女性が無学だった、なんてものもあるが、女性の扱いが軽かったから直接の記録が少ないのは事実だ。だが、例えば十四世紀のある伯爵の遺書には娘に受け継がせた本の書名も記されているし、同時期の英国では女公爵も誕生している。ちゃんと女性も社会で認められていたわけだな。

女性の社会進出はともかく、代官からの農作物の生育状況や魔物《モンスター》の出没に関する報告書を確認し、内容に応じて打てる手の案を書いていく。魔物の出没が激しくなり人的被害が出そうな所には伯爵家の予算で冒険者や傭兵《ようへい》を雇うのか、それとも領地の騎士や兵士を派遣する方がいいのかを考えなくてはならない。

最終決定は父がやるので俺にできるのはこのやり方がいいと思われますよ、という案を書くところまで。それでも緊急性が高く、それでいて判断が難しい内容によっては〝騎士団から何人を派遣し魔物《モンスター》を討伐させる〟と〝傭兵か冒険者を雇うための予算として金貨何枚を領の予算から手配する〟という両方の書類を準備しておいて、使う方に父がサインするだけで済むような準備もしておかなきゃならない。指示書が領に届くまでに事態が急変する可能性があるのだから、可能な限り先送りはできないので毎日の作業は必須だ。このあたりはノルベルトとも相談しながら書類を十枚以上書き上げた。

これらの書類のうち、形式がはっきりしている一部は定型化《フォーマット》しておき、サイン部分と金額や人数を書き込む欄を埋めるだけにすることも考えてノルベルトと相談している。ただ、無記名書類が流出した際に代官や領の役人が非常識な数字を書き込めるようなものになっても困るので、試験運用もまだ先の話。

それらが済んだらようやく俺個人の手配した業務に対する内容確認の番になる。養護施設に任せていた街の美化と並行していた件の日報を唸《うな》りながら読み解いていく。読み解いていく、というのが比喩ではないのが悲しい。

引率している騎士見習いや衛兵側の報告書はともかく、文字の練習も兼ねた子供の日報はほとんど暗号だ。だがここに書かれている情報も無駄にはならないので、ランプの光で頑張って読むしかない。子供の文字の練習にもなりますと言ったのは俺だが、こういう形で問題が出てくるとは思わなかった。

フレンセンが日ごと、ブロック別に整理してあるんで、順番に読んで記録していけばいいのは救いだ。そのフレンセンも横で解読作業をしながら唸っているけど。すまん。

　それにしても、こんなに書面ばっかり読んでいると俺そのうち近眼にならんだろうか。この世界は眼鏡なんてないから、できればそういう形になるのは避けたい。それともポーションって近眼や老眼にも効くんだろうか。そんな話は聞いた事がないなあ。

「ヴェルナー様、お茶をお持ちしました」

「ああ、入ってくれ」

「失礼いたします」

　しょうもない事を考えていたらリリーが扉の向こうから声をかけて来たんで短く応じる。夜遅くなのに悪いな。

　入室したリリーが茶の支度を始める。俺やフレンセンが見ている中でリリーが茶を淹《い》れるのは、手際や作法などを採点するように母から指示されているためだ。ダメなところはダメだと言わなきゃいけないいんだが。

「お待たせいたしました」

　ちらっとフレンセンを見ると黙って頷《うなず》いている。フレンセンから見ても合格だったようだ。こういう時は年長者に任せるのが一番だな、うん。とりあえず一口含んでみる。

「美味《おい》しい」

「ありがとうございます」

ほっとした表情で笑顔を向けてきた。いやほんと、前から下手じゃなかったけど順調に腕を上げているよな。俺は自分で淹れるともう色がついてりゃいいや状態になることもしばしばなんだけど。眠気覚ましのコーヒーが欲しいけどないんだよなあ。

フレンセンにもお茶を出してから、リリーが不思議そうにこっちを見てきた。

「もう遅いですが、まだお仕事を？」

「ちょっと急ぎでね」

「せめて協力者を求めておくべきであったと思いますが」

「その通りだとは思う」

フレンセンのツッコミに反論のしようもない。フィノイへの出兵が緊急だったとはいえ、マンゴルトの調査とかこっちの書類整理とかをフレンセン一人に任せていたわけだからな。書類関係に関していえばフレンセンの方がよほど作業を抱え込んでいる。

それにしても、習いたての子供の文字がここまで荒いとは思わなかった。それも考えてみれば当然ではあるのだが。養護施設に回せるような魔皮紙は安い反面、質が劣っているからどうしても書きにくいし、筆記用具の類《たぐい》だって良い道具とは言えない。それで勉強を始めてひと月程度だからむしろよく勉強しているとさえ言える。したがって文句を言うのは気が引けるのだが、愚痴ぐらいは許してほしい。

「お忙しいのですね……あの、拝見してもよろしいでしょうか？」

「別にかまわないけど」

　唸っているとリリーがそんなことを言ってきた。別に見られても困るものじゃないんで今読んでいた報告書を差し出し、代わりにもう一口お茶を含む。

「3の鍛冶の日、商業区、縦8、横5、お昼あと、3列目の道、赤い幕の野菜の屋台の前は道が凹《へこ》んでいて雨が降ると水が溜《た》まる……道が悪いっていうことですか？」

　リリーがすらすら読み上げたのを聞いて、手元の書類を見ながら額に皺《しわ》をよせていたフレンセンが驚いたように顔を上げた。俺はと言えば思わず口の中の紅茶を飲み込むのも忘れてリリーの方を見てしまう。視線を向けられたリリーの方はきょとんとしているが。

　フレンセンが日報とリリーを見比べながら言葉を発した。

「読めるんですか、これ」

「このぐらいでしたら……。その、巡礼に来る方の中にはもっと荒い字を書く方もいらっしゃいましたから。丁寧に書こうとしているぶん、読みやすいですよ？」

　ここでようやく基準点が違う事に気が付いた。俺やフレンセンが普段読むのは、貴族同士か、少なくとも貴族向けに勉強した人間の書いたものがほとんどだ。要するに悪筆にならないように練習・教育されてきた人間の字ばかり読んでいたことになる。

　一方のリリーは文字が読めるといっても庶民階層だから、下手をすれば木の板に引っ掻《か》いたようなレベルのものさえ読んでいたわけで、そもそも癖字に対する抵抗感が低いんだ。

最初から癖字が読みにくいなと思う俺たちと、このぐらいなら普通に読めると思っているリリーだと読む前の抵抗感や読解中の把握力がまるで違うことになる。量が多いだけに精神的な面も大きい。

フレンセンが真剣な表情でこっちを向いて来た。

「ヴェルナー様、この際リリーに手伝ってもらってはどうでしょう」

「いや、しかしなあ」

「商業区は屋台配置と照らし合わせながら進める必要もあるんですから、このままだと終わりませんよ」

ぐうの音も出ない。仕事を溜めた俺が悪いんだけどな。リリーが不思議そうな表情を浮かべた。

「屋台配置、ですか？」

「あ、まだリリーはその辺詳しくないのか」

貴族の場合出入りの商人に持って来いって指示を出して済ませちゃうか、商人の方から館に御用伺いに来るのがほとんどだからな。逆に村レベルだと時間ごとに入れ替わるほど商人は多くないだろうし。知らないのは当然と言えば当然か。

中世の大都市だと店舗を持つ商人も多いが、旅商人たちが臨時に店を開くための屋台を広げる場所も別にある。ただこれが意外と誤解されがちで、ギルドと契約した約束手形を持っている商人が店舗未満の露店を常に開いている場所は別として、屋台の並ぶ場所にはその屋台を開くためのルールが存在している。大きな広場とかは常設露店が多く、屋台が並ぶのは横丁みたいな感じだ。

　やっぱり一等地というか客の目を引きやすい場所がある一方、奥まったところは不利だとかの問題もあるし、品ぞろえやギルド同士の関係があったりするわけでややこしい。午前中に商品が売り切れになってしまった場所を午後の間ずっと空にしておくのかって話にもなるしな。この辺は前世とあまり変わらない。

　前世の中世といっても地域性の違いとかもあるんでひとくくりにはできないから、中世のある時代の一部地域と同じ、という言い方の方が正しいか。小さな町では同じ屋台が一日中同じところで店を開いていることもある。

　それはともかく、王都における屋台設置場とでもいうべき場所では、普通、時間区分と曜日区分がある。各家庭に時計がない事もあり鐘の音が基準で、使われる鐘は大きさや材質などが違うのでそれぞれ音が異なり、混同されないような配慮がされている。この世界では時間鐘《じかんしょう》とは別の市場鐘《しじょうしょう》と呼ばれる鐘の音で店舗が入れ替わるようになっているな。

　時間区分の方は解《わか》りやすく、大体早朝暗いうちはほぼすべての場所にパンを売る屋台が並ぶ。市民の場合、一日分のパンをその日の早朝に買うのが一般的だ。男爵、子爵クラスなら貴族家でもそうしている家がある。もちろん、パンを焼く店舗でも販売はするが、店舗部分が広くないんで客が押し寄せると逆に渋滞し、売り上げ効率が悪くなるから屋台と併用して売る。屋台の方はパン屋の子供とか弟子が店番をしていることが多いな。

　前世でいえば午前八時ごろに鳴る朝鐘を合図にパン屋の屋台は全て撤収。早朝の部から午前の部になる。この時間帯に多いのは旅をするのに必要な品を売る屋台とか、その日に使う金物や袋とかで、食い物は干し肉とかチーズなどの持ち運びできるものが多いな。自宅や宿で朝食をとった人たちが出かける際に必要となる物品を販売する時間、という言い方ができるかもしれない。

　これらの屋台のほとんどは十二時の昼鐘で交代して、午後は野菜とか普通の肉とかの生鮮食品……と言っていいのかどうかわからんが、まあその日のうちに食べましょうという品の店が多くなる。市民の台所を支える時間帯だ。

　そのほか、手軽に食える屋台食も大体昼からだ。市民にとっては総菜屋みたいな一面があるしな。こういう店は午前中に市場で食材を買い足したり、商品の下ごしらえとかをしたりして午後からの販売に備えている。前世と違って夜の暗さはかなり厳しいし、明かり代も毎日となると馬鹿にならない金額になるんで、市民は日の出前の真っ暗な時間帯はまず作業をしないからこういう形になる。ギルド単位で集まってみんなで明かりを囲んで、という事はあるらしい。

　生鮮食料品系屋台の多くは夕鐘の鳴る時間帯に撤収。この後の屋台は前世でいえば赤提灯の店が多くなる。仕事帰りにちょっと一杯ってのはいつの時代も変わらんね。大体屋台が並ぶ横丁の一日で見たローテーションはこんな感じ。

　もちろん屋台とは別に、常設店舗でもこういったものの売買は可能だが、屋台の方が安いのはお約束だ。物によっては二倍近く違う事さえある。屋台は撤収前に売らないと荷物が増えるっていう理由もあるが、店舗は店を持っているだけで税金がかかるからな。逆にいえば、店舗に行けば一日中購入することも可能という事でもある。

　曜日区分の方はブロックごとのローテーションだ。朝市を開く広場でも門に近い方とか人通りの多い所を一部の店が独占すると面倒ごとが起きるんで、この日はどのギルドが一等地区画、みたいに決まっている。いや一等地とかそういう表現はしてないけど。

　このローテーションはギルドの力関係が如実に出るので、ギルドの実力が試される部分だ。弱小ギルドだったりすると、その系列の品が一年中裏通りに近い、地味なところでしか販売できないなんてことさえ起こる。

　やり方とかはさすがに俺も詳しくないんだが、年に一回ぐらい全ギルドが集まってその年のローテーションを決める会議が執り行われるらしい。ギルド間の抗争が過激になるあまり、路地裏に死体が転がることさえある時期だ。流石《さすが》にリリーには言わないが。

「というわけで、日報に何の屋台と書いてあっても日ごと時間ごとに場所が違っていたりすることもあるんだよ」

「なるほど。ええと、読み上げていくだけでいいんですか？」

説明に納得したとたんにもうやる気になっているんだが。まいったな。

「もう遅い時間だし、リリーも明日早いだろう？」

「いえ、大丈夫です。お手伝いさせてください」

なんか前のめりでお願いをされてしまった。どうしようか。確かに手伝ってもらえれば楽にはなるんだが……。

「ではリリーは順番に読み上げてください。私が清書していきますので、ヴェルナー様には確認と照らし合わせるのをお願いしましょう」

「はいっ」

「おい」

二人とも聞いちゃいねえし。はあ。今日はしょうがないとしてリリーにはなんか礼をしないといけないなあ。

ただ、このあたりも変と言えば変だ。時々思うように、俺が今生きているこの世界は前世の〝中世っぽい〟世界とでもいうのか、多少の偏見が混じっているようなところがある。

前世の中近世というのは誤解されがちな時代で、日本でも江戸時代の農民は生かさず殺さずの生活だったと昭和の頃まで言われていたが、実際はそうではなかったように、欧州の中世もいわゆる〝暗黒時代〟ではない。

このあたりは国ごと地域ごとによっても多少異なるが、十三世紀のイギリスでは既に『代官の数よりも多くの教師』がそれぞれの町で学校を開いていたし、十四世紀のフランスの場合、領地を統治する貴族の熱意によってさらに差が激しいものの、貴族領によってはほぼすべての村単位に学校が存在し簡単な文字の教育が行われていた。

それに倣《なら》えばこの世界でももっと教育を受ける機会や場所が多くてもよさそうなものなのだが、なぜかこの世界はその部分が妙に薄い。ひょっとすると王都の学園に優秀な人材を集めるための政策なのだろうか。

このギャップ、気にはなったが、今は考える時間がない。ひとまず今やることを先にやらないといけないな。はあ。

◆

あれから数日後、今日は王太子《ヒュベル》殿下やグリュンディング公爵、セイファート将爵、父など国家の重鎮の前で武器の実験披露日だ。養護施設の子供たちと難民の清掃作業から出てきた情報はリスト化して父経由で国には提出済み。眠い。

俺は弓に関しては素人に毛が生えた程度の腕前なんで、騎士団の訓練施設とついでに弓の上手な人も借りておいて、試作品を訓練場に持ち込んだ……んだが。

「今回は何を考えておるのかね」

「既存の武器を改良した品なのであまり期待しないでいただきたいのですが……」

なんかギャラリー多くね？　公爵には拝見していただく約束があったし、武器の開発に関しては将爵からの補助も受けているからいいとして、王太孫《おうたいそん》殿下とか近衛《このえ》の団長とかまでいるじゃん。今日のはそんな大層なものじゃないんだけどなあ。胃が痛い。

始まる前から疲労を感じつつ、まずは弓の方から取り出す。頼んだのは俺だが正直よくこれ再現できたなと思う。

「ほう、それが卿《けい》が以前依頼してきた小型弓《ショートボウ》かの」

「馬の上でも使えるようなサイズだな」

将爵と王太子殿下がそんな話をしている。確かに大きさとしては小型弓《ショートボウ》サイズだ。しかし王太子殿下、鋭い。あとこれ、魔物《モンスター》の素材も使ったせいか俺が想像したより威力があるんだよな。前世の複合弓《コンポジットボウ》とは似て非なる品になっているといえるかもしれない。

ひとまず側近の騎士経由で王太子殿下にお渡ししてから、順番に手に取っていただく。弓の螺旋《らせん》模様を撫《な》でていた公爵が問いかけてきた。

「角か何かを木で挟み込んであるのか。巻いてあるのは革かね」

「樹皮も使ってあります」

こうしないと湿度に負けてしまう。木と骨だと湿度からくる膨張率が違うんで接着剤が剝がれてしまうらしい。さすがにその辺は何かで読んだだけだが、後期の物にはこうやって巻いてあるらしいから必要に応じてそういう風に進化したのだろう。もちろんこの巻いてある革も弓の威力を増す効果がある。

全員を一巡して戻ってきたところで弓の上手な騎士団の人にお願いして、的として用意してある金属鎧《よろい》を狙って撃ってもらう。引き絞る音の違いに現場の騎士の方々は気が付いたみたいだ。小気味よい音を立てて飛んだ矢が金属鎧を貫通した。

ほうっ、という声が上がる。

「魔物《モンスター》の素材を使った複合弓《コンポジットボウ》となります。御覧の通り、このサイズでも長弓《ロングボウ》とほぼ同等かそれ以上の威力があります。その分、引く方も相応の腕前が必要となりますが」

「小型化か。しかし目的はそれだけではあるまい？」

「はい。こちらと一組で考えていただければ」

近衛団長の疑問に答えて小ぶりの矢筒も取り出す。それだけで解る人には解ったようだ。

「なるほど。長弓《ロングボウ》と同程度の威力があり、かつ機動的に運用できる弓兵が卿の狙いか」

「ご賢察恐れ入ります」

本当に理解の早いことで。まあ機動的運用に関してはもともと複合弓《コンポジットボウ》自体が弓騎兵の装備からの発祥みたいなもんだし。この世界に複合弓《コンポジットボウ》がなかったのは、弓騎兵を駆使する騎馬民族が存在しなかったからかもしれない。帝政ローマあたりから欧州でも使用されるようになった複合弓《コンポジットボウ》って、ローマ自身が共和政時代に痛い目にあった騎馬民族発祥の物であることが多いしなあ。

矢って代物自体が消耗品なんで、数が大変。ベテランの弓兵は一分間に十本ほどの矢を放てるらしい。逆にいえば十本の矢を持っていても速射すると一分間で撃ち切ってしまう。相手が人間なら向こうが撃ってきた矢を拾って再利用するという荒業も使えるが、魔物《モンスター》は矢を撃ち返してこないし。

つまり、戦場で弓兵を運用するときはどうしても後方に矢を抱えた補給隊が必要になる。全員ベテランの弓兵が合計一〇〇〇人いるとすると、単純計算で一分間ごとに一万本の矢が必要になってしまうからだ。

もちろん、実際にはずっと速射しているわけではない。が、弓兵の実力がいかんなく発揮された有名な一三四六年、クレシーの戦いで、英国軍は開始五分間で三〇〇〇本を超える矢を放ったという。実戦では一分間に六本ぐらいが平均らしいが、それでも一〇〇〇人の弓兵が一時間も矢戦を行えば、矢の消費数は十万本に達するだろう。

これだけの数になれば矢の重さというものを無視することができるはずもない。もちろん時代や長弓《ロングボウ》、短弓《ショートボウ》の違いなどもあるにしても、カーボンじゃなくて木製の矢である。鏃《やじり》も大きい実戦用の矢だ。一本の重さを五〇グラムとしても十万本で五トンになる。二リットル入りのペットボトルで二五〇〇本分の重量だ。その五トンの矢を半日もあれば使い切ってしまう事さえありえるのが戦争というものだという事になる。

遠距離戦、矢戦の方が有利なんてのは現場の武人はみんなわかっている。火縄銃以前の日本でも弓の威力は認められていたが、実戦で主武器にならなかった理由がこれだ。身も蓋もないことを言えば、食料だけでも資金がぶっ飛んでいくんだから、矢に使える予算も、弓矢を作るための労働力にかけられる人件費もたかが知れているという事になる。矢戦だけで戦争が終わるわきゃないんだよ。白兵戦やるしかねーんだ。

むしろこの世界の場合は攻撃魔法があるだけまだましである。本気で戦争をやるのであれば、騎士ではなく魔法使いの育成を優先させる方がいいんじゃないかとさえ思えるほど。実際には学ぶのにカネのかかる魔法はともかく、弓兵の育成も大変だし消耗品である矢数の用意も大変。事前準備もそうだし、運用上でも矢の束を抱えることになるんだから、補給隊の立場になれば短く持ち運びのしやすい方がいいに決まっている。後は機動的に運用できるシステムを構築できれば用途が広がるだろう。

ただ弓騎兵に関しては現時点では想定していない。あれは相当に修練が必要になるはず。実際、古代中国でも古代ローマでも弓騎兵は異民族を雇った形になる傭兵《ようへい》が担当していた。日本の武士も弓騎兵だが、それが主力だった時代だと動員兵力の規模が戦国時代と比較すると一桁異なる。馬上で弓を引く技術は人数をそろえるのが困難で、育成にかかる手間と予算効率が悪すぎるんだろう。詳しくは知らんが。

ちなみに和弓《わきゅう》も広い意味では複合弓《コンポジットボウ》に入る。だから威力は西洋の長弓《ロングボウ》と比べても遜色はない。ただ種類の違う木とか、木目の向きを変える形で作られているものがほとんどのせいか、あまり小型化はしなかった。むしろ木だけで複合弓作り始めたあたりに日本人の改造オタクっぷりが垣間見《かいまみ》える。あと和弓は弓そのものの形が違うから、的に当てるためにはアーチェリーなどの洋弓より技術がいる。まあ和弓をこの異世界で作る気はないから、この際どうでもいいか。

「地味だが悪くない改良だな」

「しかし、これなら今の職人だけでも良いのではないかね」

「職人に関しては別のものをお願いいたしたく思っております。まず、これは模型なのですが」

もう一つの箱を開けて大き目の弩弓《クロスボウ》のような物を見せてノイラートとシュンツェルの二人がかりで箱ごと持って行ってもらう。こいつは騎士とかならまだしも殿下に持たせるにはちょっと重い。

箱をのぞき込んだ皆様も通常の弩弓《クロスボウ》より本体が頑丈なのはすぐに見て取れたようだ。上部は金属板まで張ってあるしな。

「こちらもお願いします。気を付けて引いてください」

お願いすると体格のいい騎士さんが腕の筋肉パンパンにしながら弦をセットするのを見

て、見学者の皆様が驚いた顔をしている。魔物《モンスター》素材の複合弓《コンポジットボウ》が取り付けてあるから引くのだけでも一苦労だ。このぐらいでないと長距離は飛ばせないからしょうがない。

とはいえやっぱりこれ、実戦で運用するには巻き上げ器《クレインクイン》が必須だよなあ。問題は俺がその機構をよくわかってないことだ。城壁に設置してある弩砲《バリスタ》についている物を小型化してもらえるといいんだが。

用意してあったゴルフボールサイズの金属球をセットする。矢ではないのか、と言う声が聴こえた気がしたが、運用上、矢じゃないのが必要なんだよ。

そのまま発射してもらうと、設置してあった的の金属鎧が音を立てて台ごと後ろに吹っ飛んだ。どうでもいいが今までの弩弓《クロスボウ》とバランスが全然違うはずなのに、一発で当ててるってのはやっぱり弓系スキルの賜物《たまもの》なんだろうか。俺、この人と喧嘩《けんか》しないようにしよう。

そんなことを考えていたら公爵が口を開いた。

「面白い武器ではあるが、矢でない理由は何かね。射程がどうしても短くなるだろう」

「運用方法が異なります。これは至近距離を前提とした装備となりますが、現場での体験を基にしました」

この世界、人間は人間の癖に魔物《モンスター》はゲームと同じだ。人間は矢が一本刺さっただけでも痛いしショックを受ける。よほどの精神を持っていないと戦意や戦闘力にだって影響が出るだろう。兵士だったら矢が自分の体に刺さった時点で逃げだすかもしれない。

だが、魔物《モンスター》の方は重傷になって生命力が一桁ぐらいになっているだろう、ズタズタの状態に見えても、戦意や戦闘力が全く落ちない。アーレア村での蜥蜴魔術師《リザードマジシャン》もタフだったし、フィノイでは槍《やり》が二本刺さってても人間を襲おうとしている魔物《モンスター》も見た。攻撃が当たると怒るから気にならないわけでもないんだろうが、痛覚の概念が違うのかもしれない。

そしてそういう敵、槍が刺さってても襲ってくる魔物《モンスター》に対しては、矢ぐらいの殺傷力では決して有効な手段とはならない場面も考えられる。それこそ針鼠《はりねずみ》のような外見になっても襲い掛かってこられたら恐怖の方が先に立つ人間の方が多いだろう。

一方、こういった質量のある武器だと別の効果が期待できる。俺は金属球が当たって大きく凹《へこ》んだうえ、地面の上にひっくり返っている鎧を指差した。

「あのように、当たれば体勢を崩す、というのがこの弾弩弓《バレット・クロスボウ》のメリットです」

頭に当たったら気絶とか頭蓋骨粉砕で即死とかもあり得るかもしれないが、そこまで行かなくてもノックバック狙いの武器としてなら効果は十分だ。質量兵器万歳。投げられた石ですら怖いのだから、高速で飛んでくる金属や石の球体だと視覚効果も大きいはず。

何より、矢を腕で弾《はじ》くような魔物《モンスター》もいるが、高速で飛んでくる金属や石でできた球体はそうはいかないだろう。むしろ矢のように弾こうとしたら、その腕にダメージを与えることだって期待できる。痛覚が乏しく生命力の高い対魔物戦を前提にしているわけだ。

どっちみち射程と実用距離とは異なる。弓での戦闘力を期待するなら前世の単位でいえば一〇〇メートル以下だ。威力以前にそれより遠いとよほど訓練している専門の弓兵以外ではまず当たらない。兵士に弓を使わせるには、集団で矢の雨を降らす集団戦運用か、もっと接近した相手を狙わせる、つまり当てやすくするほうが確実。接近したところで倒れた相手や動きの止まった的なら兵士でも狙いやすくなるはずだ。

「手槍や火炎壺《つぼ》も打ち出せそうだな」

「まだ実験はしておりませんがそれも可能でしょう。これをこのように運用しようかと」

リリーに描いてもらった図に俺がいろいろ説明を加えた書類を提出して見せる。驚きの声が上がった。

「小型の弩砲《バリスタ》サイズにして戦闘馬車《チャリオット》に載せるのか」

「この下の機構は……回転するのか。全方向に撃てると」

「走りながらは流石《さすが》に無理だとは思いますが」

発想そのものはローマ帝国で実在していた牽引式弩砲《キャロバリスタ》になる。戦場に二頭立て、もしくは四頭立ての馬車に載せた弩砲を持ち込み、設置する手間を省いて弓より強力な威力の飛び道具で戦列を突き崩す。照準があれなんで走行しながら狙って撃てるとは思えないが、それでも戦車の源流となる兵器だ。矢と異なり重たい弾を使うためには、予備の弾まで荷台に載せて全部一度に移動・運搬できるこの戦車スタイルの方が運用効率がいい。

ただ、単に弩砲を馬車に載せて運ぶだけだと設置した方向にしか撃てないし、魔物《モンスター》の脚を考えると馬車の向きを変える時間が惜しい。移動後、馬車を停止させてからすぐに狙いをつけて発射するため、どうしても実用化レベルの回転台《ターンテーブル》が欲しかった。

　それに弩砲サイズなら金属球を長距離飛ばすこともできる。手持ちサイズだとさすがに厳しいだろう。たぶん、きっと。魔物の素材でもっといいのがあったら飛ばせちゃったりするんだろうか。使われる方が怖いからあんまり想像したくないなあ。

　実のところこの世界の歴史上、牽引式弩砲《キャロバリスタ》があったかどうかはよくわからん。少なくとも俺は見たことがない。多分だが、あったとしても弩砲を戦場に輸送することだけで終わって、すぐに廃れたんじゃないかという気がする。

　なんせ運ぶだけなら大容量の魔法鞄《マジックバッグ》があれば弩砲だって運べるかもしれんし、戦場においては身代金目当てを含む個人戦闘が最重要視される世界だから、飛び道具の改良が万事おろそかになってもいる。発展させる理由がないから廃れていっても当然だ。そういう個人戦闘重視の思想はローマの合理思想が途絶えた中世に近いっちゃ近いのか。

　しかし、宗教が政治や科学に口を挟んでくる率が低いのに合理性に欠けているのは考えてみれば変な話だ。うーん。以前から気になっているが変にちぐはぐなところがあるな、この世界。魔法の存在のせいだろうか。それは魔法でできるから、と思考停止してしまうのかもしれん。

　火薬がないのも多分、錬金術が発達していないからだし、そもそも錬金術ってこの世界で聞いた記憶がない……ん、なんか見落としているような気がする。

とりあえずそれはまあいい、っていうか説明中だから考えるのは後回し。歴史よりまず目先の問題だ。そしておそらく王都襲撃に来る相手にはこのぐらいの威力が必要になる。

フィノイ辺りまではゲームだと序盤と言っていいが、王都襲撃に来る四天王最後の一人が率いているのは多分ゲーム後半の敵だろうからな。戦闘力の高い騎士ならともかく、兵士に白兵戦させるのは可能な限り戦況終盤、敵がある程度崩れてからにしたい。それに少し危惧していることもあるし。

「金属球はともかく、威力に耐える軸が必要ですが」

「そこは魔物《モンスター》の素材を使えばどうにでもなるだろう……ふむ。これで相手の足を止め、矢で数を削るわけか」

「確かに魔物の耐久力まで考えたことはありませんでした。なかなか面白いですな。研究してみる価値はあるかと」

「金属球のものと通常の弩砲《バリスタ》を載せたものとを準備して使い分けてもよさそうですな」

俺が余計なことを考えている間に熱心に運用や改良に関する議論が続いている。とりあえず一発却下されなかっただけ良しとしよう。むしろ欠点を把握しつつ利点に目を向けて運用方法とかを議論しているあたり、頭が柔軟な人が多いなと思う。

そして書類を手に説明を読んでいた王太子殿下が何かに気が付いた視線を向けてきた。

あの人鋭すぎるわ。

◆

まだ皆様が話を続けようとしている中で、王太子殿下が口を開いた。

「なるほど、効果はよくわかった。ヴェルナー卿《きょう》、これを量産したいということだな」

「可能であれば騎士団や王城守備隊への実装までお任せいたしたく思います」

早く実用化してほしいけど金はかかるしと思ったんでそう言ったんだが、父が苦笑してそれ以外の方々が妙な視線を向けてきた。あれ？　俺なんかやらかしたか？

「装備はツェアフェルト家からではないのか」

「性能には自信もありますが運用面で自信がありません」

特に弓がね。弓ってどうしても訓練されていないと駄目なんだ。動かない的を狙うなら付け焼刃でもいいかもしれないが、実戦で使おうとすると相当に難しい。訓練されていない兵も含んだ籠城戦では、弓矢より投げる石の方が命中率が高かった、なんて笑えない話もある。

そしてうち《ツェアフェルト》ではあまり積極的に弓兵を育成してこなかった。必要がなかったという方が近いか。今から育成するには時間も足りんし。なので、弓に比べれば格段に命中させやすい弩弓《クロスボウ》や弾弩弓《バレット・クロスボウ》以外は実装しても生かしきれないと判断している。

「卿《けい》は欲がないのお」

セイファート将爵がどこか呆《あき》れた表情で口を開く。え、そんなことないですよと思ったが、そもそも貴族に生まれた時点で働かなくても食っていけるし、王都襲撃イベントで死ななきゃその後は贅沢《ぜいたく》しすぎない限り生きていくのに困ることもない。

前世と違って確かにあくせく働かなくてもいいもんだから物欲は少なくなっているかもしれないが、あんな風に呆れたように言われるとちょっと心外ではある。俺だって美味《うま》いものが食いたいし、酒もいい奴《やつ》が飲めるなら飲みたい。美術品とかにはあんまり興味はないけど。俺の画力が低いからじゃないぞ。

もっとも将爵の反応もわからなくもない。個人武勇が重視される世界でもあり、武官と文官だと武官の方が評価が高めになるのも事実だ。いい装備は自分の家に優先させたいと思う家もあるだろう。

だがこっちとしては実用性が最優先。なにせツェアフェルトの兵力なんか王都全兵力から見れば何十分の一程度だ。具体的な数字は解《わか》らんが。うちだけ戦力を整えても王都全体をカバーできるはずもない。それならいっそ正規軍全体でのバージョンアップを期待するほうがいい。王太子殿下はその辺も含め気が付いているようだけど。

「わかった。卿からの技術提供を受ける。ここにある鋳物師《いものし》も公爵と相談して手配しよう。

今日はご苦労だった」

「はっ」

「あ、あのっ」

　王太子殿下に頭を下げたところで、横から声がかかった。ここまで興味深そうに見ていた王太孫殿下《ルーウェン》だ。なんかうずうずしていたっぽい声だな。

「ルーウェン殿下、何かありましたでしょうか」

「いえ、ぜひフィノイの件を伺ってみたくて」

　この会話で何人かが微妙な表情をした。あ、そういう事か。そういえば俺もその件はリリーに言われたばっかりだわ。

「そのですね、えっと……」

「殿下、まずお願いがございます」

　ちょっと非礼だが話の腰を折る。殿下がきょとんとした顔をした。自覚はないらしい。けど確かにこれは良くないな。

「殿下、王族が臣下にそのような口調は無用でございます。どうか臣下である私には何事もお命じください」

「え、でも……」

　今度は躊躇《ちゆうちよ》している。王族らしからぬ育ち方しているんだな。なんせゲームだと死亡報告しかなかったし、俺もこの世界では全然興味がなかったから、その辺さっぱりわからん。それはこの際どうでもいい。

「例えば、父君である王太子殿下も年長の宰相閣下にお命じになっております。普段からそのように会話をしていただきますよう」

「ええと……」

そう言ったんだがまだ困った顔をしている。うーん。ここは妥協点を見つけておくか。

「では、私を相手に練習をしてみてはいかがでしょうか」

「練習？」

「はい。いずれ殿下も他の者に命を下されるお立場になるお方です。今のうちに慣れておかれた方がよろしいかと」

「わ、わかった」

ようやく頷《うなず》いた。多分、そのうち慣れるだろう。あんまり偉そうになっても困るけど、最低限の立場っていうものもあるからなあ。この性格なら暴君とか暗君にはならないと思うし。というか、なってほしくないな。

「では子爵、フィノイの戦いについて聞きたい。敵を手玉に取ったと聞いたが」

いや誰だそんなこと言ったのは。噂《うわさ》に尾鰭《おひれ》が付いているのを内心で罵《ののし》る。断固否定しておかんと。

「手玉に取ったという訳ではございません。ただ、敵の願望に応じたのみでございます」

「敵の願望？」

「大筋で申し上げれば、相手にはこうなればいい、という希望や願望があります。その願望がかなうような期待を持たせると、上手《うま》くいっているという油断となります。そこに罠《わな》を仕掛けたのです」

　まあマゼルがいたからこその罠だが。マゼルがいなかったらどうしていただろうか、と考えて無駄な想像なんでやめた。うまくいったからいいんだよ。

「そういうものなのか？」

「武芸でもなんでもそうだと思いますが、勝ったと思った瞬間が一番危ういものです」

　古人曰《いわ》く、勝って兜《かぶと》の緒を締めよ。そう思った瞬間、自分の言葉で我に返った。王都の魔族、確かに結構な数は処分できたと思う。けどそれが油断になっていないだろうか。敵がもし第二波を仕掛けて来るならむしろこのタイミングじゃないかと思える。

　俺がそう思って視線を向けると王太子殿下たちもこちらを見て頷いた。期せずして意見の一致を見たらしい。

「なるほど、敵を油断させるのだな」

「さようでございます」

　俺が王太孫殿下と話を続けている間に、さりげなく王太子殿下たちがその場を離れていくのを横目に見て、俺自身もどうするかを考え始めた。

◆

王太孫殿下とそれなりに話をしてから城内の執務室に戻ったが、まだ父は戻っていなかった。書類整理や、なんか知らんがお時間を頂戴したい旨の挨拶状やらを適当に処理しながら時間をつぶす。程なくして戻ってきた父がなんともいえない視線を向けてきた。

「まずは試作品とやらの方はご苦労だった。それと、提案書も提出してその件でも色々聞かれた」

「ありがとうございます」

とりあえず一礼。なにか言いたげな表情に首をかしげてしまう。

「何か？」

「それはむしろ私が言いたい。お前は何がしたい？」

なんか随分哲学的な質問だな。とりあえず生き残ること？　それ以後のことはそれから考えるというか、生き残ってからねとしか思ってないというか。素直にそう口にするわけにはいかないのも確かなんだが。

とはいえ、そろそろ王都襲撃の可能性とかいう形で言及しておいたほうがいいような気もしている。そんな事を考えていたら父が苦笑と憮然《ぶぜん》を混ぜたようななんとも器用な表情で嘆息した。

「まあよい。覚悟しておけよ、ヴェルナー」

「はい？」

　突然過ぎてなんのことやらさっぱりだ。だがそれ以上話をする気はなかったらしく、父が書類の山の方に目を落としたので俺も頭を下げて自分の執務室に戻る。うーん。なんかわからんがもやもやするなあ。

◆

　王太孫であるルーウェンが国王の執務室を訪ねたのはその日の夕刻の時間帯であった。息子であるヒュベルトゥスと外交的な問題に対して打ち合わせを終え、やや気を抜いて茶を喫していた国王マクシミリアンが孫に対して好々爺《こうこうや》のような笑顔を向ける。

「ルーウェンか。どうしたね」

「お忙しい所、申し訳ございません」

　どちらかといえば線の細い控えめな印象のルーウェンではあるが、既に年齢相応の礼儀作法は身につけている。このような場でも公的な作法を守る様子を柔らかい面持ちで見ていたマクシミリアンであったが、孫の真面目な顔を見てやや表情を改めた。

「何があったのかね」

「はい、お爺様《じいさま》と父上にお伺いしたいことがございまして」

そう言ってルーウェンが話し始めたのは、先ほどある貴族からの話を聞いた事に関してであった。その貴族は〝魔王と戦える勇者という存在が、第二王女殿下《ラウラ》に取り入ろうとしているのではないか〟と心配そうな表情を浮かべてルーウェンに相談してきたのだという。

「その者はそもそも勇者が我が国にとって危険ではないかとも話しておりました」

「ふむ。ルーウェンはどう考えるかね」

マクシミリアンと、その場にいたヒュベルトゥスも表情を変えることをせずルーウェンに視線を向けている。二対の視線を受け、ルーウェンは少し考えてから口を開いた。

「わかりません」

「どうわからないのかね？」

マクシミリアンは穏やかに問い直し、ルーウェンは考えながら言を継いだ。

「私は勇者殿と会ったことも話をしたこともありません。ですが、勇者と直接話をしたことがあるツェアフェルト子爵は勇者殿を悪く言うこともありませんでしたし、姉上も自分から魔王との戦いの旅に同行を申し出たとか。お爺様や父上がどうお考えなのかもお伺いしたくなりまして……」

そこまで口にしたルーウェンを、マクシミリアンとヒュベルトゥスは短く視線を交わして頷いた。

ちなみにルーウェンが口にした姉上、というのはラウラの事である。この二人は叔母と甥《おい》の関係なのだが、ルーウェンは終生ラウラの事を姉と呼んでいた。ただ、後に側近に語ったところによると一度だけ叔母上と呼びそうになったことがあるらしい。が、その時の事は詳しく語らず『失言には気をつけないといけないと思うようになった』そうだ。

それはともかく、今この場で思慮深い表情を浮かべて返答を待っている孫に視線を向けつつ、マクシミリアンが口を開く。

「ふむ……。まず、余は勇者を危険だとは思っておらぬ。危険性を覚える野心も感じぬし、今の所、何かを企《たくら》んでいる証拠もない」

口でそう言いながら一方でマゼルの家族を人質にすることもできる態勢を整えているのが国の権力者というものであろうか。だがマクシミリアンは落ち着いた表情のまま、孫に何かを諭すように言葉を続ける。

「それに、じゃ。勇者であるマゼルが危険だと判断し、証拠もないまま排除したとする。次はどうするかね」

その問いにルーウェンは少し悩んでから考えを口にした。

「次、ですか？　それは魔王を倒す存在がいなくなるという事でしょうか」

「いや、さらにその先の話じゃ」

その返答にますます困惑した表情を浮かべたルーウェンに対し、一瞬だけ祖父ではなく王としての顔になったマクシミリアンは、緩やかな声音で言を継いだ。

「勇者が危険であるから排除したとする。いつか貴族が我らに毒を盛ろうとするかもしれぬ。勇者を危険性があるという理由だけで排除するのであれば、貴族も毒を盛られる可能性を理由に排除しなければなるまい」

「それは……」

「騎士が謀反を起こして我らに刃を向けてくるかもしれぬ。その危険があるなら騎士を排除する必要がある。民がいつか暴動を起こすかもしれぬ。そう考えると民も排除する対象となろう」

「……」

「何ら証拠もないまま恐れがある、危険がある、それを理由に排除していけば王は王以外の全てを殺さねばならぬ。その行為は魔王と何が違うのか」

それこそ、勇者に裏切られる理由を自ら作るだけであろうよ。そう言ってマクシミリアンは穏やかに笑って見せた。

「ところで、お前にそれを相談したのは誰だね？」

「あ、ええと……」

ルーウェンが口にした名を確認してマクシミリアンとヒュベルトゥスは小さく頷きあった。そのまま、何事もなかったかのようにもう一度孫に笑顔を向ける。

「一方の言う事だけを聞いて決断をしなかったのはよかった。公平に物事を見ることを今後も忘れないようにのう」

「は、はい」

「よし、二人とも下がるとよい。余は宰相と少し話をすることがあるでな」

「はっ。失礼いたします」

「失礼します」

立ち上がった王太子と王太孫は揃《そろ》って頭を下げ退出する。重厚ではあるが華美ではない絨毯《じゅうたん》の上を並んで歩みながら、ルーウェンが父親の顔を見上げるようにして声を発した。

「……父上は勇者殿をどのようにお考えなのでしょうか」

不安というよりも確認したいという口調の息子に対し、ヒュベルは悩むこともなく自分の考えを口にする。

「理という意味でなら父王陛下と同じだな。後は心構えの問題か」

「心構え、ですか？」

不思議そうにそう繰り返した息子に一度だけ視線を向けると、ヒュベルは小さく笑い、次いで表情を鋭くした。そして息子に向けるというよりも、まるでその場にいない誰かに宣言するかのような口調で口を開く。

「英雄や勇者を統《す》べるからこそ王なのだ」

想像上の危惧を理由に排除はしない。同時に、妙な野心をもたせることもしない。ただ実力をもって勇者を跪《ひざまず》かせてみせる。ヒュベルはその意思を乗せた言葉をその場にいない誰かに叩《たた》きつけると、一転して息子に笑顔を向けた。

「私はそう思っているが、お前と私は違う。お前はお前が思う王を目指すがいい」

軽く頭をなでてヒュベルはその場を歩み去る。一瞬その覇気にあてられていたように立ちすくんでいたルーウェンであったが、やや慌てたようにその後を追った。

なお、後の歴史書には『マクシミリアンは理知の王、ヒュベルトゥスは覇気の王、ルーウェンは仁慈《じんじ》の王』と記されている。

◆

この日の昼すぎ、フュルスト伯爵邸には長女のジュディスが訪ねてくることになっており、昨日王都に戻って来たばかりのタイロンとミーネの二人が待っていた。父であるバスティアンは王城に出仕しており、この日は館にいない。

フュルストとトイテンベルクは魔物暴走《スタンピード》以前でも決して親しく行き来するような関係で

はなかったが、必ずしも悪い関係という訳でもない。それだけにジュディスがトイテンベルク伯爵邸を出た、という状況には少なからず疑問を抱えていた。

「ミーネは何か聞いていないのか」

「いえ、何も」

何とも言えず落ち着かない二人の耳に邸外からの馬車の音が聞こえて来た。その後、にわかに館の中の気配が慌ただしくなる。我知らずタイロンとミーネは顔を見合わせた。

ミーネが立ち上がり窓に近寄って外に目を向ける。

「……は？」

「どうした」

妹の珍しくあっけにとられたような声を耳にしたタイロンが窓辺に近寄って来る。そして同じように呆《あき》れたような声を上げた。


「久々の再会なのに随分なお顔でございますこと、お兄様」

憮然というよりも苛立《いらだ》たし気な表情を浮かべたまま、前のソファーに座った女性にタイロンが皮肉っぽい声を上げる。

「トイテンベルク伯爵邸を追い出されたにしてはいい身分だな、ジュディス」

「まあ、追い出されたなどと人聞きの悪い」

扇で顔を扇《あお》ぎながらタイロンとミーネの姉妹であるジュディスは嫣然《えんぜん》と笑って見せた。

タイロンが毒を吐いたのには理由がある。ジュディスがトイテンベルク伯爵の家紋が付いた馬車に乗ってきたのはまだよいとして、問題はその周囲であった。

「あの一団は何だ、まったく」

「私《わたくし》が従僕を連れているのがそれほどおかしなことでしょうか？」

「従僕を八人も連れて来る必要などないだろう」

兄の怒りと呆れが半々という口調にミーネも思わず内心で頷《うなず》いた。無論、貴族家の人間であれば仕える従僕がいるのはおかしなことではない。おかしいのは人数である。伯爵家規模の家が外出するだけで連れ歩くような人数ではない。

「しかもなんだ、あのひ弱そうな連中は」

美形揃《ぞろ》いではあったが全体として細身の男ばかりである。あれでは護衛にもならないだろう、と言いたげなタイロンであったが、ジュディスはそれにも艶《あで》やかに笑って応じる。

「あら、殿方はみな見目麗しい女をメイドとして周囲で働かせているではありませんか。私が見た目で選んだ男を飾りにしていてもおかしくないでしょう？」

「程度というものがあるだろう」

タイロンが吐き捨てるように応じるのを聞きながらミーネは奇妙な違和感にとらわれていた。確かに姉は気の強い所はあったが、ここまで傍若無人であっただろうかと内心で疑いつつ、ひとまず兄と姉の会話に耳を傾けることにする。そんな妹の内心にかまわず、ジュディスはどこか小馬鹿にしたような顔で兄に視線を向けた。

「トイテンベルク伯爵家から追い出されたわけではないと証明しなくてはなりませんから」

「追い出されたのでなければ何なのだ」

「双方で納得した円満な離別ですわ」

「……何？」

タイロンが聞き間違いかという表情で妹の顔に視線を向ける。そのジュディスはもう一度笑って見せた。

「トイテンベルクの義母《おかあさま》は実家の縁者に次のトイテンベルク伯爵を継がせる代わりに、その縁者の方に息子《ダニーロ》を養子とすることを約束してくださいましたの。その代わり、私はトイテンベルク伯爵家の財産の一部を頂いて、円満に縁を切ったのですわ」

「何を勝手なことを！」

タイロンが思わず怒鳴り声を上げたのはある意味当然の事であっただろう。少なくとも、この国の貴族女性がするような事ではない。実父と実母が家からいなくなったダニーロは良くて他の貴族家、恐らくは伯爵夫人の実家の傀儡《かいらい》にしかならないはずである。さすがに怒りの表情を浮かべている兄を見ながら、ジュディスは平然と言葉を継いだ。

「あら、私は義父だった方も良人《おっと》だった人も武勇自慢だというので喜んで嫁いだのです。それが簡単に魔物《モンスター》に斃《たお》されてしまうなど……」

この国の貴族にあるまじき実力でしょう、と冷たい笑みを浮かべながら口にする。そしてうっすらと笑いながら、更に言葉を継いだ。

「ましてトイテンベルク伯爵家の家騎士団も壊滅的な損害を受けておりますわ。そのような弱体化した家にいつまでもこだわる意味がないでしょう？」

「お前……」

さすがにタイロンが絶句する。そのタイロンを見ながらジュディスは今度、冷たく笑って見せた。

「聞き及んでおりますわ。フュルストの家騎士団もかなりの損害が出ているとか。それなのにトイテンベルクの家騎士団復旧にまで割けるだけの人員などいないのでは？」

自分は実家が余計な負担を背負わぬために別れたのだ、と副音声で語り、タイロンは黙り込んだ。やり方はどうであれフュルスト伯爵家に余力がないのは事実ではあるからだ。

沈黙したタイロンに代わってミーネが口を開く。

「それで、姉上はこれからどうなさるおつもりなのですか」

「お前が気にする必要はありません」

そうジュディスはミーネに冷たく応じたが、小さく笑って口を開く。

「私に分配されたトイテンベルク家の財産も結構な金額。金銭に困っている貴族家であれば、再婚の持参金として申し分ないと思うでしょう」

そうなれば今度は爵位貴族夫人という席も狙えますわ。そう笑みを浮かべながらジュディスは紅茶を口に運ぶ。そして小さく、今度は皮肉な表情で笑ってみせた。

「そんな事よりも、フュルスト家騎士団の戦力回復のためにどのような手段をお考えなのです？」

「……それこそ、お前が気にする事ではないだろう」

「まあ。生まれ育った家の事を心配してはいけませんの？」

どの口で、と視線で語りながらもタイロンはジュディスの次の言葉を待つ。兄に取り立てて案がない事を確認したようにジュディスは口を開いた。

「他の貴族家から騎士団の中核となるような優秀な騎士を引き抜いては？」

「引き抜く、だと」

「例えば、ツェアフェルトとか」

その発言にミーネが驚いた表情を浮かべる。ジュディスは妹《ミーネ》の表情に気が付かなかったように言葉を継いだ。

「まだ学生の年齢であるご子息の指揮で武勲を立てているのは配下の騎士が優秀だからでしょう。大臣級とはいえ、文官の家にそのような騎士を仕えさせておくのは無駄でしかありませんわ」

「む……」

「兄上、ツェアフェルトは隣接領です。そのような事をしては関係が悪化します」

考え込むようなそぶりを見せた兄の態度に驚き、ミーネが思わず割って入った。そのミーネにジュディスが冷たい表情を向ける。

「そのような事を言うのであればあなたには何か良案があるの？」

その言葉にミーネも黙り込んだ。どこの貴族家も人材不足で優秀な人材は欲しい。そして魔王復活がはっきりした現在の状況では、優秀な騎士などは引く手あまたであろう。失われた人材の穴埋めがそう簡単にできようはずもない。

だからといって他家に仕えている騎士を引き抜くなどという事をすれば、その家とは間違いなく関係が悪化する。ミーネとしては姉の案に賛成することはとてもできず、後で父に相談しようと心に定めた。

やがてジュディスが辞去した後にもタイロンはしばらく考えこんでいたが、やがて苦い表情のまま顔を上げた。

「ミーネ、とりあえず父に相談してからになるが、お前に任せたいことがある」

◆

「もうこんな時間か」

大きく伸びをさせてもらう。夕刻になってひとまず仕事は一段落。俺にできることがないかを確認して城から下ることにする。今日は荷物持ちをやってもらった関係で朝から一緒だったノイラートとシュンツェルもだ。

ちなみに大臣である父は家紋入りの馬車だが俺は徒歩。俺はそのほうが気楽だというのもあるが、貴族の馬車ってのは意外と頑丈にできているんで、前世の装甲安全車両的な役割を持っている。大臣である父には必須。

前世でも壁面に丈夫な樫《かし》の木の板を使っていたりしたが、この世界だと魔物《モンスター》の素材まで使っているんで更に丈夫だ。窓ガラスは高価さというか財産的な面でのアピールだが、鎧《よろい》戸《ど》をしっかりと下ろせば下手な弓矢ぐらいじゃ中に貫通しなくなる。もうちょっと家格の低い貴族家の馬車だと窓に鎧戸はあってもガラスはないものも多いけど。

逆に完全に儀典用の馬車には初めから鎧戸もついてないが、そういうのを使う時は周囲に警備の騎士とかが付いているから基本的には問題ない。この世界、銃はないしな。

そんなことを考えつつ歩いていたら向こうから見覚えのある顔が近づいて来た。たしか難民対策の際に雇った斥候《スカウト》の一人だったはず。ノイラートたちが警戒するのを留める。

「お久しぶりですね、子爵」

「おう、元気そうで何より」

何事もないというかごくありふれた挨拶で応じる。だがわざわざ声をかけるぐらいだ、何かあるんだろ、と問いかける表情を浮かべると、その男が口を開いて俺たちにだけ届くぐらいの小声で言葉を発した。

「ベルトの爺《じい》さんから伝言ですぜ」

「……お前さんもそうだったのか」

あれ、ひょっとしてあの裏町《スラム》の爺さんは結構広い範囲に顔が利くのか。変なところに顔繋《つな》いじゃったのかもしれない。とりあえずその点は今度確認しておくことにしよう。冒険者ギルドを通すんじゃなく、直接伝言を伝えに来たという事はそれなりの内容のはずだ。

「飲みながら聞こうか。奢《おご》るぞ」

「遠慮なくいただきましょう」

ノイラートやシュンツェルもついて来るように合図をすると、手近な酒場に入る。少しチップをはずんで奥まった席を用意してもらい、全員分の酒と肴《さかな》を注文した。

「手慣れてますねえ」

「学生時代はよく脱走して飲んだからな」

反射的にそう応じたけど、あれ、俺、この世界では現役の学生じゃなかったっけ。悲しくなるからその辺を考えるのはやめよう。

人数分の酒が並んだんでとりあえず格好だけ乾杯。豆モドキを口に放り込む。これも確か植物系魔物《モンスター》から取れる食料素材だと聞いた気がする。見た目や歯ごたえはピーナッツなのに味はコーンに近いという、頭の中身が混乱しそうな代物だ。もっともそれはそういう記憶のある俺だけだろうけど。

「それで？」

豆モドキをかみ砕いて酒を一口だけ飲み、流し込んでから問いかけたら意外な言葉が返ってきた。

「お探しの男、死体が見つかりましたぜ」

「……ピュックラーの死体だと？」

さすがに小声になりつつ確認の為《ため》に名前まで挙げたらノイラートとシュンツェルがぎょっとした顔を見合わせた。あの時、口では死体でもいいとは言ったが、実際に死体が見つかったとなるとこれは想定外だ。

「詳しく教えてくれ」

「もちろんでさあ」

その死体は服というより襤褸《ぼろ》布だけを纏《まと》い、ほぼ全身傷だらけだったのだという。

「変な傷も多かったそうですがね。治りかけていたりとか」

「ふーむ」

獣人系の生命力が高いのはファンタジーあるあるだが、この世界でもそうなんだろうか。ゲームの狼男《ワーウルフ》や虎男《ワータイガー》にはそんな能力はなかったと思ったが。なんせゲザリウスとやらの情報は全くないんだよなあ。隠しキャラなら味方の側にしてほしいもんだ。

内心で神様だか創造主だかに文句を言っている間にも説明は続いている。裸足《はだし》だったり何も持っていなかったりと、ある意味で行き倒れに見えるような姿だったらしいが、致命傷といえるのは胸元を抉《えぐ》り出したような穴であったそうだ。

「あな？」

「ええ、しかもその傷がどうにも不自然でしてね」

思わず棒読みで繰り返すと、さらに説明が加えられた。まるで自分から何かを抉り出したように手に流血の跡が続いていたのだという。まさか。

「その手には何か握っていたりしたのか？」

「いいえ、何にも。もっとも死体の状況からすると死んですぐって感じでもなかったそうですんで、何か持っていたとしても誰かが持ち逃げしたかもしれやせんね」

自分であの黒い宝石を抉り出したのか。そして死体を発見した誰かがあの黒い宝石に魅入られたと考えていいのだろう。そうやって肉体を取り換えたのか。そんな真似《まね》までできるとは思わなかった。ちょっと見通しが甘かったかもしれん。

しかしそうなるともう跡を追うのは難しいだろう。まだどこかに潜んでいるのか、それとも新しい肉体で既に城外に逃亡したのか。ダメだ可能性が広すぎる。

「ヴェルナー様、これは」

「ああ、そうだな。シュンツェル。悪いが今から父に」

とまで言ったところで男が声をかけてきた。

「子爵様、ちょっとお待ちを。もう一つ話があるんですがね」

「よし、聞こう」

手だけでシュンツェルを留めて躊躇《ちゅうちょ》なくそう言ったせいか、相手に妙な顔をされた。いや、呼び止めたのはそっちだろうが。

「疑わないんですかい」

「このタイミングでガセネタ持ち込むとは思わねぇよ」

そういう疑問かと納得したんで、それには意図的に荒い口調で応じる。貴族らしさよりこっちのほうがいいだろうという判断だ。男が苦笑した。

「確かにそうですがね。そんじゃあ話しますが……」

男の話す内容を聞いて、思わず憮然《ぶぜん》とした表情を浮かべてしまった。なるほど、そうきたわけね。こりゃすぐにでも各所に相談する内容だな。だがひとまずは。

「シュンツェル、悪いが城に戻ってここまでの話を父に伝えてきてくれ」

「承知いたしました」

「ノイラートは先に伯爵家邸《ツエアフエルト》に行って父の執事であるノルベルトに今の事を伝えてほしい。もしノルベルトがいなければフレンセンに伝言だ」

「はっ。ヴェルナー様は」

「俺は冒険者ギルドと傭兵《ようへい》ギルドに寄ってから戻る。戻ったら父たちを交えて打ち合わせだ。内容は明日伝える」

「解《わか》りました」

この忙しいときにやること増やしてくれやがって。とりあえず相手に遠慮してやる義理はないよな。

◆

それから数日の間、王都の中では魔族討伐の後始末などが行われていたが、表面的には日常が戻ってきたような空気が漂っていた。

とはいえ、公的な立場にある者はそれぞれに忙しく、またしばらくの間領地にとどまっていた新クナープ侯爵が一時王宮に戻ってくるなど、王宮内でも複数の動きがあり、ツェアフェルト家でも当主インゴ、嫡子ヴェルナーとも毎日王宮へと出仕している。

そんないつもと変わらないような日の午後、ツェアフェルト邸に来客があった。

「宝石商を営んでおります、ラフェドと申します。ヴァイン王国ではバッヘム伯爵家とのお取引をさせていただいておりますが、本日はぜひツェアフェルト伯爵家とも今後のお取引をお願いいたしたく、ご挨拶に」

「わざわざありがとうございます、ラフェド様」

ここ最近のツェアフェルト伯爵家には、フィノイ大神殿の一件でグリュンディング公爵から評価されたというヴェルナーの評判を聞きつけた商人やギルドの有力者、貴族家の関係者などが頻繁に出入りしており、このラフェドと名乗った人物もその中の一人である。

当然のことながら貴族家の当主一家が初期対応をするはずもなく、客間女中《パーラーメイド》として客の応対をしているのはリリーである。初見の客はメイド、重要な客なら執事という形で客に応じて最初に応対する相手が変わるのも貴族ではよくある話だ。その後ろに伯爵家執事のノルベルトがいるのは、むしろリリーの採点係としてである。

ラフェドと名乗った男はどちらかというとたるんだ外見をしているが、眼の光だけは如才なく周囲を窺《うかが》う様子を見せつつ、懐から書状を取り出した。

「こちらは伯爵様に、こちらはご令息様に。それぞれお近づきの印といたしまして」

「ご丁寧にありがとうございます。間違いなくお渡しいたします」

どちらも目録であり、部下が運んできた実物は広間の隅に置かれている。中身を確認するまでは万一の事があるので奥に持ち込まないのがルールだ。目録を受け取ったリリーがノルベルトにそれを手渡すと、ノルベルトは書状と中身を確認するためにそこを離れた。

それを横目に見たラフェドはリリーに一歩近づき小声で話しかける。

「それと、これはリリー嬢にお話が。兄君の件でございます」

「兄の？」

はっとしたようにリリーが顔を上げる。ラフェドはややたるんだ頬に深刻そうな表情を浮かべた。

「さようでございます。勇者マゼル殿は隣国レスラトガでポイダ砂漠の奥にあるという遺跡に向かってから行方が知れないと聞いておりまして」

「遺跡、ですか」

「はい。実は私、バッヘム伯爵様との交易の関係でレスラトガ国とも多少のつながりがございます。そこで話を聴く機会がございましてな」

「そ、そうなのですか……」

「さぞご心配だとは思います。もしよろしければ、詳しくお話しいたしましょうか」

畳みかけるようにラフェドが言葉を継ぎ、緊張した表情でリリーが頷《うなず》く。

「あの、できれば両親が一緒でもよいでしょうか」

「もちろんでございます」

「ただ、今日は都合悪く外出しておりまして……その、早くても夕刻頃になるかと思うのです」

ふむ、と考え込んだラフェドはやがて頷いた。

「そういう事でしたら、夕刻の鐘が鳴る頃にご家族でお屋敷の外、市場側においでくださ い。場所を変えてお話しいたしましょう」

「わ、わかりました。それでは、脇門から」

「ええ、その方がよいでしょう。ご心配でしょうが、勇者様が行方不明という内容ですので、あまり他言なさいませんよう」

「は、はい」

「では後ほど」

再び人懐っこい表情を浮かべて退出の挨拶をしたラフェドを、ノルベルトと共に見送ってから館内に戻ると、リリーはすぐにノルベルトに事情を説明し、話を聞いたノルベルトは頷いた。

「そうですか、わかりました。気を付けて行きなさい」

「はい、ご連絡をお願いいたします」

ノルベルトから許可を得たリリーはすぐに魔道ランプと鏡を持って三階に上がり、館の裏側にある自室に入ると机の上のメモを取りあげ、準備を始めた。

◆

「やれやれ、どうにか連れ出せそうですよ」

ラフェドと名乗った商人は伯爵家邸《ツエアフエルト》を離れると、貴族街の一角にある、比較的控えめな予算で食事のとれる店に足を運び、そこで酒を飲みながら待ち構えていたがっしりした上背を持つ人物に声をかけた。男の反応は淡白というよりも面倒という方が近い。

「ふん、お前のような間者《スパイ》でもたまには役に立つな」

「恐れながら私めのこれは国から命じられての役目でございますが」

「わかっている」

その男は不快そうに顔をゆがめてそれだけ応じ、酒の入ったグラスを傾ける。その様子を見ながらラフェドはラフェドで内心肩をすくめていた。

ラフェドのような間者《スパイ》はどこの国にも存在している。商人のふりをして他国で情報交換を行う、あるいは冒険者として仮想敵国の地形を調べるなど、その役目は多種多様だ。

商人のふりをして冒険者を雇い町と町の流通状況を調査する窓口になることもあるし、逆に所属国からの資金援助を受けつつ、親子三代にわたって相手の国に居住し、その国の住人のようになりきって密《ひそ》かに情報を流しているものさえ存在している。

だが、貴族や騎士といった人々からは決して高く評価されることはない。もともと武勇が重要視される世界である。こそこそと情報を嗅ぎまわるような立場の人間は敵と戦う力がないのだ、とそれだけで軽く扱われるのだ。個人差はあるが、平民よりも格下に見てくるような人間も珍しくはない。

そしてラフェドもまたそういう相手としばしば連絡を取り情報を提供している。いわば慣れているので目の前の騎士がするような反応自体は珍しいものではない。内心を相手に悟られぬように愛想笑いを浮かべている。

「私はあの勇者殿のご家族をレスラトガにご案内した後はそのままとどまってよろしいのですな」

「さすがにもう一度ヴァインに戻れとは言わんだろうよ」

面白くもなさそうな表情のまま男はそう応じた。ラフェドは再度内心で肩をすくめる。そもそもヴァイン王国に駐在している大使館経由ではなく、本国から来た騎士と書記官が伝えてきた指示だ。本当に国の意思なのかどうかは疑わしい。派閥抗争に巻き込まれているのではないかという懸念もある。

だが、ラフェドは目的である勇者の家族を狙うのであれば今しか機会がないとも考えていた。本来の警護担当責任者であるセイファート将爵の館には、極秘で騎士団が駐在するための別館が増築中であるという情報も手に入れていたためだ。セイファート邸に移動されれ、一日中護衛が付くであろう状態になってしまえばいくら何でも手が出せない。

「文官系のツェアフェルト邸ならば警備もそれほどの事はないであろう」

小さくそう呟《つぶや》いた。無意識の油断もあったのだろう。ラフェドも噂《うわさ》の工作や諜報《ちょうほう》に携わっていた人間の一人であり、情報の重要性は理解している。だが、伯爵邸《ツェアフェルト》では警戒をする門番や兵士の人数がそれほど増えていない一方、セイファート邸の工事が執り行われていたため、これから警備を強化する予定なのであろうと錯覚してしまっていた。

一方、今回の作戦を主導する騎士から常に小馬鹿にされるような態度を取られ続けているため、計画書に書かれた事だけをやればよいと考えているのも事実である。ありていに言えば、積極的にやる気にならず手を抜いていたのだ。

ふとラフェドは気が付いたように口を開いた。

「そういえば、本当に勇者殿はポイダ遺跡に向かわれたのですかな」

「さあな。陛下はポイダ遺跡を調べるように勇者とやらに依頼するつもりのようだが、そんなことはどうでもいい」

いずれにしても、自分の役目は家族を利用し、勇者をレスラトガのためだけに働かせるだけだ、と騎士は酒の入ったジョッキを呷《あお》りながら薄ら笑いを浮かべた。

「聖女に手を出すのは教会を敵に回しかねんが、平民の勇者ならどうにでもなるだろうよ」

「さようでございますな」

それ以上の突っ込んだ発言はしなかったが、ラフェドは今の言葉から自分の置かれた状況を把握していた。

ラフェドの記憶では第一王子はどちらかといえば病弱だが理知的で政治的な配慮ができる人物だ。一方、第二王子は良くも悪くも武に偏った思考の持ち主で、教会さえもやや軽んじている。今、目の前の騎士が聖女と〝様〟をつけずに口にした事で、恐らくこの一件は第二王子の主導で、次期王位争いの一面もあるのだろうと考察を進めた。

レスラトガの国土の一角には砂漠のような地域があるのだが、魔王復活と時を同じくしてその砂漠地帯が広がりつつある。その中心になっているのが強力な魔物《モンスター》が出没しているポイダ遺跡であり、最初に遺跡の調査隊を指揮したのも第二王子であった。

だが、その調査隊は功を焦った第二王子の指示した強行日程での調査におよんだ挙句、強力な魔物の群れに襲撃されて壊滅、数人がかろうじて帰還できたという結果に終わってしまう。元々上に兄がいる状況でその体たらくである。その一件の後、第二王子の立場が一段と弱くなってしまったのは否定しがたい。

そして武勇偏重主義の第二王子の部下であれば、戦闘力に優れているはずの勇者本人はまだしも、勇者の家族まで丁寧に扱うかどうかという点に関しては疑問が残る。少なくとも平民一家を客人として丁寧に扱うとは考えにくい。おそらく母国《レスラトガ》には第二王子の息がかかった牢獄《ろうごく》でも用意してあるのであろう。

　そのような予想を立てつつも、それで勇者を怒らせるようなことになれば、おそらく第二王子の方が次の王座からさらに遠ざかることになるであろう。となれば、ここは協力者の姿勢を崩さずにしておき、後で第二王子の責任を問う形に持って行く方が自分のためにもよいかと立場を定める。

　目の前の騎士が成功を信じて浮かべている締まりのない表情を見ながら、ラフェドはこの一件をどのように第一王子に売り込もうか、と頭を忙しく回転させていた。

◆

　夕闇が王都の上空を覆い始めたころ、ツェアフェルト邸からやや離れた所で、ラフェドは借りた馬車の御者席の隣に座りながら御者と共に待っている。その視線の先で、リリーを含む三人が脇門から館を出てきたのを確認し、上手《うま》くいったことに安堵《あんど》しつつ小さく首を振った。三人が着ている服も街の住人が着ているような服なので、夕闇が迫る中では目立つこともない。

「すみません、お待たせを……」

「いえいえ、伯爵様たちにはお伝えを？」

「伝言をお願いしてあります」

「さようですか。では場所を変えましょう。どうぞ、お乗りください」

馬車の扉を開けると、中にがっしりとした体格の男性が乗っているのを見てリリーが一瞬躊躇《ちゅうちょ》するそぶりを見せる。ラフェドは安心させるように笑みを浮かべた。

「ああ、ご心配なく。なにせ皆様は勇者殿のご家族ですからな。護衛ですよ」

「そ、そうですか」

「ところで、何をお持ちで？」

「あ、これは」

リリーが握っていたものを見せる。水晶製の香水瓶だ。ガラスが高いので貴族階級が使う香水瓶は水晶を削りだしたものを使うこともある。もちろん高級品だ。

「ヴェルナー様からいただいたものなのです」

「なるほど。それは大事なものでしょう。落とさないようにお気をつけなさいませ」

「はい、ありがとうございます」

そんなやり取りの後、大人しく三人が馬車の中に入ると、ラフェドは外から頑丈な閂《かんぬき》をかける。窓もないので中から外は見えないし、外からは中に誰がいるかも窺い知れない。それを確認するとラフェドはレスラトガ大使館で書記官が用意した御者の隣に座り、出発の合図をした。馬車がゆっくりと走りだす。

だが、少し進んだところで、ふいに横道から馬車の前に人がよろめき出て来た。その男を轢《ひ》きそうになってしまい、慌てて手綱を操った御者の男がその人影に向かって我慢できないという表情で怒鳴りつける。

「危ないだろうが、何をしている！」

「えぇ？　なにって、のーんでるのさーぁ」

顔を真っ赤にし、ふらふらと酔っぱらっているような足取りで馬車の前に座り込んだ男を見て、御者が更に声を上げた。

「貴様、この馬車がバッヘム伯の馬車と知っての事か!?」

「えぇー？」

男はまだ聞こえていないような様子であったが、何人か別の男が慌てて近づき、座り込んだ男を二人がかりで担ぎ上げる。

「す、すいやせんね。一緒に飲んでたんですがどうやらこいつ、飲みすぎたらしく」

「申し訳ねぇです」

「さっさとどけろ！」

御者に怒鳴られ、男たちが酔ったらしい男を急いで抱えて脇による。その横を馬車が心持ち急ぐような速度で通り過ぎた。抱えていた男の一人が御者に聞こえないような小声で皮肉っぽく笑う。

「ふーん。我が国のバッヘム伯爵様の馬車、ですか」

「その割にはこそこそしているな」

赤ら顔の男がその呟きに小さく笑いながら応じた。更に反対側の男が、赤ら顔の男から肩を外しながら二人に呼び掛ける。

「言質《げんち》は取れたな。行くとするか」

「了解」

小さくそれだけ語り合うと、とても酔っているようには思えない足取りで、馬車の前に座り込んだ男と、抱えて移動させた男たちがそろって王宮へと向かい姿を消した。

◆

一方のラフェドと御者は、途中そのような小さな問題はあったにしろ、特に予定を変える必要はないと判断し、速度を落としてゆっくりと馬車を進める。やがて夜闇が下りると、人の姿がなくなる倉庫街まで馬車を移動させた。

ラフェドが魔道ランプを点灯させる準備だけ終えると、御者が飛行靴《スカイウォーク》を取り出す。飛行靴《スカイウォーク》の有効範囲には人数換算だけではなく装備も含まれている。そのまま、馬車ごと一団は王都から姿を消した。

多少のめまいに似た感覚から回復すると、魔道ランプを点灯し、周囲を確認したラフェドと御者が笑いあう。ラフェドの部下でもある御者が首を振りながら口を開いた。

「夜は城門が閉じてしまうのが問題ですな」

「なに、馬車は通れぬが、通用口から入れるように手配ができている。このヴァイン貴族の馬車など捨てても惜しくない」

とはいえ城壁の外側である。いつ魔物《モンスター》が襲ってくるかわからない。合図としてランプの明かりを振ると、周囲の森の中からフード付きマントをすっぽりかぶった人影が十人以上現れた。そのまま武器を構えて馬車を囲むように展開する。

御者と共に馬車を降り、まず周囲の一団にラフェドが笑いかけた。

「うまくいきましたよ。さて、勇者のご家族ご一行様、レスラトガの王宮にご案内させていただきましょう。大人しく出てきていただければ何もいたしませぬよ」

その声に応じるようにぐらり、と馬車が揺れた。中でどすんという音がしたのを聞き、抵抗しようとした父親あたりを殴り倒したのだろうかと思ったラフェドが、馬車の閂を外すために馬車に近づこうとすると、突然、周囲の数人が何かを馬車に投げ付けはじめる。かしゃりかしゃりと音を立てて陶器製の瓶が割れ、ラフェドが不快気に振り向いた。

「何をしているので？」

「いやあ、念には念を入れてな」

応じた一人の、聞き覚えのない声にぞくりとラフェドが得体のしれない気配を感じ、思わず声を上げる。

「な、何者?」

「人に名前を聞くなら自分から名乗れ、と言いたいところだけどまあいい」

口調こそのんびりとであるが、隙も見せずに男が槍《やり》を構えて小さく不敵に笑う。その顔を確認した御者が息を呑《の》んだ。

「俺の名はヴェルナー・ファン・ツェアフェルトだ。予定通りリリーを返してもらうぜ」

◆

ほぼ同時刻。王都の貴族街の一角に複数の人影が集まっていた。服装もそこから想像される地位もバラバラであるが、奇妙に殺気立っている点だけは共通している。

『娘がいなくなった屋敷は今頃騒ぎになっていよう。混乱しているところで強襲し、若い男から殺していけばゲザリウス様が言っておられたヴェルナーとやらがいるはずだ』

『うむ』

『皆殺しにすれば同じことよ』

『我は顔の記憶もある。後で確認するゆえ、頭部だけは食わずにおけ』

人の外見をしているが、気配はすでに人間から外れている。隠す気がなくなっているという方が正しいだろう。そのまま人影たちはツェアフェルト邸を目視できるところにまで近づくと、夜の闇をものともしない身のこなしで館に走り出す。

『行くぞ！』

先頭の影が人の姿を破り人狼《ワーウルフ》の正体を見せて塀を飛び越えようとしたまさにその瞬間、人影の一体からまるで馬車に犬が撥《は》ねられたような悲鳴が夜闇に響いた。他の影も驚いて思わず脚を止めてしまう。

その瞬間、ツェアフェルト邸の向かいにあるシュトローマー伯爵邸から無数の矢が道路に向かって降り注ぎ、思わず立ち尽くす格好になっていたその背に次々と突き刺さる。同時にツェアフェルト邸の二階、窓の脇にある矢狭間《やざま》からも矢が打ち出され、奇襲するはずの側が前後から圧倒的な数の矢にさらされた。矢音に怒りの声が重なるとそれが悲鳴に変わり、やがて断末魔のうめき声へと変化していく。

「落ち着いて撃てばよい。どうせ逃げられはせん」

ツェアフェルト邸の二階から使番《つかいばん》に向かって指示を出しているのはミューエ伯爵である。ミューエはインゴの代わりにツェアフェルト家の馬車で邸内に入り、裏向かいの旧ディール男爵邸からの援兵を預かって実戦部分の指揮を任されていた。

それとは別にヴェルナーのふりをしてツェアフェルト邸に徒歩で入ったクランク子爵は念のため館の裏手を警戒しているが、出番はなさそうである。

道路の戦況を冷静に見ていたミューエ伯爵にツェアフェルト伯爵家の執事であるノルベルトが近寄り、紅茶を差し出した。

「伯爵様、どうぞ」

「うむ、感謝する」

一口飲むとミューエが感心したような表情を浮かべ、満足そうに息をつく。それからノルベルトに問いかけた。

「しかし、邸宅から出る人間は見張られておっただろうに、よく連絡が取れたな」

「ヴェルナー様の発案による方法によるものです」

昼間でも魔道ランプの明かりを鏡に反射させれば窓の外では十分に目立つ。細かい連絡にはまだ不向きであっても、おおよその合図をするための表は近衛《このえ》隊に提出済みであり、同じ表はツェアフェルト邸にも準備してあった。

そして、近衛副団長が預かる伯爵《ツェアフェルト》邸から裏向かいの旧ディール男爵邸は通り一本しか挟んでいない。リリーの部屋からでも男爵邸の窓に向けて合図をすることができたのだ。

合図を受けた旧ディール男爵邸のさらに裏手から目立たぬように出た使者が各所に走り、王城のインゴやヴェルナー、更には王太子ヒュベルや近衛隊、衛兵隊などと連絡を取りながら、素早く、予定通りに動くように手配が行われた。

ミューエ伯爵に応援指揮を執るようにとの指示があったのはこの時が初めてであったが、

全体としてはマゼルの名を使ってリリーを訪ねてきた相手がいた場合の合図と、その後の配置に関して、試作品発表の日の夜にはすでに計画が完成していたのだ。

「まさか魔族までとは思いませんでしたが」

「王太子殿下やヴェルナー卿《きょう》も確証はなかったようだ。だが、もしもまだ王都に潜んでいる魔族がいれば、これを好機と判断するだろうとは考えていたようだな」

ノルベルトの慨嘆《がいたん》にミューエが応じる。事実、ミューエ自身も含めて、あくまでも念のための準備であることは間違いなかった。だが結論から言えば、警戒しすぎている訳ではなかった、ということになるであろう。

なお、この邸宅の防衛指揮にミューエが選ばれたのは、普段ツェアフェルト伯爵家と関係が浅いためだ。ヴェルナーや伯爵家《ツェアフェルト》の関係者が見張られていることまで考慮した王太子《ヒュベル》が、あえて今までツェアフェルトと縁の乏しかった彼に応援を命じたのである。

そしてミューエ伯爵は任されたその任務を完璧にこなしてみせた。王都内部に潜伏し続けていた生き残りの魔族はこの日、一掃されることになる。

「しかしミューエ伯爵様も思い切ったことをなさいますな」

「撒菱《カルトロップ》は石畳の上で使えば効果は絶大だ。片づけがちと面倒だが」

馬車でツェアフェルト伯爵邸に入りながら、ミューエは大量の撒菱を敷設させていた。むしろそのため、他の通行人に被害が出ないようにとわざわざ伯爵の帰宅が遅れているような偽装をさえしていたのだ。

魔物《モンスター》は痛覚で怒りこそすれ戦意が損なわれることはない。とはいえ、やはり足の裏に釘《くぎ》ほどの金属が刺されれば動きは止まる。結果的に魔物の集団はツェアフェルト伯爵邸とシュトローマー伯爵邸の間で脚を止めてしまう結果となったのだ。

もっとも、ミューエ自身、ツェアフェルト邸に侵入されたら立場がないとも思ってはいたが、それはさすがに口にはしなかった。だが、実際に壁面近くに撒《ま》かれた撒菱によって人狼《ワーウルフ》は足を止められたのである。掃除の手間など魔族が王都内部に残ることと比べればたいしたことではない。

更に念のため、伯爵は道路に松明《たいまつ》を投げて生き残りがいないかを確認するように指示を出しつつ、独《ひと》り言《ご》ちた。

「さて、向こうはどうかな」

◆

「制圧せよ！　抵抗する者は斬ってもかまわん！」

ビットヘフト伯爵が家騎士団を率いてバッヘム伯爵邸に押し寄せたのもほぼ同時刻である。ビットヘフト家騎士団が狼狽《うろた》えるバッヘム伯の兵士や使用人たちを片端から武装解除し、時に槍の柄や拳で殴り倒していく。

前線に立って指揮を執るビットヘフト伯爵家当主エルドゥアンの、いささか荒っぽいやり方に、軍監として同行していたクフェルナーゲル男爵が苦笑していた。

「何があったのかは知らぬが、王太子殿下もお人が悪い」

男爵がそう呟いたのも無理はなかったかもしれない。ビットヘフト伯とバッヘム伯は親しいとはいえないまでも仲の悪い家同士ではない。そのビットヘフトに対し〝勇者の家族に何らかの企《たくら》みを持つバッヘム伯爵邸を制圧せよ〟との命が王太子ヒュベルトゥス自身の口から下ったのだ。

貼り付けたような笑みの王太子に対し、それを命じられたエルドゥアンが蒼白《そうはく》になってその命を受けたのは、彼自身にも何やらあったのであろうと男爵は理解している。

だが、いくら王族から直接の指示を受けたとはいえ、ここまで容赦なく攻撃をかければ、今後、宮中でのビットヘフト家の立場は難しいことになるだろう。武勇が尊ばれる気風と、暴力的であるという事は別なのである。

家騎士団長らしい男と、若い青年貴族が最前線で武器を振るっている。あれが恐らくビットヘフト家の嫡子だろうと推察し、宮廷内の噂《うわさ》を思い出した男爵は一面だけではあるが事情を察した。

ビットヘフトは武門の家であり、エルドゥアン自身、嫡男の武勇も自慢していたのであるが、ここ最近はツェアフェルト伯爵家の嫡男と比べると影が薄い。当主本人か息子の方かは知らないが、少なからず不満を持っていただろう。

また武断派には比較的珍しくない事なのであるが、ビットヘフト家は内政面に関しては順調とは言い難い。そのため、息子の婚約者として文治派のフリートハイム伯爵の次女を迎える予定になっていた。派閥違いの娘を迎え入れることはエルドゥアンには不本意だったであろうし、持参金が目当てだと宮廷では口さがなく言われてもいた。おそらく事実であっただろうとも思われる。

だが、そのフリートハイム伯爵領のヴァレリッツがフィノイ防衛戦の前に魔族に壊滅させられたことで狂いが生じた。財政面で裕福でもないビットヘフト伯爵にとっては、支援の芽が摘まれたという意味で、想定外の痛手であったはずだ。

一方、バッヘム伯爵は隣国レスラトガと、王家が認めた範囲であっても貿易をしている関係もあり、財政面では多少の余裕がある。だが武功や武勲という観点で言えばお世辞にも評価の高い家ではない。武が重んじられる国ではどうしても扱いが軽くなる。

バッヘム伯爵家とツェアフェルト伯爵家はどちらも文官系の家で、規模でいえばそれほど差はない。それが片方は大臣を務める家で嫡子も武功を重ねて王太子の信任厚い存在となっている一方、もう片方の家はといえばさほど活躍もしておらず、バッヘム家の嫡男に至っては噂さえ聞いたこともない。ツェアフェルト側はどう思っていたかは知らないが、バッヘム側には内心で思う所もあっただろう。

そのような状況を考えれば、バッヘム伯が予算面の支援を含め、エルドゥアンに何らかの取引を持ち掛けていた可能性は高い。そこに勇者の家族が絡んでいたとなれば、裏面の事情が推察できようというものである。

「バッヘム伯の動機はツェアフェルト家への嫉妬か。そこに誰かが悪知恵を吹き込んだ。ビットヘフト家で勇者の家族を確保して、勇者の家族がツェアフェルトを見捨てたとでも評判を流すという所か」

そのビットヘフト伯爵は勇者の家族を確保した後にどうしようとしたのか。現時点ではそこまでは解《わか》らないが、あるいは領地に送り出すという名目でもつけてバッヘム伯に資金援助と交換で引き渡すつもりでもあったのかもしれない。この時点ではすべての情報が確認できていなかった以上、男爵がレスラトガも一枚嚙《か》んでいたことを知らなかったのはやむを得ないであろう。

「手を組んだはずのビットヘフトが襲撃してくるとは想定していなかった、と」

バッヘム伯は後ろから刺された、というといささか毒がありすぎるだろうか。だが別に同情をする理由もない。火事にならないよう注意をする指示を出し、男爵は戦況を見守る側に徹した。

レスラトガ出身の踊り子と同衾《どうきん》していたバッヘム伯爵家当主が上半身裸の姿で捕縛され

たのはそれからしばらく後の事である。その踊り子は窓から逃亡しようとしたところを男爵の手により捕縛された。また、バッヘム伯の長男は裏門から逃げ出し、レスラトガの大使館に向かおうとしたところで待ち伏せていた衛兵隊に取り押さえられている。

「ひ、非礼な！　私はバッヘム伯爵家の嫡子だぞ！」

「だからこそ許されんというのが解らんかね」

「……せ、セイファート将爵閣下……？」

相手が兵士であるとみて大声を上げ抵抗していた若者であったが、老齢の声に驚いて目を上げると、自身の護衛で周囲を固めて歩み寄ってきたセイファートが組み伏せられた男を見下ろしている。周囲の衛兵が礼をしようとするのを手で制すると、怒るというよりは皮肉っぽい表情で見下ろしてセイファートは口を開いた。

「誰が主犯で誰が操り人形か知らぬが、それはおいおい解る事じゃな。儂《わし》としては無駄足になったが」

「……あ、あの、閣下……」

「王太子殿下もご立腹であったからの。覚悟しておくがよかろう」

将爵という立場の人間によるこの発言は、周りの衛兵からすれば遠慮をする理由がなくなったということも意味する。蒼白になったバッヘム伯の長男に対し、兵士たちが骨折しても構わないという態度で拘束したのを咎《とが》める人物はいない。

この時、実のところセイファートはバッヘム伯本人が逃亡してくることを予想していた。伯爵という家柄を振りかざすと面倒だと考えたため、わざわざ遅れて館を出て、道路の封鎖に加わったのである。まさか伯爵本人は日が落ちたらすぐに踊り子を連れて寝室に籠っていたとは思っておらず、将爵は後日複雑な表情で肩を竦《すく》めることとなる。

「閣下」

「うむ、ご苦労。状況はどうかね」

連行されるというより引きずられていくバッヘム伯の長男を見送っていたセイファートだが、駆けつけてきた衛兵の一人に呼びかけられたのに応じて視線を外した。

「ツェアフェルト伯爵邸の方は安全が確認されました。また、レスラトガの大使も身柄を確認」

「ほう。逃げておらなんだか。あの魔道具《マジックアイテム》で国に逃げ帰っていてもおかしくはないと思ったがの」

顎に手を当てて考えたセイファートであったが、一つ頷《うなず》いて確認を取る。

「それ以外は」

「はっ、レスラトガ大使館の書記一名が正体を現しました。翼の生えた魔族であったとか」

「その魔族は」

「第一騎士団第二分隊により討伐済みです」

「報告は王宮に上げておいてくれぬか。ふむ……」

セイファートが少し考えて首を振る。

「大使は知らなかったと考えるのが自然か。レスラトガも一枚岩ではないという事じゃな。そのあたりは外務大臣の仕事になるじゃろう」

そう呟《つぶや》いてセイファートが周囲を見回した直後、屈辱と憎悪を堪《こら》えるような、低く長い獣の遠吠《とおぼ》えが一度だけ王都の空気を震わせた。その声に王宮・市街問わず大きく緊張が走ったものの、それ以降は何事もなく過ぎ去る。

この日、バッヘム伯爵の一族は揃《そろ》って罪人として王城地下牢《ちかろう》に叩《たた》き込まれた。同日深夜、外務大臣令によりレスラトガの関係者が駐在している建物のほぼすべてが監視対象となり、関係者全員が軟禁されることが正式に決定する。

◆

「ヴェ、ヴェルナーだと？　なぜここにいる!?」

「先回りしていたからに決まってるだろ」

ラフェドとかいう男が魔道ランプの明かりの中でもわかるほど顔色を変えて怒鳴ってきたんで、馬鹿か貴様、と言おうと思ったがやめた。というか、言おうと思ったら御者が逃げ出そうとした挙句、包囲していた仲間に鞘《さや》のままの剣で殴られ、その場にひっくり返るのを横目に見ていたからだ。この状態で逃げられるわけないだろ。

「証言は一人から取れれば十分か」

「き、貴様……」

「とはいえ、こっちに来てくれたことには礼を言おうかな。俺自身でぶん殴ってやりたいところだったし」

　他に逃亡しそうな所にも人数は展開してあるんで、どこに行ってもリリーの身柄安全は確保できたけどな。とはいえまさか隣国レスラトガがここで首を突っ込んでくるとまでは思っていなかった。ゲームだとイベントを済ませればさらっと通り過ぎるような国だったが、そこはやっぱりゲームと違って色々策動しているようだ。

「ど、どうやってここが解った」

「説明してやる義理はないな」

　多分に偶然だが。ベルトの爺《じい》さんがビットヘフト伯爵とバッヘム伯爵、それにバッヘム伯とレスラトガ大使館の間で〝夜の時間〟に人の出入りがあることを教えてくれなかったら危なかったかもしれない。

　まあそれもビットヘフトの方が先にツェアフェルトにちょっかいを出してきたことで警告してもらえたわけだが。順番が違っていたらどうなっていた事やら。

あと、バッヘムでは使用人レベルにも遊び癖がついていたらしい。給与がよくて金に困っていなかったのか、伯爵の統率力が足りなかったのか。それにしても、女と酒の前では口が軽くなるとはいえ、夜の町に住む女性たちの情報網は怖いわー。あの爺さんには何かでこの借りは返さんといかんなあ。

「わ、我が国の兵士はどうした⁉」

「少なくともここにはいないみたいだな」

飛行靴《スカイウォーク》で移動すると、町の近くだが人目に付かないところに出るのは経験済みだ。待ち伏せも当然想定している。そのあたりの対応策も含めて、ベルトの爺さんからの使者が来た翌日に王太子殿下に相談を持ちかけたら、すぐに予備を含め多数の飛行靴を用意してくれたのもありがたかったし、その日のうちにレスラトガに行ったことのある外交官貴族を呼び出して俺をレスラトガまで飛行靴で移動させてくれた。

結果として、マゼルの名前を騙《かた》る奴《やつ》が来た時の相談をしたその日のうちに、レスラトガへ飛行靴で移動した場合の出現位置と、その周辺で兵を伏せられる場所は確認できたことになる。手配が早いなあ、ほんと。

今日、リリーに夕刻まで時間を稼いでもらったのは伏兵《ふくへい》を先に処理しておくためだ。もっとも、こっちも先回りしてみたら少々想定外の事態はあったから、多少はひやひやする羽目になったけど。

しかしこの短期間であっちこっち飛び回ったなあ。これだけの人数を移動させる数の飛行靴《スカイウオーク》、総額いくらになるんだろうか……どうせバッヘム伯爵の財産あたりは没収されるだろうから国の財政的には差し引きプラスにはなるのかな。

それにしても〝我が国〟ねえ。こいつら、初めからレスラトガの工作員《スパイ》だったのか。あと、お前さんも騙《だま》されているんだが、それには気が付いていないみたいだな。まあ律儀に説明してやる義理もない。

本名かどうかわからんが、とりあえずラフェドと名乗った男がこっちを睨《にら》む。いや、中年太りのオッサンに睨まれても怖くないぞ。そう思いながら一歩踏み出すと、ラフェドは二歩後ずさり馬車に目を向けた。そして急に強気になってこっちを見る。

「ま、まて。馬車の中には勇者の家族がいる。それに騎士が一人同席しているのだ。人質がいるのだぞ」

「そりゃ大変」

この状況でそれを想定してないと思っているんなら、ラフェドと名乗ったこいつは下っ端か、こういう荒事に慣れていないかのどっちかだ。後でゆっくり事情を聴けばいいだろう。この世界、犯罪者に人権はないぞ。

「リリー、怪我《けが》はないな？」

『はい、大丈夫です』

馬車の壁越しなんでくぐもった声ではあるが問題はなさそうだ。逆にラフェドが驚いた表情を浮かべる。

「な、なぜ？」

「リリーとは顔を合わせたから知っているとしても、両親の顔まで確認できていたか？」

貴族家に仕える料理人ってのは裏方だから出入りの商人でもなきゃ顔合わせをしていないだろう。リリーを騙せていると思っていたんで、連れてきた大人まで疑うことはしなかったようだな。甘く見すぎ。こいつらも平民を見下していたと言えなくもないか。

こっちは念のため、この数日の間に最近見慣れない男がアリーさんご夫妻の顔を確認していないかを館の中はノルベルトに調査させたし、ツェアフェルトに関係している商会など、館の外はビアステッド氏経由で商業ギルドに確認済みだ。

それにしても、普通なら名前も隠されるハルティング夫妻が伯爵邸で料理人をやっているという情報は詳しく調べれば調べられる、という程度に、半ば意図的に流されていた。そこに国の意図があるわけだが、存在を流しつつ顔を知られないようにしていた父の情報管理力もたいしたもんだと素直に思う。

ただ、リリーの母親役を任せたアネットさんという女性騎士には姉ではなく母か、と恨みがましい声で文句を言われてしまった。なんかフォローしておいた方がいいのかなあ。リリーの母親であるはずのアンナさん、外見だけで見ればリリーの姉で通じるんだけどさ。

ひとまずその辺は後回しだ。ラフェドとやらはまだなんか言いたそうだったが、いい加減面倒になったんで、奴の側頭部に振り回した槍《やり》の柄を叩きつけてぶっとばす。この世界、肉体的には前世よりタフなことが多いし、手加減はしたんで死にはしていないだろう。骨ぐらいは折れていてほしい。

地面の上でのたうち回っているおっさんが捕縛されているのを横目に見ながら閂《かんぬき》を開ける。ほっとした表情のリリーが魔道ランプに照らされているのを確認し、俺も内心で安堵《あんど》した。とりあえずまずはリリーの向かいにいる男性に頭を下げる。

「ゴレツカ副団長、お力添えに感謝いたします」

「なんの。子爵にはこれからも期待しておるからな」

まさかリリーの父親役を近衛《このえ》副団長が自ら買って出るとは思わなかった。割と本気で慌てて他の方でも大丈夫ですとお願いしたんだが、本人がたまには前線に出ると言ったらしい。この世界は本当に脳筋で以下略。

そのゴレツカさんが床の上に転がっている男を馬車の外に蹴りだした。うわ容赦ねえ。何かひくひくしてませんかねこいつ。

「しかし、毒というのはこういう時には有効なものだな」

「ああ、こいつ毒まで持っていたんですか」

地面で痙攣《けいれん》している男をよく見ると、隠し持てる程度のサイズのナイフが太腿《ふともも》に刺さったままになっている。これに毒が塗ってあったって事か。

魔物《モンスター》の毒の中には麻痺《まひ》毒もある。薄めて外科治療の麻酔にも使えるんで冒険者ギルドとかで素材買取しているはず。ゲームでの毒はそれこそ放置すれば勇者でも殺せるが、さすがにそんなものは使ってないだろう。多分。

というか、ものすっごくしっかり刺さってますね。ナイフの先端が太腿を貫通しそうになっていませんか。手加減する気ゼロで刺したなこれ。

太い動脈が切れてなきゃいいがと考える一方、死なきゃ魔法で治せる世界だから、しばらく放置しておいてもいいかとも思ってしまう。

そんなことを考えていたらリリーの隣に座っていた女性騎士のアネットさんがじゃらじゃらと何かを馬車の外に投げ出した。荒事に無縁の平民相手を想定しながら、こんなもんまで用意していたのかよ。これはゴレツカさんたちもお怒りになるわ。

「犯罪奴隷用の拘束具が三人分、背もたれの裏に隠されていたわ。この男、初めから機会を窺っていたようね」

「ただの騎士ごときにどうこうされるようなやわな鍛え方はしておらぬがな」

アネットさんが吐き捨てたのに対し、ゴレツカさんがそう応じる。近衛の副団長を相手にしたのは不運だったねと言ってやるべきだろうか。同情はしないが。

このひくひくしている騎士とラフェドと御者でちょうど三人。せっかくなんでこちらの拘束具はありがたく使わせてもらいましょうか。包囲している仲間に拘束してくれるように目線で合図を出し、三人とも馬車の外に出たところでリリーに声をかける。

「すまなかったな。怖くなかったか？」

「私がやると言いましたから。それに、全部ヴェルナー様のおっしゃった通りでしたし」

さすがに緊張はしていたのだろうが、それでも笑顔を浮かべてくる。俺も一安心。思わずリリーの頭を撫《な》でてしまった。

実のところ、メイドとして既に何人かに顔を知られているリリーの扱いに関しては困っていたんだが、計画を説明したら自分から囮《おとり》になると言いだしたのには正直慌てた。

ただ、変装系のスキルとか魔法とかは聞いたことないし、相手がどの程度こっちを把握しているのかもわからない以上、替え玉が立てにくいのは事実だ。相手が初めて来訪するならともかく、一度下見に来た人間がリリーの呼び出しをしたら誤魔化しようがなくなる。ずっと別人にリリーのふりをさせるわけにもいかんし。二度は使えない手だからやるしかない、と周囲から言われれば俺も納得するしかなかった。かなり不本意だったが。

しょうがないんであらゆる可能性を考慮して全部に手を打った。実際、一度ビットヘフト伯爵領やバッヘム伯爵領に移動される可能性も考え、両方には王太子殿下にお願いして騎士団の人手を割いてもらっている。

うちの騎士《ツェアフェルト》を使わないようにしたのは相手が同じ国の貴族だと思っていたからだが、

実際こうなるとレスラトガの人間にも監視されていたかもしれないんで、結果オーライと思っておく。ただお礼に行く範囲が多岐にわたるんで胃が痛い。

　それにしても、リリーって表面大人しいけど結構頑固だよなあ。

「事実リリー嬢は落ち着いたものだったぞ。信用されておるな、子爵」

「あ、えーと」

　何をおっしゃるんですかゴレツカさん。いやどう反応すればいいのこれ。周りにツェアフェルトの人間がいなくてよかったとか一瞬本気で思ったが、その瞬間に首筋にちりっとしたものを感じた。

「リリー、悪いが馬車に入ってくれ。もう一幕ありそうだ」

「はっ、はいっ」

　リリーが素直に馬車の中に戻り、同行している皆も俺が何か言うより早く馬車の周囲に展開する。おおすげぇ、慣れているな。ゴレツカ副団長や女性騎士のアネットさんも隠し持っていた魔法鞄《マジックバッグ》から武器を取り出した。さすがに構えを見るだけでも違うなあの二人。というか、あの姿勢を見ただけで鎧《よろい》を着てないはずのゴレツカさんに俺が勝てる自信がなくなるんだが。

　とりあえず意識を切り替える。実のところもう一回奴らが来るのは予想できていた。相手の数が多かったら全員まとめて用意してある飛行靴《スカイウォーク》で逃げる手もあるが、できればここで退治しておきたいところだ。

◆

がさがさ、と周囲の木々を掻《か》き分けて出てきたのは大きな棍棒《こんぼう》を持っている二足歩行の人より大きな豚数体と、ナイフを持っている小男サイズの魔物《モンスター》が多数。それから動く泥の塊。またこいつらか。

「豚男《オーク》と鬣犬男《ノール》に泥男《マッドマン》か」

「後で詳しくご説明しますが、さっきもやり合いました。どうも黒幕がいるようで」

ゴレツカさんに短く伝えつつ槍を構える。実のところ、マゼルの家族を確保するためにレスラトガの兵士が待ち構えているだろう、というところまでは想定していたんだが、その兵士たちが魔物に襲撃されて全滅していたのには少し驚いた。

もし俺たちが先に来ていなければ、あのラフェドとやらは俺たちが処理した魔物に襲われていたかもしれない。多分ラフェドたちはマゼルの家族をここに連れ出すまでがこの件の黒幕が予定した役目だったんだろう。問題はどこまでレスラトガ側が状況を把握しているか、だな。

ひとまず先の事は考えない。まず目の前だ。ゴレツカさんとアネットさんがお互いを庇《かば》えるように動き、周囲の仲間も馬車を守り、かつ共闘できる位置に移動する。

「予想していた通りだ、落ち着いていけ」

「承知」

魔物暴走《スタンピード》の時や商隊護衛の際に世話になった傭兵《ようへい》団長のゲッケさんが全体の指揮を執る。傭兵団の中ではベテランぞろいらしいが、本当にこの人たちは魔物討伐とか慣れているんだなあ。

鬣犬男《ノール》はハイエナ人間って感じで、こっちも古いハイエナイメージのせいか、二本足で立ちながら薄汚い格好で涎《よだれ》まで垂らして人間《エサ》を見てやがる。魔物側の盗賊ってところか。あの涎には毒はないらしいのだが、なんかこう病原菌とか細菌とかが凄《すご》そうなんで噛《か》まれたくはないな。

豚男《オーク》の方は古いゲームでの描写そのまま、豚面で短足、醜悪な外観だ。レスラトガ近辺で出没する魔物の中ではタフなことで有名。どうでもいいが猪《いのしし》じゃなくて豚ってあたりがファンタジーゲーム的ではある。そういえば聞いたことないがこの世界だと女性を襲ったりするんだろうか。いや魔物《モンスター》は基本的に人間を襲うけどさ。

泥男《マッドマン》ってのはゲームだとゾンビの色違いモンスターだったが、この世界だと一応れっきとした別種の魔物。泥の塊でできているような人間型の魔物だ。見た目と違い剣や槍も有効。この辺はゲーム準拠だな。

見た目ややこしいが、鬣犬男《ノール》や豚男《オーク》は獣人じゃなくて別種の魔物扱い、らしい。人間に化けられるかどうかで変わるようだ。区分に関しては正直よくわからん。まあ犬人間《コボルド》も獣人じゃないから同じようなものなんだろう。

確かなのは、こいつらは今頃マゼルが戦っているはずの魔軍四天王の一人、エギビゴルの配下だってことだ。こいつらは領主に化けた魔族のいる町で宿の戦闘時に出てきたり、エギビゴルがいるダンジョンで遭遇《エンカウント》したりする魔物だからな。

どっちもレスラトガでのイベントだったから、この件も裏で糸を引いているのはエギビゴルなんだろう。物的証拠は皆無だがどうでもいいか。どうせ近いうちエギビゴルはマゼルが倒すだろうし。

「ひっ、ひぃっ!?　魔物がっ!?」

あ、目を覚ましていたのか、あの御者。というか今現在の状況でそんな声を出したら襲われても知らんぞ。

ごふごふとか、がふがふとでも音を当てるべきなのかもしれんが、とにかくそんな声を上げて鬣犬男《ノール》と豚男《オーク》が走り出した。人間なんぞ相手じゃないって感じで策も何もなく突っ込んでくる。

ただの兵士なら恐れたかもしれんが、出て来ることを想定しているこっちにそれは下策もいいところだ。その後ろから泥男《マッドマン》もずるずる移動を始めたが、移動速度が違いすぎるから各個撃破できそうだ。豚と鬣犬はさっさと処分するか。

足の速い鬣犬男《ノール》を逆に迎え撃つ。ナイフより大きく剣より短いサイズの武器だが、さび付いているし何か塗ってあったりするようにも見えるから、接近戦をする気はない。まずリーチを生かして一体を突き殺す。

味方の位置を確認しつつ大きく槍を横に振るって相手の数体を牽制《けんせい》。大振りしたんで隙があるように見えたのだろう、一体が脇から突っ込んできたんで、距離を取るように下がる。そこで突っ込んできた一体を突き倒し、別の相手は距離を詰めてきたところで横からアネットさんが両断した。

次いで俺の前に向かってきた、大きく棍棒を振り上げて突っ込んでくる豚男《オーク》の動きを見ながら体を低くし足元を槍で薙《な》ぐ。棍棒と槍でもリーチはこっちの方が長い。長刀《グレイヴ》とかの方がいいんだろうがこれでも十分だ。

片足を掬《すく》い上げるように斜めに薙ぎ払うと豚男《オーク》が大きくのけぞった。そういえば魔物に弁慶の泣き所ってあるんだろうか。そもそもこの言葉が通じないか。

阿呆《あほう》なことを考えているうちに体勢を崩した相手を周囲の傭兵が切りつけ、すぐに距離を取った。タフな魔物《モンスター》相手はヒットアンドアウェイが基本だ。うかつに接近戦を続けていると反撃で痛い目を見かねない。

怒り狂ったような声を上げた豚男《オーク》が体勢を立て直そうとするところで今度は反対側の足

を突く。また相手が体勢を崩したんで、俺も槍《やり》を手繰り寄せて左右二人の傭兵が剣を振るのにあわせて踏み出し胴体を刺し貫いた。この人たち動きが正確で助かる。しかし、どうでもいいが豚男《オーク》は体臭も息も臭いなおい。

ぱっと周囲を確認するとゴレッツカさんとアネットさんが一体片付けていた。あそこ過剰戦力じゃね。その向こうでは俺たちと同じように槍一人と剣二人で戦っているのが三組と、一人で豚男《オーク》を一体倒している人がいる。

勇者パーティーメンバーであるルゲンツの友人だし、傭兵隊長やっているぐらいだから実力はあるだろうと思っていたけど、ゲッケさん素で強《つえ》ぇ。その配下の傭兵団構成員も魔物慣れしているし、頼りになるな。

とりあえず負けそうなところはないんで、遠慮なく目の前の相手だけに集中する。泥男《マッドマン》はもっとも一撃離脱《ヒットアンドアウェイ》がやりやすいんで今のところそっちは考慮しなくていいし。

そう思っていたところで森から別の気配を感じた。とっさに馬車の方を庇えるように一歩下がる。次の瞬間、暗闇の中から何かがものすごい勢いで飛び出して来た。

狙われているのが俺か馬車かはっきりしない。まずは相手の動きを止めるために、突くのではなく薙いで様子見、と思ったんだが相手は横薙ぎにした槍先に当たる直前、急角度で上昇してそれを避けた。機動性高いな。

羽を生やしたそいつは空中で一度止まると上空から急角度で降下してくる。俺じゃなく馬車の方向だ。馬車を破壊する気だったのか馬車ごと持ち去るつもりだったのかはわからんが、それは悪手だね。

馬車の上にそいつが勢いよく飛び降り、馬車が揺れたことで小さくリリーが声を上げたと思ったら、それを何十倍も上回るようにそいつが野太く文字では表現しようがないような絶叫を上げた。うるせえ。いくらなんでも城内に気づかれるだろうがよ。

ラフェドや御者が魔族である場合も考慮して、さっき馬車に魔除《まよ》け薬をいくつも投げてもらったからな。人間なら熱湯の中に勢いよく手を突っ込んだようなものなんだろう。そんな経験ないからどのぐらい痛いのか知らんけど。

いずれにしても、絶叫を上げて馬車から飛びすさろうとした相手を背後から貫く。手ごたえは悪くなかったが、倒すまではいってない。今の俺の腕じゃあ鬣犬男《ノール》ぐらいまでならまだしも、それより手ごわい奴《やつ》を一撃で斃《たお》すのはそろそろ無理か。だが槍の長さはうまく使えば相手を引きずり倒すこともできる。

刺した槍をそのままに体重をかけて体を半回転させ、相手を地べたに引きずり落とした。馬車の上から転がり落ちたそいつをゴレツカさんとアネットさんが躊躇《ちゆうちよ》なく斬りつける。ゴレツカさんの剣、相手の頭を粉砕してないか。

やっぱりガーゴイルだったか。エギビゴルのいるダンジョンだとこいつ、敏捷《びんしよう》度が高くて最初に行動するから面倒くさい相手だったんだよな。

「ヴェルナー様、上にもう一体います！」

リリーの声に応じてとっさに上を向く。新手のガーゴイルが音もなく急降下して来るのを確認し、同時にいやな予感を覚えとっさに後ろに跳んだ。

その途端足元から腕が伸びる。泥男《マッドマン》が地面に擬態していたのか。あぶねえ。馬車を背後にしたところに急角度で地面すれすれに軌道を変えたガーゴイルが突っ込んでくるが、その速度とこの距離なら避けられないぜ。

足場を確認して全力で槍を突き出す。ガーゴイルの口に穂先が入り込み、相手が勢いを落とさないままだったから後頭部まで貫通した。さらにその背中にゴレツカさんが剣を叩《たた》きつける。泥男《マッドマン》の方はアネットさんが処理してくれていたようだ。

しっかり刺さったせいでちょっと苦労して槍を引き抜いたころには周囲の戦闘も一段落している。あー、後でちゃんと槍先を手入れしておかないと。俺自身があまり敵を倒すような戦果はなかったが、リリーにも怪我《けが》はないようだし良しとしよう。保険は使わずに済んだか。

「子爵、どうする？」

「何となく嫌な気もしますね」

ゴレツカさんの問いにそう応じる。さっきのガーゴイルの絶叫でレスラトガの兵士とかが出てきても嫌だし、四天王の部下ともなると敵の攻撃方法に物理攻撃と共に魔法も普通に使いだす。言ってしまえばガーゴイルまで含めてこの辺では雑魚の範疇《はんちゅう》だ。

とはいえ、ゲームだとダンジョンでの出現モンスターであるガーゴイルはフィールドでは出てこなかったんだが。とりあえずその辺のずれはもうアーレア村で慣れたんで、この世界だとこういうものだと思う事にする。

問題は強い敵、特に低級悪魔《マイナーデーモン》が出て来ると嫌だな。あいつ飛ぶし範囲魔法使うし。空中からばんばん範囲魔法使われると被害が拡大しそう。飛び道具の準備がない開けたフィールドで戦うのは不利となるとここは引き際か。

ゲームだとこの辺、天井のないフィールドでも普通に剣が届く距離に敵がいるんだよな。楽でいいというか羨ましいというか。ひょっとして何か見落としているのかもしれんが、さすがに今は考える時間がないので検証は後回しだ。

「全員撤収する。担当者は飛行靴《スカイウォーク》用意」

「素材や魔石がもったいないな」

「その分、報酬に色を付けるから我慢してくれ」

傭兵の一人にそう反応すると、ゲッケさんも頷《うなず》いてくれた。黒幕が魔軍側だという証拠は昼間のうちに倒した魔物《モンスター》の素材でも十分だが、この馬車も我が国の中に内通者がいる証拠になるし、リリーも無事だしということで三十六計逃げるに如《し》かず。この世界で口にしても通じないから言わないが。後はラフェドたちの身柄を確保してさっさと引き上げよう。

「では王都に」

　ゴレツカさんに確認？　不要不要。どうせこの人は俺に同意するだけだろうし。そう判断して馬車も含めさっさと全員で王都近辺に移動する。根は残したかもしれんが、欲をかきすぎて被害が出るより良しとするべきだ。

　念のため王都城外で待機しておいてもらった冒険者グループの鋼鉄の鎚《アイアン・ハンマー》とも無事合流。もう一度リリーに問題ないかと確認をしておく。もう深夜といっていい時間だし、そのままアネットさんと鋼鉄の鎚《アイアン・ハンマー》にはリリーを護衛してもらい、ツェアフェルト邸に向かってもらう事にした。

　ゲッケさんたちとは王都に入ったところでお別れ。後日に追加報酬を支払うことを確約し、今日は酒代だけ渡す。

　俺はこのままゴレツカさんと王城に足を向けて結果の報告だ。各地に人数を展開しているから、撤収も早く行わないと各方面に迷惑をかけるからな。証拠になる馬車とラフェドたちも当然城の兵に引き渡す。

　城ではわざわざ王太子殿下と父もいる会議室に俺とゴレツカさんが案内され、そこで報告を行った。といっても俺の方は全員無事、ほぼ計画通りでした、敵に魔物《モンスター》も出てきました、魔物の種類はこれこれ、各方面の撤収をお願いします、だけだ。

　王都、というかツェアフェルト邸での状況も簡単に王太子殿下ではなくその部下さんたちから説明を受けたが、詳細は後日という事でご苦労だった、との労《ねぎら》いを受けて今度は父と共に退出。ふう。

廊下に出たところで父に頭を下げる。

「ご迷惑をおかけしました」

「かまわん。ご苦労だったな」

これはアリーさんたち、つまりリリーの両親役を手配してもらったことも含めて政治的配慮の問題だ。要するに俺がリリーを奪い返した後で、二人してそのまま他国に亡命することがないように、という意味で。

名目上は色々と業務も振られていたんだろうが、実態はこの時間まで父は人質だったという事になる。ツェアフェルト邸のアリーさんたちも含めてだな。リリーの両親役だったゴレツカさんとアネットさんの二人も護衛が主な任務だが、俺に対する見張りも同時に担当していた事は間違いない。

俺もそれを承知で両親役をツェアフェルト関係者以外にお願いしたんでそれはいい。やましい事はないんだから黙って監視されるぐらいでちょうどいいんだ。さすがにゴレツカ近衛《このえ》騎士団副団長が出て来るとは思わなかったし、前線に出たかったってのも本心だろうけど。今頃ゴレツカさんが詳細な報告を行っているんだろうなあ。

その手の政治的配慮まで全部済ませての戦力配置だからとにかく神経を使った。ほんと手間増やしやがってあの野郎ども。

明日は午後から御礼行脚《おれいあんぎや》だな。フレンセンにリスト作りを指示しておこう。挨拶の順番とかが相手の面子《メンツ》に関わるんで、誰からお礼を申し上げるかの順序とかも重要なのよ。

なお、後で知ったが俺たちが姿を消した後に状況を確認するために慌てて現場に出てきたレスラトガの兵士と、新たに出てきた魔物《モンスター》が結構派手にやりあって死傷者も多数出たらしい。危なかった。

◆

翌日は昨日の事など何事もなかったかのように早朝から国事だ。国王陛下の御前で様々な決定が行われる今日の会議は結構大きい。といっても俺は関係者というだけで基本壁の隅の方にいるだけだ。発言する気はない。ただいろいろあるんで必ず出席しろと言われた。しょうがないな。

まず行われたのは褒賞の方。フィノイの総指揮官だったグリュンディング公爵には新たにザースデン鉱山の採掘権が授与された。あれ、確かザースデン鉱山はバッヘム伯爵が採掘権を持っていたはずだから、王家は痛《かゆ》くも痒くもないような。

最終的に税は変わらんだろうから国の立場から見れば誰が採掘しても同じだし、公爵領からは飛び地だから監視もしやすいし。公爵からすれば収入が増えるのは確かだろうが。

一方でこれ、他の貴族に対する布告でもある。布告というかバッヘム伯はこの後で処罰するぞという宣言だな。まあバッヘム伯がなんかやらかしたらしい、ぐらいはここにいる人はみんな耳にしているだろうけど。

「続いてインゴ・ファティ・ツェアフェルト。フィノイにおける卿《けい》の隊の働きは称賛に値する。よって褒賞金のほかに、紋章に飾り枠を付けることを許すものである」

陛下の御言葉にあちこちから小さくおお、という声が漏れるが俺としては苦笑をかみ殺すしかない。安上がりな奴を持ってきたなあ。

衣食足りて礼節を知ると言うが、貴族の場合、衣食足りると次は名誉を求めたがる者も多い。家というものを重視する貴族にとっては名誉は時に当主の命よりも重要な話だ。

そしてこの脳筋世界、武名の方に関わる名誉は下手な土地より宮中での価値が高いという扱いを受けている。正直、うまく箔《はく》付けをやったもんだと思う。名誉なら王家の財政《ふところ》は痛まないし。

前世で貴族の紋章はそりゃもう複雑怪奇である。血縁だけじゃなく歴史とかまでデザインに関係するんでややこしいったらありゃしないし、きっちり説明しようとすると本が一冊じゃ足りない。大学にもよるが欧州《ヨーロッパ》のいくつかの大学では紋章学単独でも修士の学位が取れる、と言えばその理解に関わる面倒くささがよくわかるというもんだ。

一方、この世界は元がゲーム世界のせいか、比較的単純でむしろ日本の家紋に近い。家柄の証明という感じだ。そもそもゲームじゃ貴族の紋章なんか出ても来なかったんだが。メモリ容量をそんなところに使っていられないのは理解できる。

ともかく、一応この世界の貴族家には紋章がある。勝手に紋章を付けることは許されていない。この世界独自だなと思うのはいわゆる幻獣、つまり竜《ドラゴン》とか鷲獅子《グリフォン》とかを紋章には使わないこと。なにせリアルで人間の敵性存在だからな。

王国初期貴族というか古い貴族家は動物か植物を紋章としていて、中堅どころは静物《せいぶつ》、楽器とか武器とか。新興勢力に近い貴族家の場合、縞《しま》模様とか水玉とかの単純模様の事が多いが、宮廷勢力で言えばあんまり差はない。新興でも優秀な家は多いし。

そこに全体を囲む外枠なしだと名誉貴族、外枠が単色の枠だと通常貴族、金銀の枠だと上位や本家という感じでランク分けがある。俺の場合は子爵だけど副爵なんでツェアフェルトの紋を囲む枠はあるが外枠はない形。分家の場合は外枠が付くわけだ。

で、その外枠の最上位に位置するのが飾り枠。ツェアフェルトは全伯爵家の中でも上位に位置する、と国が認めたことになる。けどこの件での実益はそれだけ。宴席とかの際に席順は上がるんだろうけど。

それでもそういうのを重視する人から見れば重要なんだろうが、俺は正直ありがたみを感じない。持っていても食うこともできんし、周囲の目は厳しくなるし、面倒くさいとしか思えないのは前世の小市民的思考のせいだろうか。

　そんなわけだから俺の方を見てなんか言いたげな貴族家があるのは勘弁してくれませんかね。そりゃいつかは俺があの紋章背負うことになるんだろうけど。

　それ以外の貴族家にもいろいろな形で褒美が授与されると、今度は一転して冷たい空気になる。

「続いて、罰を与える家名を申し述べる。まずクナープ侯」

「はっ」

　現クナープ侯爵のフランク・パブロ・クナープ殿が進み出て、跪《ひざまず》いて頭を下げる。この件だとあの人はむしろ被害者じゃねという気もするが、それじゃ済まんのだよな。甥《おい》にあたるマンゴルトがやらかしたおかげで王都の内部で戦闘が展開されたわけだし。

「卿の一族の行いは王家に無断で兵を集め、なおかつそれにより多くの貴族家に損害を与えた。当主として何か申し開きはあるか」

「いえ、ございませぬ」

　結果論になるが、マンゴルトが連れ込む格好になった魔族によって有力騎士を失った家もあるし、なんなら当主が殺された家もある。処罰感情は王家であっても無視はできないという所か。

　とはいえ、あの人は侯爵家を継いだ後、領地で侯爵家の立て直しと、散発的にやってくるトライオットからの避難民対策に奔走していただけなんだよなあ。思わずちょっと同情してしまうわ。

「では処罰を与える。現在の侯爵領は没収。新領として旧フリートハイム伯爵領への配転を命じる。フリートハイム伯爵は宮廷伯に爵位を残すが、当主不在として空位とする」

別の意味で周囲がざわついた。無理もない。フリートハイム伯爵領の中心都市ヴァレリッツはフィノイ防衛戦の前に廃墟《はいきょ》化している。要するに半ば壊滅状態のフリートハイム伯爵領を独力で立て直せ、と命じられたわけだ。

しかも領地面積としては大規模縮小もいい所で、事実上侯爵としては名誉侯爵に近い存在となる。下手な伯爵家の方が領地は大きくなるだろう、かなり厳しい処罰だ。

けど、一方でうまくやったなという感情もある。これでトライオットに隣接する旧クナープ侯爵領は王家直轄地となった。第四の魔将、ゲザリウス相手の防御体制を構築できるようになったという意味で、国から見れば利益の方が大きいかもしれない。今の段階では公言できるような話じゃないけど。

「続いて……」

それに続いて大小さまざまな貴族家の名が二〇近く挙がる。これらの貴族家は内部へ魔族に侵入された家だ。クナープ侯というかマンゴルトの被害者ではあるんだが、魔族に利用されかけたという意味では罰を受けるしかないのか。

というか、これだけの家がマンゴルトのいたクナープ侯爵に対する不満を持っている訳ね。うーん。王家も厳しく出ざるを得なかったんだろうなあ。

「本来ならばこれらの家々には処罰を与えねばならぬが、なにぶん数が多く、巻き込まれた一面も否定はできぬ。そこで卿らには機会を与えよう」

陛下がそう言うと、壁際にタペストリーかよってぐらいでかい図が持ち込まれた。王都の地図だが、俺はこの図に記されているマークの場所ほとんどに覚えがある。どうでもいいけどこの魔皮紙すげぇでかいな。何の魔物だ。

「見ての通り、これは王都の地図である。そして記されている点は街路の石畳に問題がある場所や、老朽化した等問題のある建築物の改修工事が後回しにされている場所になる」

これは難民とか養護施設の子供たちにお掃除させた際の日報に記されていた各種問題の場所だ。試作品実演の日に場所のリストと修繕提案書として提出した書類に大体記載されている。その他にも公共施設なんかにもマークされているけど。

「これらの場所を卿らの予算で修繕するのであれば、本件に関しては今後言及しないこととする。また処罰の件を記録にも残さぬ。さらに、改修工事をした責任者の名を記した銘板をそこに残すことを許そう」

陛下がそう言い終わると同時に何人もの貴族が手を挙げて積極的に工事参加を申し出た。反応早いな。

「皆の意欲はうれしく思う。余からの条件は一つだけじゃ。領から技術者を連れてくるとしても、王都の民と難民を労働力として雇ってもらいたい」

その条件でも特に抵抗はないようで、そこは自分がとか、そっちはぜひ我が一族にとか声を上げている。むしろ場所の取り合いにさえなっているんじゃなかろうかこれ。陛下を前にしての会議としては混沌《こんとん》としてきたな。

予想を超えた状況に何も言えずにただ見ていると、王太子殿下がこっちを見て目で笑ってきた。

一石二鳥なんてもんじゃないなこれは。まず何より、処罰という不名誉を免除するどころか、王都がある限りそこに残るだろう自分の名を記すチャンスを与えた。名誉重視の貴族家の側にとってはむしろありがたいとさえ思うだろう。

一方、王都内で市街戦寸前の事態が起きた市民の不安感は打ち消すことができる。市民にとって予算がどこから出るかは問題じゃない。王室が市民生活を重要視していますという結果だけが残るわけだ。悪い記憶を上書きするのにちょうどいい。

さらに重要なのは経済が動くことだ。経済の基本は金が回ること。

どうしたって魔王復活からフィノイ襲撃までの一件で不安感が先走り金が回りにくい状況だったわけだが、貴族家の予算で公共工事が行われれば民に金が落ちるし、それにより物が売れ経済が動き出す。

さらに難民への仕事斡旋《あっせん》と難民対策まで兼ねている。難民だって王都で食い物やらなんやら購入するし。その他に貧民街《スラム》にも仕事が回ることもあるだろう。参加した人間が石畳修繕なら石工の経験を積めるから職業訓練の貧民対策にもなるのかこれ。

他にも色々あるんだが、まず本来なら難民にタダで配るはずだったものを難民が購入することになるんだから、流通担当部門は頭を抱えているだろうが、財務部門は小躍りしてそうだ。消費物資、特に食料の物価が値上がりするかもしれんが、王家の財政面の方に余裕があればしばらくは補正もきくだろう。なんせ王家はこの工事の件では全く懐が痛んでいない。多分だがあの王太子殿下なら流通の方にも手を打ってそうだし。

「ただし」

陛下の冷たい声が周囲を圧した。この人こんな声も出せるんだな、と非礼にも思ってしまったのは、勇者に丸投げするだけのゲーム的な印象があったせいかもしれない。

「この場にいないバッヘム伯はこの件から除外する。バッヘム伯に対しては後日、決を出すであろう」

決を出す、というのはこの世界では非常に遠回しな言い方だが、処罰を与えるという意味だ。判決を下すとかに近い。陛下が直接この言葉を使う時は通常かなりの厳罰を意味する。相当お怒りっぽいが無理もないか。

それにしてもバッヘム伯はどっちだったのだろう。本当は自分の領地でリリーたちを確保するつもりで、本人もラフェドに騙《だま》されていたのか、それとも最初からレスラトガに引き渡すつもりだったのか。今の段階だと情報不足でわからんな。

「それと、当面、旧クナープ侯爵領を複数に分け、それぞれに代官を派遣する。まずヴェルナー・ファン・ツェアフェルト子爵」

「はっ!?」

考え事をしていたら不意打ちで名前呼ばれたんで変な声が出た。え、俺？

「卿を正式に子爵に任じ、あわせて王室直属の代官を命じる。旧クナープ侯爵領のうちアンハイム地方の担当として任地に赴くように」

「……っ、謹んで拝命いたします」

何とか頭を下げつつかろうじて声が出た俺を誰か褒めてくれ。礼儀作法がおかしかったような気がするが、正直そこまで頭は回ってくれていない。

どうしてこうなった。

三章（新たな問題～謎と疑問～）

「学生で子爵で代官なんて前代未聞ですよ」

「そう憮然《ぶぜん》とした顔をするでない」

セイファート将爵が俺の顔を見ながらそう言って笑っているが、俺の方は笑えない。

例の賞罰御前会議の後、恐れ多くも将爵からの昼食のお誘いを受けてご一緒させていただいております。礼儀不要と言われたんで、遠慮なく礼儀を捨てて文句を言わせていただいておりますが。

貴族社会一般の感覚でいえば不満を持っている俺をなだめているという形になるのだろうが、どう考えてもこれは試験と答え合わせの時間だよな。

「クナープ侯爵領のアンハイム地方なんて、トライオットと隣接している地域一帯じゃないですか」

「卿《けい》はそこの代官に任命されたことをどう思っておるのかね？」

「少なくとも表と裏があるのは解《わか》ります」

裏の裏は表だからどう表現するんだろうか、裏と表に挟まれた内側もありそうな気配ではあるが。とりあえずそこには触れないでおこう。

「では表の方から卿の見解を聴こうか」

将爵が傍《そば》に控えている相手にワインのおかわりを求めつつそんな事を言ってきた。やっぱり試験時間ですか。あとその傍の人とか壁際に控えている人とか、身のこなしからいって給仕じゃなくて騎士かなんかですよね。

「フィノイなどでの働きに応じて、爵位を進め代官として任命したことで功績に報いたという面が一つ。一方でアンハイムへの配属という形で他の貴族家からの不平に王家として応えた面が一つ」

平たくいえば、今までの功績に報いて昇進はさせた。一方で俺を不満というか邪魔だと思っている他の貴族家に配慮する形で、昇進とセットで王都から左遷させたようにも見えるようにした、という訳だ。

実のところ伯爵家嫡子でありながら子爵に正式に任じられた、というのは相当に厚遇されている。いずれ伯爵家を継いだ時にも子爵としての俸給は俺個人が死ぬまで出るからだ。生涯年金を受けたに等しい。

同じ伯爵家とかの中で妙に実入りがいい家がある場合、若い頃に何らかの功績をあげてこの別爵俸給とでも表現するような予算が出ていることが結構多い。その結果息子にまで散財癖がついた挙句、年金を貰《もら》える当主が死んだら借金まみれになる家もあるが。

実際、本来なら使用人と直属騎士を子爵家として雇わなきゃならない立場だから、その分の人件費も含んだ俸給が出る。けど俺の立場だと伯爵家を継ぐまでの間なんで、直属の人間を雇う必要はない。全部懐に入れられる。

という訳で、貨幣価値とか物価とかが前世とは違いすぎるから一概に比較はできないが、前世で言えば毎月毎月、百万円単位で自由に使える予算を貰えるようになったような形だ。正直現実感がない。その上、その金をどう使うのかも見られている気がする。

一方、アンハイム地方は滅びたトライオットとの隣接地。王都から国境地域へという事で左遷されたとしか見えない。しかも隣国トライオットが滅んでいる現在、交易で儲《もう》けることもできないから事実上うまみのない辺境だ。

そこに配属された時に俺を見る目の中には同情もあったが、ざまをみろ、というような視線も複数あったのは嫌でも感じられた。フィノイやゲザリウスの時にツェアフェルトを競争相手としている向きがあるのは感じていたが、俺の方はどうでもいいんだけどなあ。

なお、前世の中世だと時代にもよるが、領主や代官は物品にかかる流通税のうち、三分の一ぐらいを自分のものとすることができたのが相場だ。

この国だともうちょっと低いがそれでも高額で、それだけでも生活に困らない程度の収入になる。言い方はよくないが座っていても金が落ちるんで、流通量の多い地の代官は競争率がものすごく高い。ここに橋の通行税とかでさらに利益を上げられたりするんで、生産品が被《かぶ》らない隣国や領地と交易ができるかどうかは、蓄財を望む代官にとってはとても重要。今回の俺には本気でどうでもいい話だが。

ちなみに、この世界が前世と異なるのは、高位貴族が複数の爵位を持つという事がない事だろう。前世だと公爵が複数の伯爵位さえ持っているように、従属爵位という考え方があったのだが、この世界ではそれはない。むしろ東洋的に爵位が上書きされ、階級が最も高い爵位のみが受け継がれる。

一方、その個人には今までの俸給が受け継がれるので、俺が伯爵位を相続した後も子爵位分の俸給も国からは支払われる。仮に伯爵から侯爵に陞爵《しょうしゃく》した場合にはかなりの資産家になれるはずだ。そんな例があったかどうかは知らんけど。

このあたり、貴族に広い土地を与えないようにするための政策の一環であるような気がしなくもない。前世の欧州では爵位イコール土地だったので、金銭で領地を買うと爵位がついて来るような事さえあった。そのあたりを含めて考えると、土地に影響力のある貴族を増やしたくないような政策をとっているのだろう。

そんなことを考えていたが、将爵の声で思考の輪から引き戻された。

「いくつかの貴族家が卿に対する嫉妬や競争意識を持っていることは事実でな。結構な数の不満や苦情がそれとなく陛下や周囲に伝わってきていた」

「それ、私のせいなんですかね」

「グリュンディング公爵にも評価されておるからの。ラウラ殿下狙いの貴族から見れば強力なライバルじゃて」

「迷惑です」

俺のせいじゃないだろそれ。思わず即答したが将爵は笑ってらっしゃる。憮然としつつ肉の塊を口に放り込む。マナー違反もいい所である。どうでもいいけど前世だとフォークって中世後期にやっと広まるんだがこの世界では普通にあるんだよな。便利だからいいか。

ちなみにこの肉は牛喰豚《カウイートピッグ》という牛を食い殺すぐらいにでかい魔物《モンスター》の豚だ。人の頭蓋骨も齧《かじ》って砕くぐらい危険で有名。肉の味はいいんだけど、個人的にはソースの味が微妙。塩胡椒《こしょう》だけで焼いてほしい。

咀嚼《そしゃく》し終わったところで将爵がまた問いかけてきた。

「裏の面はどうかね」

「新しい魔将《ゲザリウス》対策の担当ですね」

将爵も知っているだろうし、騎士たちしか室内にいないのはこの点を言及してもいいようにだろう。だから隠すことなく答える。

これには二重三重の意味がある。俺に対する他の貴族たちからの嫉視への対応である面と、現実問題として王都に魔軍、それもトライオットを攻め滅ぼした軍が攻め込んでくるかもしれないのだから、それに備えることができる人材を配置しなきゃいけない。

一方、その魔将の存在をまだ公表していないから、現状では貴族の重鎮を配置したり、大軍を準備したりといった準備をすることもできない。

つまり求められるのは「独力で魔将に勝てなくてもいいが、王都からの援軍が来るまでは何としても持ちこたえろ」というあたりである。その程度ならできるだろうと思われているわけだ。主戦力がいない状態での戦線維持ってところか。

ついでにいうと、どうも俺の存在自体を囮《おとり》にしている節もある。ゲザリウスとかいう魔将が俺のいるところに攻撃をかけてくるとわかっているなら、ほかの所には多少なりとも余裕ができるからな。何というか俺、便利使いされているなあ。

そのあたりはわかってはいるが、四天王イベントの前に別の魔将にまで王都が襲撃されるよりましだと割り切ることにした。

その上で、無事に防衛戦に成功すれば「あの実力だ、あんな地方に置いておくにはもったいない」ということで王都に呼び戻せる。結果を出した相手に反対したら今度はそいつが嫉妬深い男だと言われることになるから反対はしにくい。

一方、もし失敗したとしても「相手が魔将では仕方がない。若いのだからいい薬になっただろう。この辺で勘弁してやれ」と他の貴族を説得して呼び戻す口実にするのが目的だろう。相手が魔将だということを公表していないのは恐らくだがその伏線だ。

俺が戦死したらどうするのかとは考えてもしょうがないんで考えない。死にたくないし死ぬ気もないしな。防衛戦をどうやってこなすのかを考える。

「王太子殿下も儂《わし》も、卿を見殺しにしようなどとは思っておらぬ。そこは信用してもらうしかないがの」

「さすがにその考えは持っていませんが」

俺より勇者《マゼル》の価値を考えれば見殺しにされる不安はない。俺を見殺しにしたら多分マゼルが怒ってくれるだろうから、後の事まで考えると国としてはリスクが大きくなる。過去形じゃなくて現在進行形で。

ただこれ、国の側はもう一つ大きな狙いがある。俺の独力で魔将に勝てるはずはないから、騎士団の援軍は必須だ。そして迎撃成功の暁《あかつき》には、騎士団の援軍のおかげで助かりました、と国に頭を下げる役まで俺には任されている。

逆に俺がアンハイム地方を失っても、その後で騎士団を使い奪い返すことができれば、やはり国を守るのは騎士団と王家の力が必要、と民衆から評価される状況になる。どっちであっても俺の役回りは国の評判を高めるための狂言回しだ。

その上、国の都合とは別に問題がある。今回、俺は独立子爵として配属された。つまりツェアフェルトの騎士団は連れていけない。ノイラートやシュンツェル辺りならともかく、マックスやオーゲンたちはダメ。

このあたりは恐らくツェアフェルト騎士団がいるから戦功をあげているんだ、と言いがかりをつけてきている貴族に対する牽制《けんせい》の意味合いもあるはず。けど俺にとっては幕僚不足のままでの赴任だ。

もちろん、王家直属の代官ということになるから、国所属の騎士や兵士がついては来る。だがそれはあくまでも代官という地位に付随する立場だ。決死の防衛戦とかいう状況になったらどこまで士気を保てるのかは不安が残る。

そして旧クナープ侯とツェアフェルトは派閥が違う事もあって、お世辞にも仲のいい家ではなかった。現地人から見れば以前の上司が左遷されたところに、敵対派閥の若造が配属される格好。民衆はともかく地元中級官僚あたりの俺を見る目は良くて中立ぐらいだろう。この状況で防衛戦を行わなきゃならん。胃が痛い。

◆

そうやって内心で恨み言を口にしていると、将爵が予想外の事を口にしてきた。

「それと、卿の家の問題じゃな」

「伯爵家《ツェアフェルト》に何か？」

うちが悪目立ちしているんだとしたら申し訳ないが。やらかしている自覚はあるだけに思わずそう応じてしまったが、将爵の反応はやや予想の外側にあった。

「卿《けい》が思っておるような問題ではない。陛下と典礼大臣の間で決まった事じゃ。ツェアフェルトの騎士団を一度伯爵の統率下に戻すという事でな」

「はあ」

そりゃ王家直属の代官職を拝命して地方に出向する以上、王都で伯爵家の騎士団を指揮することはできんけど。そう思いながら何となく頷《うなず》いたが、将爵の反応は俺の想像とは異なっていた。

「伯爵家の家騎士団を維持しておくことも必要でな」

「維持、ですか？」

「まず単純に勝ちが続くと規律が緩みがちになる。これは解《わか》るであろう」

それは理解できる。前世でもそうだが、組織というものが人間の集団である以上、どれほど上位者が気を配っても一定の脱落者というか落伍者《らくごしゃ》は出るのは避けられない。犯罪者がいない国が存在しないのと同じだろうなあ。

「卿の年齢ではどうあっても甘く見るものが出るのは避けられんしの」

「おっしゃるとおりですね」

棒読みになってしまったが納得するしかない。なんせ俺自身が自覚していることだが、年齢的に言えば俺はまだ学生で立場的にはあくまでも父の代理。しかも実力でいえば俺より強い騎士だっている。そういう、俺より強い騎士が調子に乗る可能性はあるだろう。

だが父はそうじゃない。まず大臣という国の重鎮だし、当主本人なのでその場で即処断することもできる。ありていに言えば何か問題を起こした奴《やつ》が出た時、俺と伯爵家当主である父だと対応できるレベルが違うわけだ。確かに、一度引き締めを図るためには指揮権を父に戻したほうがいいだろう。

「それに、いくつかの貴族家で家騎士団に大きな損害が出ておるからの。そういう家が狙うのは他家の優秀な騎士の引き抜きじゃ」

「それって許されているのですか」

「推奨されておるわけではないが、愚かな貴族家に仕えたくない騎士もおるからの。方法がないわけではない」

これは俺もはじめて聞いたが、騎士本人が強く望んでいて第三者になる人物、というか移籍前、移籍後とは別の貴族家が間に入った時などには移籍の道もあるという事だ。

まだ世間を知らない学園在学中に騙《だま》されて青田刈りされた結果、変な貴族家に仕えてしまった騎士に対する救済措置という事で、一応制度化もされているらしい。学園なんてものがあるこの世界ならではだなあと思う。

「それに、卿は目上の相手に『王国軍全体の戦力立て直しをする第一歩』とでも主張されると〝騎士の一人か二人なら貸し出す〟などという妥協をしかねんところもあるでな」

ぐうの音も出ない。確かにそういう一面はある。その点、父は恐らくそんなものさえ突っぱねるだけの強さがあるだろう。この世界で十年以上の経験を積み上げてきたが、まだまだ未熟だと自覚するしかない。

「それが悪いという訳ではない。卿には卿の生き方があり人生がある。今の状況ではヴェルナー・ファン・ツェアフェルトの生き方は困るというだけの事じゃ」

「は……」

何とも言えん表情になった俺を見てセイファート将爵が小さく笑った。

「卿の生き方を偽善的などと言う輩《やから》もおるじゃろう。じゃが、偽善さえできぬ臆病者の陰口など聞き流してしまえばよい。卿は卿の美点で戦えばいいのじゃ」

またとんでもなくざっくりと断定した発言をされてしまい、思わず将爵の顔をまじまじと見てしまう。俺の表情を見て今度こそ将爵は楽しそうに笑った。俺も大きく息を吐く。確かに、今更他人の評価を気にしているような暇はないな。

「ですが、一般的には貴族家の戦力は平均化させるものでは？」

王権維持のためには貴族同士がいがみ合うぐらいがちょうどいいという統治上の利点もある。突出した力を持つ貴族なんてのは王家側から見れば邪魔な存在以外の何物でもないだろう、と思うんだが。

「平時の施政という意味では卿の見解は間違っておらぬ。じゃが平時と有事は違う。有事の際には目を向けておく場所が多くなりすぎると管理する側の処理能力を超えてしまうものじゃよ」

「そんなものですか」

「戦場が広域になった場合、〝あそこは任せておけばいい〟という後回しにできる戦力を複数作っておけば〝いつ崩れるか解らない〟場所からテコ入れしていけばいいのでな」

　例としては極端ではあるが、優先順位をつけておく方が便利だという事か。ん、あれ、つまり。

「ツェアフェルトは後回しですか」

「信用しておるのじゃよ」

　遠回しな表現であったが、何らかの対応をしたりテコ入れをしたりする必要がある貴族家があるという事を肯定されてしまった。魔物暴走《スタンピード》やフィノイ大神殿で損害を受けている貴族家が多いからそれも当然か。

　問題に優先順位をつけておくというのはむしろよくわかるし、実際の所は俺に対する配慮であることも理解できる。他の貴族たちから変に睨《にら》まれないように俺を一旦地方に左遷させつつ、伯爵家の家騎士団を維持する事も目的というのを理解するしかない。

「そこまでは承知いたしました。ご配慮に感謝申し上げます」

「国の都合もあっての事じゃ、卿が気にする必要はない」

そういう言い方をされる方が気になると思う。しかも嘘《うそ》じゃないだろうというあたりが困る。手の回らない所や活動の準備を先に整えつつ、最大限働けと言ってくるんだから逆に断りにくい。俺って社畜根性が抜けてないのかも。

「解りました。ひとまずアンハイム代官の任をまっとうしたいと思います」

「卿には期待しておるでな。直接的にではないが支援は惜しまぬよ。それに、支援は儂からだけではない」

「ありがとうございます」

王太子殿下も陰で支援してくださるわけですね。そうとなれば遠慮なんてする気もない。国には国の都合があるのだという事は解ったし、こっちにだってその分の援助がないとな。出すものは出してもらおうと開き直る。

「籠城戦の必要資材等は後日表にして提出させていただくとして……」

それにしても皮肉なもんだ。我ながら内心で苦笑を禁じ得ない。もし数年前に地方代官なんて地位に就いたらむしろ喜んで応じただろう。魔軍四天王による王都襲撃イベントの際に王都にいないで済む可能性が高いんだからな。下手をすると本当に左遷された挙句、貧乏になってでもそのまま地方に居座っていた可能性すらあった。

だが今では王都を離れることが気になる。正確には王都にいる人たちが。いや俺個人の戦闘力では大したことはできないんだが、それ以外でできたはずのこともできなかったたっていうのは俺自身が納得できない。

マゼルが魔軍四天王の最初の一人を相手にしている頃だとすると、まだ時間的余裕はあるはずだ。魔将三人目と四天王二人目を倒した時点が王都襲撃イベントのカウントダウン開始だろう。

それまでに王都に戻る。そのためには何とかゲザリウスとやらを引っ張り出してやるし、邪魔する奴がいるなら本気で相手をさせてもらうぞ。

◆

思わず熱くなったが一つ息をついてクールダウン。防衛戦はともかく、まずその前段階の問題だ。俺ばっかり苦労するのは不公平だから、セイファート将爵経由で国に遠慮なく欲しいものをねだらせてもらおう。

「さしあたって人を何人か貸していただきたく」

「人かね」

将爵が面白そうな目を向けてきておられまする。この人ほんとは俺で遊んでないか？

「私には代官としての経験が足りなすぎます。代官としての補佐役が絶対に必要なので」

という表現にしてあるが、本心はもちろん違う。現地の地方役人が、左遷されたようにしか見えず、しかも学校を卒業していない年齢の代官の指示を素直に聞くか、というとまず聞かない。当たり前だ。俺だって逆の立場なら聞く気にならん。

もちろん国所属の代官付き下級役人はついて来るが、そういった人たちだってあんな地域じゃあ、仕事だからしょうがなくついて行くってだけの役人が多いだろう。どう考えたって俺より年上ばっかりで、やる気は微妙な集団になるのは避けられない。

だから俺じゃなくてもっと偉い人が裏でお前たちの働きを監視してますよ、という体裁を作る。俺自身、行政面での経験がほとんどないのは確かだけど。

「それは儂《わし》の部下ではない方がよさそうじゃな。よかろう。話をつけておこう」

将爵はあくまでも武門の人だしなあ。確かに、特に文官系の人は他の偉い人から借りた方が説得力はありそうだ。

「お願いします。それと、現役は引退していても結構なので兵を指導できる教官役を何人かお願いしたいのですが」

「ふむ、なるほどの」

中世と言うかこの世界は中世風だが、ともかく中世ごろだとまだ農業改革も途中だし、靴一つとっても職人の手作業だ。人口も多くないから兵が減ったら補充が大変。装備を整えるのも一苦労。露骨に言えば兵士一人の価値が近代戦とは違う。

この世界、相手を捕まえて身代金を請求するのが普通になったのも、人的資源はどの国でも貴重だからだ。対外国戦の場合は命じゃなく金で済ませましょうと、どの国にも暗黙の了解があると表現してもいいのか。下手な和平条約より有効なのかもしれん。

それはともかく、そういう世界だから兵士に求められる水準も異なる。前世の古代から中世にかけて、兵士の練度という件でしばしば例に出されるのはローマのユリウス・カエサルの軍団がやった逸話だろう。

ある戦いでカエサルと敵軍が距離を取って布陣し、カエサルの突撃命令が出た。カエサル軍は敵に向かって走り出したが、敵軍はその場に留《とど》まって動かない。走ってくるカエサル軍を待って隊列が乱れたところで戦おうとしたわけだ。

だがそれを見たカエサル軍の兵士たちは、誰に命じられるまでもなく途中で足を止め、自分たちの判断で隊列と呼吸を整え、万全の状態を作ってから突撃を再開し、予想外の事態に動揺している敵軍に突っ込んで蹴散らしたという話。

要するに兵士に求められているのは〝攻撃という命令を理解〟したうえで〝現場で最善の方法を自分で選べる〟能力ということになる。命令違反は論外として、突撃命令が出たんで突撃だけしました、では軍としては二流。この場合、カエサル軍を待てと総大将に命じられて、ただ待っていた敵軍の兵士と前線指揮官も二流ということになるな。

問題は俺の方がまだ学生で訓練カリキュラムを受ける側だったということだ。今の俺が直接指導したら二流の兵士を育てる自信すらない。できないことを自分で無理をしたってうまくいくはずもないし、正直そんなことをする余裕もない。

という訳で兵の教育と指導ができそうな人を招聘《しょうへい》して丸投げする。防衛戦だから騎士より兵士の訓練の方が重要。そして目の前にいるのは前・王都防衛司令官職といえる地位にいた人物だ。防衛戦の戦力を育成する経験はこの国の誰よりも豊富だろうからな。

「承知した。何人か見繕っておくことにしよう」

「ありがとうございます」

消費物資量の請求とかは現場に行かないとわからんのでここでは何も言わない。むしろ何が足りないかを把握し補佐してくれる人材の方が重要だ。だから人だけ準備してもらう。

それと、いくつか話しておかないといけないな。

「それとは別のお願いがありまして」

「何かね」

「一つは王都の防衛体制の強化を」

俺がいない間にも王都の防衛能力を向上させてほしい。実のところ、装備の件もそうだが、道の修繕整備もいざと言う時の市民の避難誘導や城内戦力の円滑な移動の下準備を兼ねて提案していた面がある。むしろ、こうして依頼をしておけば、別の理由を付けて提案するのと違って丸投げできる分、俺がやるより効率的に進められるかもしれない。

「なぜそう思ったのかね」

「まず、第一に王都に侵入していた魔族の目的が不明です」

　これに関しては本当にそうなんだよな。奴《やつ》らの標的《ターゲット》は何だったのか。陛下の命ということも考えられるが、そうだと断定もできない。いずれにしてもゲームのシナリオだからで済ませるわけにはいかなくなっているような気がして仕方がない。

　けど現状、情報不足で相手の目的が何だったのかまったくわからん。なのでわからないことを理由にする。

「ただ、あそこまでしてでも王都の内側に入り込む策謀を巡らせる理由があるはずです。一度失敗したから諦めるというのも可能性としては低いのではないかと」

「なるほど」

「内側からの攻撃に失敗したので次は外から正攻法、は短絡的すぎるかもしれませんが、もともと魔軍は数と力任せが多いのも事実です」

「ゆえに再度の敵襲の可能性か。確かに、それは考えられるの」

　あっさりと納得されたことに少しだけ疑念が生じた。ひょっとして国の上層部、あるいは陛下の周辺は魔軍に狙われる標的《ターゲット》を知っているんじゃないだろうか。俺にはそれが物か人かさえわからんけど、何かがあるという事は想定されているような気もする。

　だが、それが国家機密であるとすれば俺がどうこう言う訳にもいかないか。ゲームだと主人公にも伝えない国家機密。下手に首を突っ込むのは悪手だな。

「それと、マゼルの家族について一層のご配慮をお願いします」

「それも当然じゃな。わかった」

これは俺が言うまでもないけどな。何かあったらそれこそ国の面子《メンツ》もたたんし、勇者《マゼル》に合わせる顔もないだろう。

「提案書は後日提出しますが、提案以外にも順次ご相談させていただきたいと思います」

「うむ。楽しみにしておこう」

楽しむなよと言っていいですかね。こっちは胃が痛いのに。肉が胃もたれしそう。

◆

午前は陛下御臨席での論功行賞、昼は将爵との会食を経て午後は王城の中で済む挨拶回りを済ませる。冒険者ギルド、傭兵《ようへい》ギルド、更にはベルトの爺《じい》さんにも挨拶と礼をしなきゃならんがそれは王城での仕事が終わってからだ。体が二つ欲しい。

旧クナープ侯爵領は大きく三つに分割されてそれぞれに代官が置かれることになった。侯爵領内に規模の差はあるが都市が三つあったんで、都市を中心に分けたとも言える。うち一つが俺で、アンハイム地方は旧トライオットとの国境に最も近い。

残り二つのうち旧クナープ侯爵領の中心都市地域には、ヴェリーザ砦《とりで》の作戦で顔見知り

のグレルマン子爵が配属されている。グレルマン子爵はヴェリーザ砦の時に主将だったシャンデール伯爵の補佐役で、伯爵は王太子殿下の信任厚い側近。という事は王太子派の人なんで、好意的に見ればこの人は俺のバックアップ要員と考えてもいいんじゃないかなあと思う事にする。監視役と思うと顔に出るから善意に捉える。

もう一人はツァーベル男爵という人で、正直どんな人かは知らん。この二人にも今日のうちに挨拶に行っておかないといけないいな。

とりあえず派遣されるアンハイム地方に関する必要書類を見せてもらうことにして重い本を預かる。こういう時は前世の紙が懐かしい。羊皮紙とか魔皮紙とかって重いんだよ。一枚一枚ならそれほどの差はないが、百枚二百枚になると差は無視できない。

ちなみに前世の中世でも同じような形式の時代があったが、この世界でも公文書はその頃と同じ書き方をしている。まずでかい紙、面倒なんで紙という表現に纏《まと》めさせてもらうがとにかく大きい紙を用意し、真ん中から折る。

折り目の左右に全く同じ文言を二度書き、左右それぞれに担当者や責任者が署名し、必要なら立会人も両方に名前を書く。そしてこれを真ん中から裁断する。同じ文言が書かれている片方が正本、片方が写しになる。

この際、裁断は直線ではなくわざとギザギザになるように切る。もし裁判などの問題が起きたら、まず正本と写しを合わせるわけだ。裁断面がぴったり合わなかったら書類そのものが偽造されたことになる。割符《わりふ》と発想は同じだ。

余談の余談になるが、羊皮紙とかの動物の皮から作る紙って基本的には平らのままにするのは難しい。筋肉に接していた方がもともと内側になるせいで、そちらの方に反ったり丸まろうとしたりするからだ。巻物状にするのはむしろこの丸まろうとする紙の質に合わせての保管方法だったといってもいい。

したがって、重要公文書なんかの場合、裏側どうしを張り合わせて、書類全体が反ったり丸まったりしないようにする。だがそうなると厚みが二倍になるわけで、今度は場所を取ることになるんだよな。重量が増すことも含め、前世の植物から作る紙の便利さを実感する所だ。

それはともかく、これがＳＬＧ《シミュレーションゲーム》とかなら移動コマンド一発で現地に移動してすぐ仕事が始まるんだろうが、現実だとそうもいかない。そもそもクナープ侯爵の方が大変だ。移領する際に持って行く資材と残っている資材とかのリストが必要になる。

なにせ王家直轄地になるから、資材の量をごまかしたりするとそれ自体が罪になってしまう。だから某都市に備蓄してある矢が何千本で、そのうち何割を新領に持ち出し、何割は都市に残すとかをすべて記録に残さなきゃならない。

食料品、医薬品、武器、その他備品、例えば館で使う蠟燭《ろうそく》の本数とか、城壁工事用の工具とか、ありとあらゆるものを全部確認してリスト化するんだ。移動する側の準備がまず必要。引継ぎも考えると俺の出発も十日近く後になるだろう。

つまり現時点では俺の方も書類を頭に入れるというより、どんな書類が王都に写しとして存在しているかを把握しておく、という程度にならざるを得ない。何が残っているかわからないんだから何が足りないのかもわからない。貴族が公務で地方に赴任するって恐ろしく大変なんだよ。何でもうほんとこんな面倒なことになったんだか。

内心で愚痴を言いながら資料を斜め読みしていると、ふと妙な記録が目にとまった。あれ、これ意外と使えるんじゃね。向こうに行くまでに時間もあるし準備しておくか。

◆

「ツェアフェルト子爵、少しよろしいでしょうか」

「フュルスト伯爵令嬢、何かありましたか」

資料の確認を終えて王宮内を執務室に移動中、俺を探していたようなヘルミーネ嬢に呼び止められることになった。場所が場所なので一応令嬢呼びだが、相手の服装が女性騎士の姿なので何というか違和感が凄《すご》い。

「執務室の方がよろしいだろうか？」

「そう……ですね、よろしくお願いいたします」

なんかまた厄介事の気配だなと思いながら、何とも申し訳なさそうな表情を浮かべるヘルミーネ嬢を俺が預かっている執務室まで案内し、来客用のソファーを勧めた。ノイラートとシュンツェルには会話が聞こえない距離である部屋の隅に移動してもらう。それから俺が向かいに座ると、ヘルミーネ嬢がいきなり頭頂部が見えるほど頭を下げてきた。

「申し訳ありません、子爵」

「いったい何ごとです」

思わず声が上ずってしまう。いやほんと突然謝られても困るんだが。そう思っていたが、話を聞いて表情に内心が出ないようにちょっと苦労する羽目になった。フィノイの戦場でフュルスト伯爵家側から願い出てきた話の状況が変わったという事だったからだ。

「つまり、甥御《おいご》様……ダニーロ卿《きょう》の件は一時棚上げという事でよろしいのですか」

「典礼大臣にも子爵にも申し訳ないのですが……」

それ、もうほとんどバスティアン卿が直接謝罪に来る必要があるぐらいの状況変化のような気がするが、それでもヘルミーネ嬢を使者にするあたりで済ませようというのはどうなんだろう。やっぱり、うち《ツェアフェルト》が文官系の家だという事で多少軽く見ているんだろうか。もっともそれをヘルミーネ嬢に言ってもしょうがないか。

「……とりあえず、父には伝えておきましょう」

「申し訳ありません……」

謝るしかないという表情の相手に判断に迷う。貴族としては馬鹿にされたと腹を立てるべきところだろうが、ヘルミーネ嬢に言ってもしょうがない事ではあるし、どうも様子がおかしい。

「バスティアン卿やタイロン卿はどのようにお考えなのですか」

「兄は……実はその、ダニーロの母である姉の考えを聞いて腹を立てておりまして」

何でも、ヘルミーネ嬢の姉である俺の兄の元婚約者がツェアフェルトの騎士団を引き抜いてしまえと煽《あお》ったと聞き、セイファート将爵の予想通りかと内心で唸《うな》る。

「それに対し、タイロン卿はなんと？」

「後で『ツェアフェルトの騎士になど頼れるか』と吐き捨てて……」

ヘルミーネ嬢のその返答に何とも言えず微妙な顔をしてしまった。魔物憎けりゃ皮まで憎い、というのがこの世界での言い回しだが、前世でいう所の坊主憎けりゃ袈裟《けさ》まで憎いって奴だろうか。なんだか随分嫌われたもんだ。いやまあ、何をやっても嫌ってくる人間はいるものだから、妙な事をしてこないならいいんだけどさ。

「それで逆に？」

「はい、姉がそのような発言をした事をツェアフェルト伯爵にも伝えて来いと」

自分で言いに来ないあたりに何というか武官系のプライドを感じる。ヘルミーネ嬢も大変だな、と思ってしまった。まあタイロン卿は俺を含むツェアフェルトが嫌いなようだが、搦《から》め手《て》で来るような人柄ではないらしいという事がわかっただけでも良しとしよう。脳筋といえば見事な脳筋だ。

それにしても兄の元婚約者殿は何というか表現が難しい。よくいえば女傑という言い方もできるのかもしれないが、実家に断りもなくよくそんな事をしたなと思う。

ただ、何をやろうとしているのかはおぼろげながら想像できる。実の所、前世でも似たような事をした貴族女性がいるからだ。

前世の中世欧州で、その女性は二度、結婚と相手との死別を経験し、その時に家名とか領地を一切貰わずに現金での財産分与だけを受けることを繰り返した。三度目の結婚で伯爵家へと嫁いだ時には、女性本人が侯爵家に匹敵する財産を持っていたという。最終的にその再婚相手とも死別した結果、死ぬまで女伯爵として相当な影響力を保持したそうだ。どうでもいいがそんなに繰り返し結婚相手が死亡するもんかねえ。

人間だから男性でも女性でも野心家はいる。特にこの世界は女性の社会進出も進んでいるからそういう野心を持つ女性がいても驚かないが、そういう野心で周囲を掻《か》き回されると後が怖い。ちょっと記憶にとどめておいた方がいいかもしれないな。

「そして父は現在、王都を離れているのです」

「は？」

驚いた。聞くと、情報を収集したらバスティアン卿の孫にあたるダニーロ卿はトイテンベルク伯爵領に移動した後であったらしく、ひとまず孫の無事を確認する必要がある、とバスティアン卿自身がトイテンベルク伯爵領に向かっているのだという。

「ダニーロ卿はフュルスト伯爵家に対する人質、と考えるのは悪く捉えすぎでしょうか」

「父もそれを危惧しておりまして、自ら向かったのです」

ふーむ。縁を切ったという事にしても、やはり血縁を見殺しにするような真似《まね》をすると その家の評判に多少は影響する。何よりバスティアン卿にしてみれば初孫……初孫？

ぎりぎり顔色を変えずに隠しきることができた、と思う。とはいえヘルミーネ嬢が冷静だったら俺の様子が変わった事に気が付かれたかもしれない。そのぐらい、今思い至った事は不自然そのものだ。

「……とりあえず状況は解《わか》りました。父には私からとりなしておきましょう」

「ご迷惑をおかけしてしまい、本当に申し訳ありません」

「いえ。ダニーロ卿の件は私が引き取りましょう。ひとまず父、ではない、典礼大臣に伝えてきますのでよろしいでしょうか」

「はい、お忙しい中、失礼いたしました。それでは、よろしくお願いいたします」

やや非礼かもしれないがそれとなく忙しいアピールをしてヘルミーネ嬢にお戻りいただいた。顔に出さなかったのは我ながら頑張った。

今気が付いた点、疑問としては大きいが、それだけで何か問題が発生したわけではない。

当主を失った貴族家の跡継ぎ問題や、今回のフィノイや王都の件で各貴族家の陞爵《しょうしゃく》、あるいは降爵の手配などで仕事が多いはずの父に今日の段階で伝える必要はないだろう。ひとまず表向きの状況を父に伝えるため、典礼大臣の執務室に足を向けた。

◆

今日はよく呼び止められる日だなと思ったのは悪くないと思う。父に事情を説明してからアンハイムの税収に関する資料を確認するため、無駄に広くて長い王宮を移動中、今度は別人に呼び止められてしまった。

「ツェアフェルト子爵、少しよいか」

「これは……公爵閣下、何事でございましょう」

声の主はグリュンディング公爵閣下である。王室の外戚であり内務の要職についているお方が一体何の用やら。

「そう硬くならずともよい」

「恐れ入ります」

いや無茶を言わんで欲しい。何かうっかり余計な事を言ったら色々と今後に影響が出かねん。俺が孫娘《ラウラ》に興味がない事も含めて向こうは好意的といっていいのだろうが、それに甘えるわけにもいかない相手ではある。

こっちが警戒しているのをどう思ったのかはわからないが、やや苦笑いに近い表情を浮かべた公爵は通りがかったメイドさんに空き部屋の有無を聞き、同行するようにと手振りで俺を招き寄せた。思わずため息をつきそうになって、なんとかそれを隠しながら公爵の後ろに付き従う。

余談になるが前世の中世や近世では王宮にもトイレがほとんどなかったというのは割と有名だが、理由に関しては多少誤解がある。貴族の館とか宮殿とかの場合、なにせ部屋の大きさが大きさだ。部屋から外に出る扉まで何メートルも歩くなんてこともよくある。

しかも、マナーで言えばゆっくり歩くのが貴族の歩き方だ。女性はそれこそ優雅に淑《しと》やかに歩かなきゃいけない。そして着ている服がアレだ。布地も多いし一人で脱ぎ着できないような服だってあるし、ゴムはないから服は紐《ひも》で結んでいるか、背中のボタンで固定している。大人だけではなく子供だって同じだ。

結果、どうなるか。建物の中にトイレがあったとしても、そこに行くまで数十メートルをゆったり歩いてトイレに入って一人では脱ぎ着できないような服の紐をほどいて……とやっていると間に合わんのだ。子供の場合は特に。しかも用を足した後で自分一人では着ることができないなんて事態さえ起こりえる。

そうなると水道の有無とは別にして、部屋という部屋に蓋を閉めておくと予備の椅子に見えるチェンバー・ポットと呼ばれるおまるを用意しておく方が確実という事になってしまう。前世では噴水があるのにトイレがないとよく言われていたが、貴族の生活にあうようにトイレを作ると部屋ごとにトイレを作らなきゃならなくなっちゃうんだよ。

まあ、冷静に考えるとおまる《チエンバー・ポット》の方が合理的だったというのは笑っていいのかどうか。しかもそれでも間に合わずに庭でとか、脱ぐとどうにもならんドレスの場合は立ったまま廊下の隅でとかいう事も多々あったようだが。服が華美すぎるのと宮殿が広すぎるのが悪かったのかもしれない。

この世界では一応上下水道完備ではあるし、魔物素材《モンスター》でゴムのようなものもある。ドレス用の魔道具《マジックアイテム》さえ存在しているのだが、それでも貴族のマナーやドレスの布地が多いのは前世とあまり変わらない。そのため、一応どの部屋にもそういう家具に見えるものも用意されてはいる。

宮殿で働くメイドさんはどの部屋が空き部屋かを大体把握しているので、急に用を足したくなりトイレまでもたないと思ったら空き部屋に案内してもらい、そのメイドさんに第三者が部屋に入ってこないように扉の前で見張ってもらう。その際に心づけを渡すのが普通で、時代を下るとこれがこの世界でのチップ文化の発祥とか言われるようになるかもしれない。異世界王宮トイレ事情だな。

「座りたまえ」

「はっ、失礼します」

しょうもない現実逃避をしている間に特に使用されていない部屋に招き入れられて、椅子を勧められた。執務室に呼び出されたとかではない以上、確かに難しい話ではないのだろうな。

許可を頂いているのもあり、一礼して座らせてもらうと公爵がさっそくとんでもない事を言ってきた。

「子爵には婚約者はおらぬのか？」

直球だな。飲み物を飲んでいたら吹き出していたかもしれない。一瞬自室に積んであった釣書と似姿の束を思い出してしまった。

というか、孫娘《ラウラ》に近づくなと言わんばかりだった態度の人が言う事ではない気がする。

もっとも、自分の家族ではなく派閥の貴族から誰か年齢的に合う相手を選んで嫁がせるとか、貴族なら普通にやることではあるか。

「今はおりません。それに考えてもおりません」

「ふむ」

「今は国難の時でもありますので」

事実ではあるはずなんだが、俺自身が逃げ口上だなと思わなくもない。が、公爵はなぜか納得したように頷《うなず》いた。

「なるほど、インゴ卿のご子息だな。伯爵のような御仁に育てられれば卿《けい》のようになるのかもしれぬ」

「は……」

はて、父ですか。いやまあ、父はどっちかといえば真面目な人だとは思うが。訓練したいとか勉強したいと頼んだら教師の手配もしてくれたし、婚約は考えていませんと主張したらそれも受け入れてもらえているが、そういうことではなさそうだ。

ただ、公爵が言いたいことの一面は解る。仮に父がとんでもない遊び人だったら俺が提言をしても聞く耳を持たないという反応をした人もいただろう。公爵やほかの貴族の中で俺を評価してくれている人がいるのは事実だが、ツェアフェルトだからという面は間違いなくあるはず。そう考えれば父が陛下の重臣であったことは幸運と言えるだろうな。

「その件はひとまず置こう。卿は王都に避難民が多数来ていることを知っておるか」

「この目で見てはおりませんが聞き及んでおります」

頭の痛い問題である。魔軍が同じように避難民を装って潜り込むのは警戒できるとしても、単純に人口が増えるだけで政治に携わる人たちにとっては負担にしかならない。

「確か、とりあえずの仕事をさせているとか」

「その代わりに食事を提供しているがな」

その食事には、出没状況が変わり数が増えた結果大量にとれるようになった魔物肉で対

応していると の事。魔物が怖くて王都に逃げてきた人たちが魔物の肉を食っているというのは何とも皮肉なことだ。

「しかし、仕事を割り振るにもそろそろ限界だ」

「それは……」

そりゃそうだろうとは思う。もともと王都っていうのは労働力が十分に足りている事の方が多い。言い方は悪いが、人手が余り気味で職にあぶれる人物が出てくるから裏街《スラム》なんてものができるぐらいだし。

この中世風世界は国全体を見渡せば人口が多いという訳ではない。が、それこそ魔物なんてものが出没するために人間の活動範囲そのものが広くない。その結果、人間が活動できる範囲に人口が密集して生活しているという方が近い状況だ。

そこに魔王復活の結果、魔物が狂暴化したことで、表現はともかく生簀《いけす》の網が狭められるように人間の活動範囲が狭くなりつつある。そこに外部から人が流入してくるんだから、放置しておけば生活圏が人間で溢《あふ》れるような事態になりかねない。いわば人類社会全体が分断されたうえで各個に包囲戦を仕掛けられているような状況だという事になる。

思わず考え込んでしまった。そこまで考えていたわけじゃないが、これは意外と深刻な状況だぞ。真綿《まわた》で首を絞められるように人類の生存範囲が奪われつつある。しかもトライオットのように国一つが丸ごと攻め滅ぼされるような状況を見せつけられては、騎士団などの実働戦力は可能な限り温存しておきたくなるのは当然だ。だが、目先の安全確保で守りに入ればやがて包囲殲滅《せんめつ》されるのを待つだけという事になる。

なるほど、と思わず納得してしまった。これは勇者という存在に頼りたくなる気持ちもわかる。広域に面を守る騎士や軍は自分たちや民を守るためにも動かせない。仮に動かせたとしても今度は物資の消費量が多くなりすぎる。狭い範囲に人口が増加している状況で物資を大量に消費していけば最後にはじり貧だ。

それを打破するためには、少数で相手の中枢を直撃して大将首を獲《と》るような奇襲部隊を選抜するという話になるのはおかしくない。ゲームと違う状況になっても陛下がマゼルたちに魔王討伐を任せた判断は、魔物暴走《スタンピード》後の社会情勢的に間違っていなかったのか。選択肢としてベストではないかもしれないが、ベターなのは間違いない。

だが、そうなると王都の現状を放置しておくのは下策だ。追い詰められた地方の貴族あたりは自分の領地を守るための戦力が足りないと国に援軍を請求しつつ、勇者《マゼル》に魔王討伐を急がせろとか言いだしかねん。

そして無理をさせた結果、勇者《マゼル》が魔王に返り討ちにあえば、人類側が取れる選択肢は魔王軍主力と乾坤一擲《けんこんいってき》の正面決戦だけということになりかねない。魔物暴走《スタンピード》なんか目じゃないほどの強力な魔物《モンスター》の軍団に、中央集権的な規律がなく隊同士の通信手段も持たない中世の軍隊が勝てるか。無理だな。よしんばその場では勝てても、主戦力を戦場に集中させた結果、どこからともなく湧いて出て来る魔物《モンスター》の処理ができずに地方の町や村には壊滅的な損害が出るだろう。最後には人類側が押し切られる。

　しばらく黙っていた公爵が俺の目を見て口を開いた。

「状況は把握できたか」

「よくわかりました。確かにこれは放置できません」

　マゼルが魔王に返り討ちにされるなんてことにならないようにするためにもな。

　それにしても、マゼルが魔王を倒すまで王都から逃げておこうなんて、以前の俺は考えが甘すぎたなと内心で苦笑いするしかない。それまでに発生する損害を考えればどこにいたって問題しかないもんなあ。

「卿ならばどうする。何か考えはあるか」

「まず、王都の水は足りているのでしょうか」

「生活だけならばあの水道橋があるおかげで足りている」

「水道橋を建築する以前の水源はどうなっているのでしょうか」

「まだ調査中だ」

　うーん。これは少し悩ましいな。現段階で食糧不足は避けられているとはいえ、王都の近郊でこれ以上一次産業を拡大するのは難しいという事か。一次産業ってかなりの量の水を使うからな。もし王都付近に農場を作ろうとすると畑の安全確保と並行して水の管理まで確実に行わなければ水不足の再来の危険性があるのか。

経済という事がある以上、とにかくただ食料を配るだけの政策など愚の骨頂。王都に流れ込んできた人たちに仕事を与えなきゃならず、しかもそれが無駄にならないような内容でなくてはならない。魔王復活という現在、無駄な事業をする余裕があるような情勢じゃないしな。一石二鳥とまで都合のいいことができるわけではないだろうが、せめて石一つを投げて一鳥を落とし、もう一羽に油揚げを攫《さら》われないようにしないといかん。

そういえば、王都の住人が手ごろな武器を購入する例が増えているとかいう話があったはず。武器はまだ王都の中に余裕があるのか。その武器を買い上げるような政策はどうだろう。金銭ではなく食料品や魔石などの生活に便利な魔物素材の品と交換とかなら当面の現金流出は避けられる。

そして村ごと王都に逃げ込んできたとかいう集団がいれば、中には狩りの経験がある人間もいるだろう。それに魔物暴走《スタンピード》以後、解雇されてしまった人間の中には館の門番や警備兵だった人物だっているはずだ。武力偏重で騎士が重視されているこの世界、多少の戦闘経験のある従卒や兵士も残っていると思いたい。彼らに武器を手配することはできそうだ。

諸々《もろもろ》の状況を脳内でまとめて、俺は口を開いた。

「そうなると、まず王都周辺の街道整備からでしょうか」

「街道整備？」

「王都で食料を増産することができない以上、周囲からの物資輸送は必要不可欠です」

本来ならばローマ街道みたいなものが作れれば一番いいのだが、今回は王都に流入してきた民の労働場所という面があるのでそこまでしっかりとした道を作るような時間も技術もない。それでも、自然にできてしまう轍《わだち》を埋め、小石を道に敷き詰めるだけでも馬車が通るための道としてならば安定性は飛躍的に高まる。

より遠くから王都に向かう途中の輸送は別々の道を使ってもいい。四方八方から中継点になる町までは各ギルドなどに輸送してもらい、中継点となる町や村から王都までは大規模輸送隊を編制し舗装した道路を使い一気に運ぶ。集団輸送の形にすれば警備を担当する人間の負担が少なくなるだろう。

ちなみに余談になるが、外見は小さな鞄《かばん》なのに大量に物が入る魔法鞄《マジックバッグ》はゲームでは一人で鎧《よろい》さえたくさん運べるほどの容量があったが、そこまで高性能の物は少ない。

その魔法鞄《マジックバッグ》は貴族なら国に申告の義務があるし、それ以外では冒険者や商人といった各ギルド経由で所有者の登録が義務付けられている。登録が義務付けられているのは、違法薬物や密輸などで使用されないようにするためだ。仮にそういったご禁制の品が発見されて、流入ルートが判明しないときは魔法鞄《マジックバッグ》の所有者が疑われることになる。

国家の輸送事業などで所有者を指名する形で優先的に依頼の話を持っていくこともあるが、今回はどうだろう。魔法鞄《マジックバッグ》の所有者は普段から仕事が多いが、現在のような状況では引く手あまたのような気がする。まあ今の段階でそこまで求めるのは無理か。

「食料を輸送する際、魔物《モンスター》からの安全を確保するためには集団で輸送をさせ、そこに護衛をつけるのが望ましいですが、馬車の列でどれか一台が立ち往生してしまうと集団の車列そのものが動けなくなります」

「商人や各町単位の個別輸送では護衛の戦力が何人いても足りぬか。そして集団で一度に量を輸送するためには道の轍を埋めておく必要があると」

「第一班は王都から見て一日は北、三日は西、五日は南、七日は東というような形で輸送をさせて、第二班は二日に北、四日に西と一班とは違う順番で町を巡回させます。集団を護衛させる形にすれば兵も適度に休みが取れるでしょう」

戦闘力がある人員だけが負担が大きくなるのは絶対に避けたい。今後の王都防衛の事も考えてな。そのためには特に将兵の休みを確保することを前提にする必要がある。

「まず道の整備に、次いで食料品輸送の労働力として流入してきた民に働いてもらうのがよいかと思います」

「なるほど、それならば農耕経験しかない民でも働くことができるな」

「はい、必要とあれば魔道具《マジックアイテム》を使う事も考えるべきかと」

俺は実物を見たことはないんだが、土を生み出す魔道具《マジックアイテム》もあったはずだ。魔物《モンスター》肉を確保する時に入手した魔石を消費する場所にもできそうな気がする。供給過多になって魔石の価格が下がってしまうと、今度は冒険者が魔物を狩るための意欲が下がるしな。

「そして、街道整備や輸送集団の護衛には希望者のほか、戦闘経験がある者を集めましょう。魔物暴走《スタンピード》やフィノイ攻防戦で生き残った人もいるはずです」

「確かにいるであろうが、そのような、生き残っただけの人間は戦いに向き合うための心構えが……」

と言いかけた所で公爵が頷《うなず》いた。

「なるほど。フィノイの戦場と同じか」

「はい。現在の王都近郊の魔物なら敗戦経験の印象が強い兵士であっても戦えます。よい装備を貸し出してもよいかと。そして戦って勝てば徐々に自信を取り戻せるでしょう」

「そういった歩兵が戦力として計算できるようになれば、もし騎士団が王都を離れても籠城ぐらいはできるようになるな」

さすがに鋭い。俺の目的もそこにある。騎士団が王都を離れている所で第二次魔物暴走《スタンピード》が王都近郊で発生するような状況が起きたとしても、少なくとも籠城戦には人手が十分に足りる程度の戦力を新たに準備しておきたい。

意欲のある人間に準備する武器を本来なら持つ必要のない民衆から集める事や、街道整備の警備体制にトライオットの難民護送時に俺がやった船団護送方式の基本的な説明などもしておく。

「後は予算ですが」

「現状では潤沢であるとは言えぬ。まず、いくつかの貴族家に仕事を割り振ろう。特に若い貴族にな」

なるほど。前当主が魔物暴走《スタンピード》やフィノイ防衛戦で戦死したような貴族家の次期当主に対して、地位にふさわしいだけの実力を見せろという名目でこういった公共事業を割り振るという方法があるのか。割り振られた貴族家には迷惑な話だが、割とよくある話でもある。

「それに、魔物素材を隣国に輸出することで予算を捻出することもできなくもない」

「購入するような国があるのですか」

「わが国と異なり魔王復活後に慌てて武器を準備している国もあるのでな。フィノイの戦場で手に入った魔物の武器がそのまま売却できる」

何ともいえない目を向けられてしまった。いやまあ、魔物暴走《スタンピード》の直後から武装の改善案を提案していたのは確かに俺だけどさ。

「あの武装があったからこそフィノイ防衛戦や今回の王都内で損害を減らすことができた。よい提案であったぞ」

「恐れ入ります……」

役に立ったんならよかったと思うが、視線が怖いよ。

「提案内容は解《わか》った。書面にて提出してもらいたい」

「は？」

え、俺が出すんですかと思ったが、公爵は面白くもなさそうな顔でその俺に応じた。

「卿《けい》が直接その任に携わる事はできないであろう。告知と担当者の人選に時間がかかる。今から陛下や王太子殿下、宰相閣下に話をしておく。手配を進めておこう」

「それは、ご配慮ありがとうございます」

いやあの、父に余計なことに首を突っ込むなと言われているんで、できれば自分の案じゃないことにしたかったんですが。とはいえ公爵閣下が先に根回ししてくださるというのに提案書なしという訳にもいかないか。

「それに、卿のような若者の案を盗まねばならぬほど私の立場は弱くない」

「お、恐れ入ります」

そういう心配をしたわけではなかったんだけど。余計なことを言ったような気がする。公爵のご不興を買わないためにもやるしかないが、今日も睡眠時間が削られるなあ。

◆

その日の夜、伯爵邸に戻るとすぐに執事であるノルベルトを呼び出す。この疑問はちょっと放置しておきたくなかったからだ。フレンセンもその場に控えさせて話を聞かせておくが、これは万が一に備えての証人として。政治的にフュルスト伯爵家の弱みとかを調べている訳じゃないですよ。

「お呼びでございますか、ヴェルナー様」

「ああ。俺は近いうちにアンハイムに赴任することになるが、その間にちょっと調べておいて欲しい事がある」

そう言ってから、フュルスト伯爵の嫡子であるタイロン卿《きょう》の事、特に交友関係を調べてほしいと頼む。ノルベルトがやや不思議そうな表情で理由を聞いて来た。俺の返答が確認のための質問になったのは許してほしい。

「タイロン卿には婚約者とかはいないよな」

「そのように伺っております。聞くところによると第二王女殿下《ラウラ》にお気持ちが傾いているとか」

さすがラウラ、タイロン卿もかよと思ったが、ラウラが美少女《ヒロイン》なのは事実なんでそれ自体は驚かない。が、やっぱり不自然極まりない。むしろ違和感という煙の向こうに不審という炎がちらっと見えたような気さえする。

「タイロン卿は俺どころか俺の兄の元婚約者より年上だ」

「はい」

「仮に俺より十歳年長だとすると、今の俺と同じぐらい、つまりタイロン卿が婚約者を選んでもおかしくない年齢の頃、相手の第二王女殿下《ラウラ》は五歳前後だ。その頃に殿下を見初めてそれからずっと想《おも》っているのはいくらなんでもおかしくないか」

いやまあ、タイロン卿がとんでもない幼女趣味《ロリコン》って可能性もゼロじゃないかもしれんが。それにしたってその頃からずっとラウラの事だけを考えているのはいくらなんでもおかしい。俺の発言を聞いてフレンセンが思わずというように口を開いた。

「確かに……」

「だがそれ以上におかしいのは、俺たちがそれを今まで不自然だと思わなかった点だ」

そこまで口にするとさすがのノルベルトも少し表情が動いた。

「バスティアン卿もおかしいと思わなかったという事ですかな」

「まったく思わなかったとは考えたくないんだが、タイロン卿に婚約者を薦めるような事をしたとも聞いていない」

タイロン卿の考えが本人の思考であるならまだいい。個人の趣味にまで口を挟むつもりもない。だが、誰もそれを不自然に思わなかったこと、そこが不自然だ。

それが何か、例えばそれこそこの世界における脚本家の意図であったとしたら、意外とこの件は根深い問題になるかもしれない。例えば、誰か別人への想いがいつの間にかすり替えられてラウラに向かっているとか。ラウラに関する神託の疑念もある以上、この違和感は放置する気になれない。

「調査の件を伯爵様にはお伝えしても？」

「それは問題ない。ただ父の業務が一段落したあたりで報告をしてくれ」

すぐに回答が出るようなものでもないし、父の仕事の邪魔をする気はないんで、そのあたりはノルベルトの判断に任せた方がいいだろう。

「とりあえず内々で調べてくれ」

「承りました」

ノルベルトが頭を下げて退出するのを見送って、一つ大きな息をついた。疑わしい問題であるのだが、俺の体は一つしかない。打てる手を打っておいて後は流れに任せるしかないんだよなあ。胃が痛い。

そして思わず嘆いたのは、この後で公爵に提出する街道整備に関する提案書を書かなきゃならんからだ。こっちはこっちで手間が恐ろしくかかる。トライオット難民護送の際に提出した書類の下書きは残っているが、提出書類そのものは手元にない。この世界にはデジタルデータもコピー機もないからしょうがないんだけどさ。

魔物《モンスター》の出没状況や種類、船団護送方式をベースにした警戒態勢のシステムなどはあの時の資料を参考、と書いても担当者が本当に確認してくれるとも限らないので、大雑把な概要だけは書いておいた方がいいだろう。

フレンセンにリリーを呼んで来てもらい、二人が執務室に来るまでの間にこれから書く提案書の内容の小題だけを殴り書き。書き落としがあると後で困るから注意すべき部分を小さく書いておいて、必要な資料を棚から引っ張り出したところで二人が戻って来た。

まずリリーに図を頼む。といっても杭《くい》に簡単な文字が書き込んであるようなもので、街道沿いに設置するためのものだ。木の杭で基本部分を作り魔物素材、特に前回フィノイの戦場で大量に手に入れたであろう爬虫人《レプタイポス》の皮を巻いて補強する形にしてもらう。

「これは何ですか？」

「標識《マーカー》だね」

不思議そうな表情で聞いて来たリリーの質問にそう答える。これは街道整備に使うもので、マイルストーンを参考にし、東西南北というような方向と通し番号を掘り込んでもらう事を想定している。これを整備の進捗に合わせて街道沿いに打ち込んでいけば、工事に携わる人間が入れ替わってもどこまで作業が進んだのかがわかるって寸法だ。

と同時に、街道の整備が終わり大量輸送を始めた後に荷馬車が嵌《はま》って動けなくなるような轍《わだち》ができてしまった場合、例えば『六番標識と七番標識の間で馬車が立ち往生《スタック》するような轍がある』という形で報告があればすぐにそこに補修の人員を送り込むことができる。道のどこかで轍が深い、だと補修工事を始めるまでの時間が無駄になるからな。

この世界では町の外にいると常に魔物《モンスター》に襲われる危険性がある。魔王復活後の現状では凶暴化した魔物が襲ってくるのだから、なるべく効率的にしないといけない。そのあたりを説明して納得してもらうと、それとは別にリリーにこの街道整備とは全く別に使う物の形を説明し、それを描いてもらいつつ俺自身は提案書を書く事に集中する。

「リリー、そっちが一段落したら悪いが紅茶を頼む」

「解りました。何か軽くつまめるものもご用意いたしますね」

しばらく後に提案書の基本部分を書き終え、次にやる事を準備してからそう頼んだら、リリーに気を遣われてしまった。ここんとこ毎日、深夜まで仕事をしているからなあ。

アンハイムに持って行くためのリストと、そこで使うちょっと大きめの組み立てる物の参考になりそうな書類をフレンセンに取りに行ってもらう。

戻ってくるまでに書けるところを書いてしまおうと記述を続けていたら、リリーがお茶と軽食を持ってきてくれた。チーズや薄く切ったパンと何種類かのジャムを皿に取り分けてあって、片手で摘《つ》まめる、冷めても食べられるものだ。わざわざ作ってくれたらしい。

ちなみにジャムはベリー類や無花果《いちじく》、林檎《りんご》、梨、榲桲《マルメロ》などで作られる。砂糖を使う事もあるが、砂糖そのものが高価なので蜂蜜を使う事の方が多い。個人的にはむしろ上品な甘さになっていると思う。

「ありがとう、助かる」

「いえ。あの、ヴェルナー様……毎日遅くまでお仕事をされてはお体に差しさわりが」

「うーん」

とうとう言われてしまった。そりゃまあ、疲れていないと言えば嘘《うそ》になるのかもしれんけど。それでも旅の空にいるマゼルと比べれば俺の方が絶対に楽をしている。少なくとも命の危機はないからな。

ただそんなことを言う気はない。マゼルが危険な旅に出ているということはリリーも理解しているだろうが、わざわざそれを強調するようなことを言って不安にさせる必要はないし。とりあえず、俺の方に話を集中させることにしよう。

「今やっておくと後で楽になるんだよなあ」

半分は本当。ただ、後で楽になるかどうかは実はわからない。それでもやっておかないと後で手遅れになる可能性がないとは言えない。

「それに、リリーにもずいぶん助けられているから楽になっているんだよ。ありがとう」

「い、いえ、そんな」

擬音をつけるなら『わたわた』だろうか、慌てたような表情を浮かべられた。だが事実だ。目の前でイメージ図を描いて、指示通りに修正までしてくれたというだけでものすごく助かった。文字だけの書類と絵の入ったものだと情報量が全然違うからな。

「まあでもあれだな、明日の朝は消化のいいものにしてもらえると助かる」

「わかりました。ミルヒライスにしますか？」

「あー、朝から甘いのは避けてくれるかな」

前世でもフィンランドやデンマークなどのスカンジナビア地域では中世から米の粥《かゆ》があったし、十四世紀イギリスのレシピには米を使った料理の記録がある。それと同様、この世界にも米料理があるんで、その気になれば米料理も食える。ジャポニカ米と違う感じなのは残念だし、調理法も炊いて食べるのではなく、茹《ゆ》でてスープの具なんかに使うのが普通だ。柔らかく茹でたものをサラダなんかに混ぜたりもする。

ミルヒライスっていうのは米を牛や山羊《やぎ》の乳で炊いてジャムで味付けをする、甘みのある粥みたいなもの。たまにアーモンドミルクで炊くこともある。この世界では砂糖は使わないが、ライスプディングの一種だろう。デザートじゃなくて一応主食だ。たまに豆はともかく魔物《モンスター》の素材も一緒に煮込んだ雑炊みたいになって食卓に出てくるあたり、ここが異世界だなと思い知らされる。

余談だが、アーモンドに関しては前世だとギリシャ神話に登場するぐらい一般的な食材で、それはこの世界でも同じだ。アーモンドミルクは家畜の乳と違ってある程度保存が利くので、料理に使われることも多い。実は俺、前世だとちょっと苦手だったんだが、この世界だとこれが普通なんで舌が慣らされた。

「では野菜のスープにしてもらうように伝えておきます」

「頼む」

そう言うと頭を下げてリリーが退出した。どうやら納得してもらえたらしい。ちょうどそこにフレンセンが書類の束を持って戻ってきたんで、作業を進めることにする。あんまり心配させるのも何なんで適当なところで休みたいけど、どうなるかなあ。悩むより手を動かすとするか。はあ。

◆

「他人に命じ、行わせるだけではなく、自分の都合のいいように誘導するのも貴族というものだな」

ヴェルナーが提案書に悪戦苦闘していた頃、おのれの執務室で王太子ヒュベルトゥスはグリュンディング公爵からの話を聞いて小さく笑った。公爵はというと、やや難しい表情を浮かべている。

「ツェアフェルト子爵の見識はかなり広く、判断力もあります。まだ経験は足りませんが」

「あの年齢では仕方があるまい。それに、経験が豊富では卿《けい》のやり方は通用しなかったのではないか」

どこか楽しそうにヒュベルトゥスはそう言葉を継いだ。確かにその通りではあっただろう。公爵は『このままだと問題が起きる』という事をヴェルナー自身に気が付かせると同時に危機感を覚えさせ、その対応策をその場で質問するというやり方で案を聞きだしたのだ。一度、持ち帰らずにその場で公爵の質問に答えてしまった点でヴェルナーは貴族としては甘かったといえるが、これは年齢というよりも性格の問題であっただろう。

「確かにそうですな。とはいえ、軍務と政務、両方に配慮ができる子爵の目は捨てがたいと考えます」

「出世させる価値はあるか」

「十分に」

この世界での〝出世〟は地位が上がる事や金銭を稼げるようになる事だけではなく、人々の中で声望が高まる必要がある。それも行動・行為や知識での評判が不可欠だ。更にその行為や知識が自分だけにとどまらず、他者に対しても何かを与える姿勢を兼ね備えている事が望ましい。自分一人の利を図るような人間や、他者を批判するだけの人間は出世させるに値しないと思われているのである。ヴェルナーがもしこの会話を聞いていれば、そこは前世の中世と同じなのか、と内心で思ったかもしれない。

「公も随分と評価しているようだな」

「一族の娘を嫁がせてもよいかと思っておる程度には」

「セイファートも孫娘がいない事を残念がっていた」

ヒュベルがそう言ってまた笑う。先ほどよりは多少その笑みが鋭かったが、公爵もその事に執着しているわけではない。真顔に戻ったヒュベルが口を開いた。

「ツェアフェルト伯爵にも確認したが公的な婚約者はいないようだ。子爵本人には誰か気になる娘はいるのか」

「あの様子ではいないのではないかと」

今の段階でヴェルナーが派閥に取り込まれれば、国家のためにではなく派閥のためにその知能を使うように歪《ゆが》んでしまう危険性があり、それは魔王復活という国難の時期においては国益を損なう事であるとヒュベルも公爵も理解している。

貴族として派閥を強めたいという欲はあるが、その欲に目がくらむようでは大国の外戚という立場にはなれない。今後の事はともかくとして、公爵も今の段階でヴェルナーに婚約者を、などと考えることはしなかった。

「ならばよいか。一部の考えが足りぬ者に釘《くぎ》を刺しておく必要はありそうだな」

「御意。子爵の提案についてですが」

「大筋で可とする。街道の整備は南方向への整備から始めることにしようか」

素早く騎士団を移動展開させるためには、道の整備も必要不可欠である。南の旧クナープ侯爵領方面が戦場になることを予想している以上、たとえ半日分でも素早く軍を展開できる態勢を整えておきたい。ヒュベルはその意図をもって南への街道整備を優先するように指示を出し、公爵もその意図を正確に把握していた。

「地方の貴族に対してはいかがなさいますか」

「現時点ではすぐに援軍に向かえるように街道を整備しているとだけ伝えておけばよかろう。街道がある程度形になるまで個々の貴族領でできることをせよ、とな」

「御意」

最も危険なところを国に任せようと考えるような貴族もいないわけではない。そういった地方貴族家に対し、ヒュベルは自助努力をしている貴族領から順に王国は手を貸すぞ、と応じるつもりだと述べたのである。魔王復活という国難の状況でなおもこういった牽制《けんせい》をしあうのが国という組織の避けがたい一面であったかもしれない。

やがて外交問題の一つにある程度のめどをつけた宰相もこの場に参加し、どこの貴族家にどのような助力をするかなどの案をまとめ終えたのは、日が変わって大分経《た》ってからの事であった。

◆

翌日からはぱたっと伯爵邸《ツェアフェルト》にお茶会の招待状とかは来なくなった。左遷される奴《やつ》に用はないという事なのか、赴任までの手間を知っているから遠慮してくれたのかはわからない。正直うるさくなくて有り難い。

　父によると俺がアンハイムに赴任している間、勇者《マゼル》の家族を預かりたいと言い出した馬鹿貴族が釣れたりもしたらしい。対応は父が引き受けてくれたんで後は知らんが、そういう奴もいるだろう。王家はそのあたりも狙っていたのかもしれん。

　そして現在、先日のリリーのというかバッヘム伯やレスラトガの問題に関する関係者への報告を受けている最中である。もっとも王太子殿下たちは忙しいらしく、俺の執務室に役人が来て個別に報告してくれている格好だ。

「まずは先日の件でのお働きに関して、子爵にはお褒めのお言葉を預かっております」

「ありがとうございます」

　形式論かと思ったがどうも違うらしい。この一件でヴァイン王国は外交的に有利になるという事だ。

　ちなみに相手が役人でも国から説明に来た使者という扱いになるんで、向こうは子爵という俺の地位に対して、俺の方は陛下や王太子殿下の代理という相手の役目に対して敬語を使う。とはいえ、公的報告というよりも情報共有のため連絡しておく、という程度なのでそこはお互い軽い礼儀だ。

「何分、我が国の王都内部に魔物《モンスター》が潜入していたなどというのは外交的に恥でしたが、レスラトガでも同様であることが判明いたしましたので」

「ああ、なるほど……ってレスラトガでもですか」

前半に頷《うなず》いたが後半には驚いた表情を浮かべてしまう。どうしても俺の思考はゲームとしての知識とこの国の貴族としての立場に引きずられるが、他国には他国での動きがいろいろあるんだろうな。

「レスラトガは現在、内部で第一王子と第二王子が後継者の座をめぐって抗争中でして」

「ほう」

外国であるヴァイン王国《このくに》でも評判になるほどなのか。うーん。確かあの国、ゲームだと王様しか出てきていなかったんだが、王子が二人もいたのか。このあたりはゲームに貴族が出てこなかったのと同じなのかな。

「第二王子の側近であったものが魔族で、本件の裏で糸を引いていたそうです。第一王子派から非公式にですが感謝の意を伝えられました」

ヴァイン王国に赴任していた大使は第一王子派だったらしい。大使はマゼルの家族が拉致された後の責任を押し付けられるところだったということになるのだろう。

第二王子とやらは家族を人質にしてマゼルを自分の部下に加えようとでもそそのかされたんだろうか。一発逆転を狙うぐらいに追い詰められているのかもしれないな。その辺、詳しく知ってもどうにもならんが。

しかしヴァイン王国だけでなかったとなると、レスラトガ以外の国でも当然同じように魔族が潜り込んでいるような事態は考えられる。あ、外交的に恥でしたって過去形なのはそういう事か。

「ヴァイン王国は既に内部の魔族は排除済みだが、貴国ではどうか？　と問えるという事ですか」

「そうなります。大きな声ではありませんでしたが、今まで我が国は王都に魔族の侵入を許したと陰で笑われておりました。それがレスラトガでは王族の側近にさえ入り込んでいたことで、魔族の排除手段を提供して差し上げよう、と方法《ノウハウ》を教える側に回れる事になります」

俺みたいな自国の貴族相手とはいえ、随分露骨な言い方だな。外交に関わる立場が高いか、そういう人と普段から接している印象がある。この人、ただの役人じゃないな。役人でも上の方か、ひょっとすると貴族の側近あたりかもしれない。

派閥問題に巻き込まれたりしたくないし、相手の立場が分からないからあまり手の内を見せるのはやめよう。不自然にならない程度に話を少しそらすことにする。

「ラフェドと名乗った商人も第二王子派ですか」

「ええ、そうなります。もっとも、魔族が立てた計画だとは知らなかったと泣いて縋《すが》りついてきましたが」

あのおっさんが縋りつく？　嘘《うそ》だろ、というか演技だろそれ。生き残るためなら恥も外聞も捨てられる、というのは人間的な強さがあると言えなくもないか。

それにしても、ふむ。第二王子はリリーたちを人質にマゼルを部下に加えようとするつもりだった。ところがそれを計画した魔族は、実は途中でマゼルの家族を掻《か》っ攫《さら》おうとしていたという流れになるのか。レスラトガの城壁外にいた魔物《モンスター》はその横取り要員だったわけだな。

そうなるとこれでライバルが自滅した第一王子が後継者として地歩を固めることになるだろう。一方、第二王子とはいえ王族が魔族に踊らされたレスラトガに対し、我が国は外交関係を有利に進められる。関税か何かをネタに交渉していそうだ。それ以外の国との関係もあるだろうし、そりゃ確かに外交担当や陛下はお忙しかろう。

「わが国のバッヘム伯はどのような意図で他国に協力を？」

「それが何とも」

苦笑された。微妙に同情交じりなのは何だ。

「いささか複雑なのですが、バッヘム伯爵はもともと子爵家から婿入りしており、現在の奥方は後妻でして」

「はあ」

「先代伯爵の娘であった先妻との関係はとても良かったらしいのですが、先妻が病没後に後妻に入った今の奥方との関係は非常によろしくなく」

後妻の方はなんと先代伯爵の妹なんだそうだ。それ、奥さんの方がかなり年上になるんじゃないか。家付きで年上の奥さんと爵位が下の家から婿入りした年下の旦那。うわ、立場弱そう。

「バッヘム伯の長男が先妻の子、次男が今の奥方との子になるのですが、今の奥方が次期伯爵は自分の子だと主張し、夫にもそれを認めるようにと日々迫っていた様子で」

「まあ……よくある話ですね」

こっちもお家騒動絡みか。っていうかその次男、本当に伯爵の実子ですか。この世界、DNA型鑑定とかないからなあ。

「耐えかねたバッヘム伯は領地を離れ、長男と王都に長期滞在しながら、奥方が〝病死〟か〝事故死〟してくれることを望んでいたところで、あの男と知り合ったそうです」

ヴァイン王国内部での協力者を探していたラフェドの方から近づいたんだろうな。奴は商人と名乗っていたらしいが、毒物にも詳しかったようだ。そういえばあの騎士、痺《しび》れ薬を使っていたな。

「勇者殿の家族をレスラトガに引き渡す代わりに、バッヘム伯の奥方が〝病死〟する手はずになっていたようですな」

思わず脱力。理由それかよ。そりゃ陛下も怒るわ。いや伯爵本人は相当に奥方殿から追い詰められていたのかもしれんが。案外、奥方に自分と長男の命を狙われたりしていたのかもしれない。貴族家って裏側ドロドロしていることも多いからなあ。どっちにしてもこっちを巻き込むなとは言いたいが。

「バッヘム伯は陛下に対し、『魔将と互角に戦える勇者は危険な存在で、自分は国の為《ため》に勇者を他国に追い出し、かつ相手の国に政争の種をまこうとしていたのです』と弁明しておりました」

「陛下は何と？」

うん、ポーカーフェイスもうまくいったと思うし声も平静だったはずだ。やっぱりこういう事を言い出す奴も出てきたか。

とはいえバッヘム伯の場合はただの言い訳だし、これを受け入れたら王家が勇者をそう見ていますと宣言してしまうようなものだ。国がその言い訳を受け入れるはずもなく、むしろ悪手だろそれ。

「『卿《けい》が勝手に勇者を危険視したことが、他国の人間と組んで我が国の民を拉致する理由になるか』と酷《ひど》くお怒りになられ、〝鼠《ねずみ》の穴〟に入れるようにと」

「あー……」

同情する気はないが何というか哀れには思おう。

牢獄《ろうごく》と言われて連想するのは、広めの部屋サイズで三方が石壁、廊下に面した側が鉄格子になっている奴だろうか。中に多人数ぶち込んでおく程度には広いイメージもあるだろう。実際そういうのが一般的だ。

一方、貴族が入牢させられる場合、窓とかに鉄格子はあるが、まあほとんど個室と変わらない特別室がある一方、壁や床に手《て》枷《かせ》足枷《あしかせ》のついた鎖が埋め込まれていて、終日そこに繋《つな》がれるようなきつい牢獄ももちろんある。が、〝鼠の穴〟は別格。

あれは特に重罪犯を入れるための場所で、前世のサイズで言うと高さがせいぜい一メートルちょっと、横幅四〇センチ、奥行き六〇センチぐらい。文字通り周囲を石壁に囲まれた横穴で、扉というか厚い板で出入り口をふさがれる。

サイズから想像できると思うが、大人が入れられた場合、立ち上がるのも無理だし横にもなれない。終日壁に寄りかかって座っているしかなく、寝るのも食事もその姿勢。明かりもないんで夜は真っ暗だし、トイレもないんで垂れ流しにするしかない。そして着替えなんかないからそのまま過ごすことになる。

要するに入れられること自体が拷問、っていうのが〝鼠の穴〟って場所。前世の知識でいえば、入れられたら最後、心的外傷後ストレス障害《PTSD》間違いなしって所だ。貴族がそんなところに放り込まれたら、自分から石壁に頭打ち付けて〝事故死〟したりしないかね。

「長男も別の牢に。また奥方と次男も捕縛のため兵が動いております。バッヘム伯領も王室預かりとなりました」

「なるほど。状況は理解できました。……ご連絡とご説明ありがとうございます」

実際、事情は分かったし、これ以上は俺がかかわるべきじゃない。法務とかそちらの仕事だ。丁寧にお礼を言ってお帰りいただく事にした。

その後一息。やはりというかマゼルに関してそういう事を持ち出す奴《やつ》が出てきたか。

しかし事情が事情とはいえ国王陛下が公然とマゼルを危険視する考えを否定してくれたのはありがたい。言い方は悪いがこれは利用させてもらえそうな発言だな。

◆

「おや、つまりタイロン卿《きょう》はツェアフェルトの騎士を引き抜くことはしなかったと」

「ええ、本当につまらないプライドですこと」

その日の夜、とある店の奥まった一室で、アンスヘルム・ジーグル・イェーリングとジュディス・マレン・トイテンベルクが食事をしながら軽く笑っていた。遠目から見れば和やかに笑っている二人であるが、色恋のような甘さはなく、どちらかといえば契約前に笑みを浮かべながら交渉をする商人か外交官という空気である。

「それにしても、アンスヘルム様はなぜツェアフェルトを？」

「旧知のフュルスト伯爵家の事を心配したまでだよ」

隣接している二つの貴族家のうち、一方は国からの評価が高くなり、もう一方は戦力が損なわれてしまうとなればバランスが悪くなるだろう。当たり前のようにアンスヘルムはそう言い、料理を口に運ぶ。その様子を見ながらジュディスが目を細めた。

「むしろ他の武官系貴族家の悪い噂《うわさ》を流し、評判の悪化した貴族家から騎士を引き抜いた方がよくありません？」

「今の王家でなければ有効かもしれないな」

アンスヘルムのその返答にジュディスも一転して表情を消して頷《うなず》いた。悪手だと判断せざるを得なかったのである。

よしんば悪い噂で有力貴族から騎士を引き抜くことができたとしても、それが王家に発覚した時が恐ろしい。アンスヘルムにしてみれば魔軍との戦いで王太子《ヒュベルトゥス》が戦没でもしないとそのような手段を使うのは危険であると判断している。ジュディスが気分を変えるように話を変えた。

「ところで、今日は神殿ではなく私の知人の館の会合がありまして。そこに神託の巫女《みこ》様もお出《い》でくださるそうなのですけれど、ご一緒いたしません？」

「お誘いはありがたいが、今日は遠慮させていただこう」

「まあ、つれないお返事ですこと」

アンスヘルムの返答にジュディスが肩をすくめてみせる。本心ではどう思っているかはわからない。

「運が良ければアンスヘルム様も神託を聞くことができるかもしれなくてよ？」

「それは興味深いが、教会関係者に近寄りたくない事情があってな」

アンスヘルムは内心を一切表に出さずにそう応じた。

教会と友好関係を保つ貴族が大多数である一方、稀《まれ》に関係が悪くなる貴族もいる。貴族側が無理を言った結果の悪化という場合もあるが、教会から領の神殿に派遣されてきた神官がとんでもない俗物であることから発生したトラブルという事もあり、王国の長い歴史の中では、王家が間に入って関係回復に苦慮するようなこともしばしば発生した。

「アンスヘルム様ほどそつのない方でもそのようなことがありますのね」

「相手側の問題だ」

軽くアンスヘルムはそう応じると、神託の巫女が来るという会合には何度誘われても頷かず、その日、二人は別れそれぞれが目的地に向かうため馬車に乗った。

「神託を受けることができるかもしれない機会を失うとは、アンスヘルム様ともあろう方が惜しい事をなさいましたこと」

「野心家は嫌いではないが、近付きすぎて火傷したくもないな」

二人ともそれぞれ別の馬車の中で笑みを浮かべていたが、それがどちらにとってより望ましい方向に進んでいるからであったかは定かではない。

イェーリング伯爵邸に戻り室内着に着替えると、アンスヘルムはすぐにワインを準備させ、自分付きの執事を呼んだ。

「おかえりなさいませ。本日はいかがでしたか」

「料理は悪くなかったな。後は私と教会の仲があまりよくないという噂が広まればよい」

たとえそれが事実と異なっていたとしてもな、とアンスヘルムは小さく笑いながらワインを口に運んだ。

「そう言えば、〝彼〟はどうしている」

「グンナー殿でしたら、コルトレツィス侯爵のお屋敷地下にご案内されているとか」

「そうか」

国が魔軍と戦って疲弊してくれれば、戦力を温存している貴族家の力が相対的に強くなる。今はまだ大人しくしている時だが、魔軍が国を弱らせ、王家が評価している勇者が魔軍を弱体化させる時までには、自らの準備を整える必要もあると考えながら、アンスヘルムはもう一度ワインを口に含む。

「今はまだ急ぐ時ではないか。コルトレツィス侯爵がどう動くかもわからんしな」

アンスヘルムは野心家であるが決して油断していたわけではない。ヴァイン王国の実力や魔軍の強さも彼なりに把握していた。

ただ、誤算であったのは、王国の上層部は王太子ヒュベルトゥスの才があまりにも目立っていたため、それ以外の人物への警戒がおろそかになってしまった事と、幼いころからその考えにさらされた武勇重視、文官系貴族軽視の風潮から逃れられなかった事であったろう。アンスヘルムがヴェルナーという若い貴族への評価を大きく改める必要に迫られるのには、まだ少しの時間を必要としていた。

そして、その遅れは、後に大きく影響することになる。

◆

翌日夜、伯爵家邸《ツエアフエルト》に人を多数招いての報告会だ。まさかこんなことになるとは思っていなかったが、結果的には先んじて旧クナープ侯領の地理を調査させておいたことが役に立ちそうな気配。

斥候《スカウト》たちに館に来てもらって、報酬を支払いつつアンハイム地方の地形、路面状況、地理的な特徴を説明してもらったりしている。が、さすがに聴取する人数が多いんで時間がかかって仕方がない。

ただ、俺の事情を理解してくれているのと、この三人は俺と同行することが内定しているからか、ノイラートとシュンツェル、フレンセンも熱心に質問をしたり確認をしたりと俺が気付かない点もサポートしてくれている。

全ての貴族の館にではないだろうが、伯爵家ぐらいになると外に声が漏れないようになっている部屋と、逆に隣の部屋に声が聴こえるようになっている部屋がある。胡散臭《うさんくさ》い客が来た場合には隣の部屋に兵士を待機させておいて、いざと言う時は「ものども、であえ、であえ～」とやるわけだ。あれ、この例えだとこっちの方が悪党か？

ただ、今回は兵士ではなく、隣の部屋で話を聴いているのはリリーだ。結局、最後にはリリーに図を描いてもらうことになるので、本当なら最初からこの部屋にいてほしいぐらいなんだが、メイド服の子がずっと部屋にいるのもおかしいしなあ。貴族らしさの演出みたいなものはどうあっても必要だし。はあ面倒くさい。

この中世風世界、等高線図はない。リリーに等高線の説明をしたら、わかったようなわからないようなって顔をされた。便利なんだが、そもそも地図を必要としないからその辺が理解できないのかもしれない。

カラーで描かれた図の場合、色の差で高低差を表すことはある。この辺は前世の中世と同じで、段彩図《だんさいず》の走りみたいなものだな。けれどまず測量技術を持っている人間が圧倒的に少ないし、地図は軍事情報になるので全部の山の高さを測るような国家事業もない。結果的になんちゃって地形図が多くなるし、普段の市民生活はそれでも十分。

みんなそれが普通だから、報告の際にはどうしても「右の丘より左の丘の方が高い」とか「左側の窪地《くぼち》と右側の丘との間に道路がある」とかの表現になる。話をする人間のルートや、調査した際の位置によっては方向までごっちゃになりかねないので、説明を受ける際には注意しないといけない。

　騎士団とかの場合は報告の際に使う方向の基準があるのだが、今回はあくまでも冒険者に依頼した格好だからな。相手を二度呼び出すわけにもいかないんで、聞き取りの時にフレンセンたちにダブルチェックもしてもらう必要まであるわけだ。手間をかけてすまん。

　余談だが前世の中世だと東が地図の上に来ていた頃もあるのだが、この世界だと前世日本と同じようにずっと北が上。わかりやすいからいいけど。これもゲーム世界だからか？

「はあぁぁ……」

「疲れましたね……」

　二〇人ほどの報告を全部聞き終えたころには全員ぐったりだ。隣の部屋でずっと聞いていたリリーもちょっと疲れた顔をしているがそれでもお茶を淹《い》れてくれる。ありがたい。気を遣ってくれているのか、淹れてくれたお茶はぬるめである。全員最初の一杯をほぼ一気飲み。

「悪いけど、おかわり頼む」

「わ、私もお願いします」

「俺も。あと、リリーも休んで。お茶も飲んでいいよ」

「はい、ありがとうございます」

　ノイラートの発言を皮切りに、俺も含め全員が二杯目まで頼む。律儀に自分は淹れるだけだったリリーにも飲むように勧めておいて、二杯目をちびちび口に運びながら書き取ったメモやら概略図やらを見ていく。うん、描けないけど大雑把には把握できた気はする。

「フレンセン、今朝頼んでおいた準備はできているか」

「はい、麦も袋で運び込んであります」

「よし、もう少し休んだらそっちに行こうか」

あー、チョコとか飴《あめ》とか欲しいなあ。

◆

ひと休み後に全員で館の奥に移動。荷物を突っ込んであっただけの部屋を片付けて、小ぶり、といっても六人ぐらいは周囲に座れそうなテーブルを持ち込み、落下防止用の枠を付けた、大きなお盆のような板も設置済みと。うん、問題なさそうだ。

「これをどうするのですか？」

「今から作業さ。斥候《スカウト》たちの情報どおりにやるつもりだが、間違っていると思ったらどんどん指摘してくれ」

時間がもったいないしさっさと作業に入ろう。ケーテ麦の袋から中身を器で掬《すく》いあげると板の上に直接ぶちまける。驚いた声が上がったが説明するより見せたほうが早い。

　ちなみにケーテ麦っていうのはこの世界の植物で、強いて言うと極小麦とでもいう感じだろうか。粒の形は麦、けど実のサイズが小さくて胡麻《ごま》と麦の間ぐらいで、価格は麦より安い。そのまま食べたり麦粥《むぎがゆ》にしたりすると麦の味なのに、酒を造ると色は透明で味がなぜか激辛になるという謎植物だ。ファンタジーなことで。

　なおその酒は好事家ならそのまま飲むらしいが、普通はホットソースの素材かカクテルに使う。俺は飲みたくない。まあそれはいいか。

　ざくざくとケーテ麦をその上にぶちまけて大雑把に面として広げると、低めの丘になる一カ所を基準にして、山盛りにしたり逆に少し凹《へこ》ませたり。俺が何をやっているのか最初に理解したのはリリーだった。

「あ……。ええと、ヴェルナー様、今作っている丘はもう少し高い方がいいです」

「ん、そうか？」

「はい、こちら側にあるはずの丘との高さが合わなくなるので」

「このぐらいか？」

「はい、それでこっちも盛りあげますね」

　このやり取りでフレンセンたちも何をやっているのか把握したようだ。顔色を変えたフレンセンが「失礼します！」と断りを入れてすっ飛んで出て行った。ああ、ちょっとケーテ麦が足りんか。

ノイラートとシュンツェルも動き出し、さっき作ったメモや概略図を手にしながらいろいろ手を入れ始める。うん、やっぱり自分で作業内容を理解してから手伝ってくれるようになる方が動きがいいな。

戻って来たフレンセンも含めて報告内容を立体化していく。山がちの地域、窪地の位置、兵を伏せやすい場所、軍の移動効率のよさそうな地形、こうすることでようやく俺自身も全体が把握できるようになった。

「よし、こんなもんか」

「解《わか》りやすいですね、これ」

リリーが感心したように声を上げている。率直な称賛は嬉《うれ》しいが、知らないからこそだよな。軍務でも平面の地図しか知らないノイラートとシュンツェルは完成したこれを見て絶句している。地図そのものがレアなんだから立体地形模型なんてこの世界にはない代物だし、無理もないか。

「悪いがリリー、二日程度かけていいんで、これを元にして全体が把握できる絵図にしてほしい。それは三枚ぐらい描いてくれ。それと、こっち側からこの高さで見た図と、あっち側から同じぐらいの高さで見たのも頼む」

「はいっ」

笑顔で元気のいい返事をありがとう。ここ数日、リリーにはいろんな絵を描かせまくっているんでこっちは内心申し訳ない気がしている。俺の依頼ばかりさせているとそのうち母から苦情が入りそうだ。

うーむ。それにしても守りやすい地形とは言えんな。この様子だと地形に頼るより防御施設の方を充実させる方がいいか。いやむしろ……。

「ヴェルナー様、このような発想をどこで」

「ん？　いや、俺自身が解りやすくしたかっただけ」

フレンセンの問いにそう応じる。実際、情報が決定的に不足しているから、せめて俺の知らない四人目の魔将《ゲザリウス》が攻め込んで来る前に得られる事前情報を確実に入手して把握しておきたいというのはあった。まさか赴任することになるとは思わなかったけどな。

「ノウハウはそのうち伯爵領のハザードマップ作製にでも流用するか」

「はざーどまっぷ？」

いかん、悪い癖で口に出ていた。リリーが怪訝《けげん》そうな声で繰り返している。この中世風世界では地図でさえ一般的じゃない。ハザードマップなんて、もの、も……待て。

「じゃありリー、頼むよ。フレンセン、リリーが図を描き上げるまでこの部屋の掃除は禁止だ、壊れても困るからな。ノイラートとシュンツェルはリリーが困ったら相談に乗ってやってくれ」

「は、はい」

「ヴェルナー様？」

突然早口になった俺にみんなが不思議そうな表情を浮かべるが、俺の方に余裕がない。これはすぐ確認しておきたい。

「ちょっとすまんが気になることがあるんで調べて来る。後を頼む」

返答を待たずに部屋を出る。ノルベルトを探して執事室に向かった。速歩《はやあし》になっているせいか、メイドさんたちに妙な目で見られたような気もする。

「ノルベルト、書庫の鍵を貸してくれ」

「これはヴェルナー様、作業中と伺っておりましたが。書庫に何か御用ですか」

俺の様子がおかしい事に気が付いてはいるんだろうが、いつもと変わらない調子で答える。さすがは伯爵家の執事だな。とりあえず思いついた嘘《うそ》の理由を口にする。

「赴任の件で、参考になるような記録があるだろうからな」

「なるほど。伯爵家の領政記録でございますか」

そう言って屋敷の鍵束を取り出してきた。鍵を開けるまでが執事の仕事だし当然か。魔道ランプも用意してもらい、そのまま伯爵家の書庫に向かうと鍵を開けてもらう。

さすがは大臣を務める貴族家の書庫、決して大きくないとはいえ、前世で言う所の八畳間ぐらいはある部屋で、扉と窓を除く壁面ほぼ全面が本棚。全部確認するのは流石《さすが》に手間がかかりそうだ。ひとまず手近なものだけでいいだろう。

「それでは、お気を付けて」

「ああ、わかってる」

この場合気を付けるのは怪我《けが》とかじゃなく高価な本を傷つけないようにという意味だったりするんだが、実際気を付けないと荒っぽく取り扱いそうだ。とりあえず農政方面の記録と、歴代伯爵のうち、日記を書いている人の物があればそれも引っ張り出す。

と言っても詳しく読むわけじゃない。その単語を探してぱらぱらとページを捲《めく》っていく。十冊近くの本を確認して、俺の記憶に間違いがないことを確認し、思わず茫然《ぼうぜん》としてしまった。なぜだ。

なぜこの世界、大規模自然災害の記録がないんだ？

エピローグ

　俺の人生、少なくとも記憶を取り戻してから大規模自然災害が起きた記憶はなかった。強いて言えば多少の豊作とか不作とかはあったが、誤差の範疇《はんちゅう》に収まる程度だ。飢餓、飢《き》饉《きん》とか洪水とか、村がなくなるような規模の災害は記憶がない。

　火山の噴火記録がないのは納得できる。富士山なんか数百年単位で噴火しなかったしな。地震がないのは地理的要因という可能性もあるだろう。この世界での人生、十数年の間に飢饉のような災害がないのは偶然で済むかもしれない。

　だが大規模風水害や、家が潰れるような規模の雪害《せつがい》といったものまで、百年は遡《さかのぼ》っても一度もないのはいくらなんでもおかしくないか。

　伯爵領だけ超幸運って可能性もほんの少しだけあるが、国のどこかでそんなことが起きたら日記にぐらいは書き残すだろう。やはり全体で大規模自然災害がないと考えていい。

　確かに古いＲＰＧ《ロールプレイングゲーム》では自然災害ってあんまりない。洪水で道が通れないとかいうイベントがあっても、大体はその事態を引き起こしているイベントボスを倒すと解決する。ゲームで人力ではどうにもならない自然災害を表現されても困るっちゃ困るが。

だが、今俺が生きている世界では、これだけ自然があり人が住んでいるのに自然災害がない方がおかしいだろう。いくらファンタジーだからって不自然すぎる。どういうことだ。いや、考えてみれば今までおかしいと思っていた部分のいくつかがそこに繋《つな》がっているのか。本から目を上げて思考を追いかける。

そもそも前世で自然科学ってものは自然を理解するところから始まったと言える。わかりやすい例が古代エジプトでナイル川の氾濫がいつ起きるのかとか、植物の種まきを始めるタイミングを計る指標として星を観測する所から天文学が派生したような場合だ。

初期天文学は星の位置を計る位置天文学だったが、やがてそれを計測し計算するという考え方から数学への道が開く。諸説あるがゼロの発見や代数の発明といった点も自然科学が関係しているとさえ言われているぐらい。その意味で理数系学問の発展は自然を理解しようとするところから始まっていると言ってもいい。

実のところ錬金術も同じ自然理解からの流れになる。水を火にかけると水蒸気になってしまうという事を、何とか合理的に説明しようとした初期の錬金術師たちは、水の精霊に火の精霊を加えることで風の精霊に変化する、と彼らなりに合理的な回答を探しだした。もちろん後に否定はされるが、それでも彼らの時代、これは科学だったわけだ。

精霊に何かを加えると変化するという発想が、鉄の精霊に何かをプラスすると金の精霊になるのではないかという願望になり、錬金術イコール金儲《かねもう》けになったわけだがまあそこはいい。錬金術から化学が派生したという事がこの場合の問題だ。

王都の学園では天文学、錬金術といった部分の学業がない。俺は正直興味がなかったんで気にもしていなかったが、考えてみれば妙な感じだ。薬草学や商業科、工務科のような、すぐに使える実用的なものばかり。自然科学に関する部分が妙に薄い。

リリーや領内の人間が九九を知らなかったのも変と言えば変だ。国にはあんな水道橋を作る技術があるのに数学を教える部分が軽い。数学というより算数のレベルさえおろそかになっている。権力者による知識の独占という可能性はあるが、この不自然なまでに偏っている違和感はそれだけじゃなさそうだ。

この世界、大規模自然災害のかわりに魔物《モンスター》が存在しているのか。

洪水や飢饉で命が失われないかわりに、魔物暴走《スタンピード》や魔物により多くの命が失われていると仮定したらどうだろう。自然を理解しようとする自然科学分野がおろそかになる代わりに、魔物と戦うための魔術や魔道具《マジックアイテム》が研究されている。

自然災害がないから自然を恐れ理解するという必要性がない。魔物は怖いが自然は空気のように当たり前にそこにあって、別に危険でもなんでもないとしたら。生きていくための障害となる対象の違いが前世とこの世界のそもそもの違いになる。

この世界、俺はただ単に脳筋世界と軽く考えていたが、自然を理解し把握しようという部分が欠落しているのが戦闘重視、脳筋世界に繋がっているのか。

いや、まてよ。星数えの塔には星見盤《アストロラーベ》があった。あれは確かウーヴェ爺《じい》さんが古代王国の研究から発見したとか説明をしていたような。星座がないのに星見盤があったという事は、古代王国時代には自然科学が……ん？

そういえば古代王国の遺跡も建築物としては頑丈だ。高度な数学も必要になる建築学があったからこそ遺跡なんて形で残っているんだろう。

そもそも迷宮《ダンジョン》ってなんなんだ。語源はともかく、この世界では全部が全部墓って訳でもあるまい。地下に作る事が安全だった、つまり地上に何か問題があったからこそ地下に伸びていたんじゃないのか。それが自然災害である可能性は。

迷宮《ダンジョン》とされているものの中には、前世で言えば竜巻からのシェルターのような目的で作られたものがある可能性はないだろうか。あるいは前世でいう所の種子銀行《シードバンク》のような存在だったとしたら。重要な物品を保存するための施設だったと考えると、中の薬草が腐っていなかったり、他にない一品物の装備が眠っていたりする理由になる。

また、地下施設が遺跡レベルの、壁が破壊できない強度で作れる技術があったのなら、現在でも魔物《モンスター》対策用途とかを理由にした避難所が作れるはずだ。だが実際にはそういったものはない。せいぜい地下牢《ちかろう》とか鉱山レベルだ。

鉱山の採掘をすることはできても、迷宮《ダンジョン》を含む地下施設を新しく作れないのは、地下施設を建造するための方法、その大部分が失われているためで、残った技術などがごく一部に伝えられている秘伝のような扱いなのだとしたら。

自然の脅威がないから応用発展の必要性が著しく低いまま、徐々に教育の必然性まで廃れつつあるのが現在の状況、中世風に見える世界観だと仮定できるんじゃないか。

自然科学が軽んじられてそこから得られる技術だけが残っている。技術というアプリは人類に与えるが、アプリを作るプログラム部分の知識は許さないといわんばかりの世界。

古代王国時代、先代魔王出現、古代王国滅亡、先代魔王討伐、討伐後の混乱期、集権時代になる前の群雄割拠を経て、現在俺が生きている今の中世風時代とこの世界の歴史は流れているはず。その中で一部の技術だけが伝わっている、と考えると。

――〝魔王〟ってなんだ。

魔物《モンスター》が自然災害の代わりなのだとしたら、魔王の存在は何なのだろうか。古代王国時代、先代魔王の発生以前には魔法と共に天文学や数学の存在があったのだとしたら、古代王国滅亡でそういった知識が消えたのは偶然なのか。

今のこの世界では魔法と魔物が理系知識への蓋にしか思えない。古代王国の装備の方が優秀な事や、いくつかのドロップアイテムを作成できない事も合わせて考えると、古代王国期の性能を上回る魔道具《マジックアイテム》がいつまでたっても生み出されないのは、その部分の知識が失われているからでは。

だとするとそのきっかけとでも言うべき、古代王国を滅ぼした魔王ってなんなんだ。そして、今の魔王はそれと同じ存在なのか？

　魔王が復活したと聴いてはいる。正確にはラウラが神託を受けている。けどその神託はどこまで信じていいんだ。それは本当に同じ先代魔王なのか。先代が生き返ったのか、魔王と呼ばれる地位が復活し、中身は何か別の存在なのか。

　魔将軍はコアで復活するが四天王は復活しない。幹部のこの差が魔王には適用されるのか。〝魔王〟が存在なのか地位なのか、その違いはひょっとすると大きな差になるんじゃないか。

「ヴェルナー様、こちらですか？　申し訳ありませんがご相談が」

　扉の外から呼びかけられて我に返る。危ない危ない。情報が足りない。今の情報量でこれ以上考えると、仮説の上に仮説を積み上げた迷路にはまり込む危険性が高い。だが重要な部分に指先が触れたような気がする。

　今の俺は宮仕えの貴族だ。優先順位的には魔軍対策が先。ゲザリウスとかいう魔将対策の優先順位が高いのは確かだから先送りにするしかないんだが、この自然災害の件は後で必ず調べよう。今のところ調べる方法さえ思いつかんが。

　厄介な疑問を抱え込んだなと思いながら、ひとまず目の前の問題に応じるべく、呼びかけに答えて暗い書庫から抜け出して明るい光の下に戻ることにした。

あとがき

本作をご購入くださいましてありがとうございます。涼樹悠樹です。

今年は夏の暑さが特に厳しく、そこに本業の仕事量増加と私生活の変化がありまして、本当に大変でした。あまりWｅｂの方でも発信できず、申し訳なく思っております。

そんな中、多くの読者様の温かい応援、ファンレター、ファンアートなどには本当に継続のためのエネルギーを頂きました。本当にご声援ありがとうございます。

四巻は内政に関する話題が中心になったためか、主人公ヴェルナーより周囲の（癖が強い）大人たちが目立つ場面が多くなりました。それでもあの格好いい口絵のように、要所はきっちり締めておりますので、読者の皆様にも楽しんでいただけるのではないかと思います。

最後になりましたが、Wｅｂ版読者の皆様、これまで応援してくださいました皆様、新しい読者の皆様、担当編集者である川口様、毎回素晴らしいイラストを描いてくださいます山椒《さんしょう》 魚《うお》先生、すばらしく完成度が高いコミカライズを描いてくださる葦尾《あしお》乱平《らんぺい》先生と編集者である内田様にも深く御礼申し上げます。

二〇二三年 十月某日　　涼樹悠樹　拝

作品のご感想、
ファンレターをお待ちしています

あて先

〒141-0031
東京都品川区西五反田 8-1-5 五反田光和ビル4階
ライトノベル編集部
「涼樹悠樹」先生係 ／「山椒魚」先生係

OVERLAP

魔王と勇者の戦いの裏で 4
～ゲーム世界に転生したけど友人の勇者が魔王討伐に旅立ったあとの国内お留守番（内政と防衛戦）が俺のお仕事です～

発　行　2023年11月25日　初版第一刷発行
　　　　2024年8月7日　　第三刷発行
著　者　涼樹悠樹
発行者　永田勝治
発行所　株式会社オーバーラップ
〒141-0031　東京都品川区西五反田 8-1-5
校正・DTP　株式会社鷗来堂
印刷・製本　大日本印刷株式会社

Printed in Japan　ISBN 978-4-8240-0658-5 C0193